陈忠实 著

白鹿原纪事

四川文艺出版社

图书在版编目（CIP）数据

白鹿原纪事 / 陈忠实著. —成都：四川文艺出版社，2015.6

ISBN 978-7-5411-4062-4

Ⅰ. ①白… Ⅱ. ①陈… Ⅲ. ①短篇小说－小说集－中国－当代 Ⅳ. ①I247.7

中国版本图书馆 CIP 数据核字（2015）第 098547 号

BAILUYUAN JISHI

白鹿原纪事

陈忠实 著

责任编辑 孙学良
责任校对 王 冉
责任印制 喻 辉
版试设计 史小燕
封面设计 叶 茂

出版发行 四川文艺出版社
社　　址 成都市槐树街 2 号
网　　址 www. scwys. com
电　　话 028-86259285（发行部） 028-86259303（编辑部）
传　　真 028-86259306

读者服务 028-86259293
邮购地址 成都市槐树街 2 号四川文艺出版社邮购部 610031

排　　版 四川胜翔数码印务设计有限公司
印　　刷 成都东江印务有限公司
成品尺寸 140mm×203mm 1/32
印　　张 9.75
字　　数 190 千
版　　次 2015 年 8 月第一版
印　　次 2015 年 8 月第一次印刷
书　　号 ISBN 978-7-5411-4062-4
定　　价 45.00 元

目录

轱辘子客

轱辘子客给派出所民警逮走了。

消息和黎明一起来到龟渡王村。村民们并不分辨消息的真伪更不惊诧。

轱辘子客是乡间对那些赌博成性的赌徒的通称。龟渡王村的人把做豆腐营生的人叫豆腐客，把做风箱绝活儿的人叫风箱客，把那些在集镇上做买主与卖主中间协调的人叫牙客，把作风不好的男人叫嫖客，又把那样的女人叫窑客。把赌徒叫轱辘子客是起源于一种甚为古老的赌具。在龟渡王村当代村民的意识里，轱辘子客是专指王甲六的，谁一说轱辘子客大家就明白那是指的王甲六。

王甲六赌博的名声远近皆知。解放后禁绝多年以致后来出生的男女村民像看工艺品一样看见的麻将，就是王甲六不知从哪里弄回来的。米黄色，骨质，小巧玲珑，印着点点花花杠杠圈圈。那形状像缩小了百余倍的一页一页砖头。所以赌徒们根本不说打麻将而用行话说“搬几把砖头”。王甲六弄回麻将来又找不下对手，于是叫来几位对劲儿的朋友，不厌其烦地教给他们麻将的玩法儿，然后就围坐在火炕上玩起来。王甲六的女人起初也没料到这东西会那么邪乎，不过跟扑克牌象棋一样玩玩而已，她还热情地给那些前来凑兴赏光的乡党沏茶递烟招待哩！他们开始从一支劣质纸烟赌起，然后是一分二分的硬币，再往后就从角票发展到块票以至十块一疙瘩的票子像柿树叶子一样飘落。王甲六的女人早已懊悔不迭，满村追寻王甲六的踪迹。王甲六有时三天五天不沾家不露面，她提着菜刀满村满街寻找，声言要把狗日的手剁了。

轱辘子客王甲六打麻将已修炼成一身真功夫。一摆开麻将，如果没有派出所的民警和提着菜刀的女人的惊扰，他可以一直打下去，不吃一口饭也不喝一口水更不会丢盹打瞌睡，最高的纪录是五天六夜。那一晚记忆深刻，进入地道（备战年代修的）时小麦才现黄色，而当出地道时满川满原的麦子已收割过大半。他的女人扬着割麦的镰刀照他脖子砍来的时候，他巧妙地抓住她的手腕，而且把那手腕扭到背后，一直把她推进大门，然后从腰里摸出一厚扎票子塞到女人怀里说，看看能不能补上被风摇落的麦子？女人还是被那一扎砖头厚的票子镇住了，气自消了大半。王甲六赌博功夫深厚，赌技却也一般，据说根本不靠赌技而全凭运气。他有输有赢，自然也就有痛快淋漓和沮丧不堪。他赢了想赌输了更想赌。无论村人的卑视亲友的苦劝警长的训斥以及最难对付的女人的混闹，一当看见赌友的眼色时全部烟飞云开忘记得干干净净。他的正当营生是杀猪卖肉，从农户手里买得生猪然后自宰自销，累计下来至少也有三几万元的收入了，可大都孝敬给赌徒了。他把自个手中的钱赌了输了又把女人的存折搜出来赌了也输了。

女人终于逮住了一回，撕着耳朵把他拖回家里，今晚输了多少？他态度和蔼满脸堆笑，没输也没赢。女人追问说，去了赌场身上自然装着钱，既然没输没赢那钱也就原数未动就该立马交出来。他依然笑着说他根本没有一块钱只是看看热闹。于是她就扒光他的衣服，搜了里子又搜夹层，果然只搜罗到几张烂糟糟的毛票。她肯定他输光了。打得男人王甲六跳到炕上又窜到桌子底下，她依然不停不饶地追着打着。王甲六的头上脸上隆起一个个鸡蛋似的疙瘩身上横竖交错着红血印子。王甲六实在撑不住遭不起猛地拉开门闩往外逃。女人急了赶上两步一家伙砸在他的未跨过门槛的那条腿腕上。王甲六扑通一声栽倒在门外，挨打的那条腿慌急中甩脱了棉鞋，那鞋窝里哗啦啦飞出一张张十块面额的人民币少说也有七八十张。她顾不得他摔得是死是活赶紧扔下擀面杖捡拾票子。这当儿王甲六已经金蝉蜕壳似的逃走了。他并不十分难受，另一只棉鞋里还藏着五六百块，总算保存下来已属万幸。他又赶往赌场里去了。

轱辘子客刚入不惑之年。他的老子是个笑弥陀佛的屠夫杀手，生就一张笑眉笑脸，却成就了一辈子白刀子进去红刀子出来的行当。无论他怎样和善，毕竟是杀生的刀子手，下九流，入不得王氏家族的祠堂。那些吃猪肉喝猪血的族长族子族孙们入得而杀猪的他入不得，他也不曾认真地想过，不准入就不入了。王甲六生就一副俊相，俊俏的腰身俊俏的肩膀，俊俏的眉眼俊俏的脸庞，开口自带三分笑，谁见了都愿拉上几句闲话儿。人说这娃子承继了老屠夫的全部优长而又排除了老屠夫的缺陷，譬如老子的那双水眼泡儿绝无痕迹。老子入不得祠堂而甲六根本不用顾虑入不入祠堂的问题，祠堂早已改建成龟渡王大队的办公室了。

王甲六长得俊俏而命运不济。他高中刚念了一年却推迟了几年毕业，这其中正好遇着没完没了的“文化大革命”运动。他回到龟渡王村就参加“农业学大寨”运动。他有文化会写又能画常常帮助党团支部搞宣传工作，满村满街的墙壁上都是他写的画的标语口号和图画。他的俊俏眉眼不仅吸引男青年更吸引女青年。他很快成为青年们的领袖，很快取代了已经超龄的团支部书记而成为龟渡王村的重要角色。尽管免不了一些闲言碎语，说入不得祠堂的人的后代居然也在人前吆五喝六，但终因其霉味太重而放不到桌面子上来议。况且年过六旬的党支部王支书特别器重王甲六，明显表示出要把甲六培养成接班人的意向。王支书与刘大队长几十年来貌合神背，谁把谁也搞不掉，谁对谁也服不下，形成这种局面的根本原因在于两人所代表的龟渡王村的两大姓氏。老支书因为比大队长年龄大过十余岁而率先感到了威胁，想在王姓姓氏里培养出一个年轻人来接班，以免大权旁落，王甲六应运而至。刘耀明大队长早已明白这个底里，却不动声色。老支书说要着手培养接班人的工作，他立即表示拥护，而且由他提出培养对象王甲六。

刘耀明既厌恶老支书的狡猾又蔑视他的愚蠢。如果把王甲六安排为一个副书记，那么他就由二分之一变成三分之一了。然而目前从中央到地方都在大喊大叫培养革命接班人，自己根本不能愚蠢地表示抵制；况且王甲六的表现有口皆碑，表示异议同样是愚蠢的。他如果连这点路数都回旋不开岂能与王支书共事到今天？

他早已观察到王甲六和女青年王小妮眉来眼去意意思思。他最初一直不大在意，认为那是年轻人的事而现在却觉得有机可乘。王小妮很活泼很积极很泼辣也很漂亮，是龟渡王村学大寨运动中的"铁姑娘"。她老子王骡子却是个吃生米甚至连谷穗也嚼食的冥顽不化的拗熊，他与王甲六的屠夫老子有旧仇，尽管是解放前为地畔争执早已不复存在的况且屠夫已经谢世而他仍然记着死仇。他早已向女子小妮警告过，除非王甲六当了接班人倚权借势杀了他才能成婚云云。大队长刘耀明把这一切算计得准确无误，然后就找寻一个合适的机会或者说创造那个想要得到预期目的的机会。机会总是有的。

老支书到县上开会去了，会议专题学习中央关于加速培养各级革命接班人的指示精神，会期三天。大队的工作自然由刘耀明主持，大队办公室也自然由他值班睡觉。他第一夜睡在办公室的土炕上，想着三天后王支书回来就会理由更充足地着手王甲六的任职问题的实施了。第二天晚上他照例坐在办公室里翻报纸，满纸都是有关接班人的论述和报道。王甲六来了，和他商量青年突击队加班夜干修水库的问题，而且提出青年们要添置一个新篮球而必须经大队长批准才能开支。他大大赞扬了青年突击队学大寨的热情而且顺手就在申请买篮球的纸头上签了字。他很爽快果断而不像老支书那么啰啰唆唆。他答应了王甲六的要求之后又连连咂舌皱眉。王甲六以为他反悔了忙问究竟。他说他老舅要盖新房是夜夯地基理应去帮忙去庆贺而恰恰不能脱身。王甲六自告奋勇代替他值班。结果是刘耀明披上夹衣上原给老舅父夯地基去了，王甲六睡在大队办公室里值班。

夜半时分。大队办公室里，那个铺着公用被褥的土炕上，王甲六和王小妮正在如愿以偿初试云雨，而且不一而足。春夜里弥漫着春花春草气息的春风从纱窗吹进屋子，两个十分要好十分钟情的青春男女狂热地在那个公用土炕上没完没了地爱抚。他们庆幸得到了一个难得的机会而丝毫不知这是刘耀明设下的陷阱。

后来的事情就完全按刘耀明大队长的准确设计一步一步演进着。王骡子正睡着听见一个陌生的声音在窗外喊：老骡子你狗日还睡！你女子在办公室炕上……老骡子手提板斧，奔出大门时，后襟被老伴扯断了，光着脚一气奔到昔日的老祠堂现今的大队办公室窗根下，一斧头就劈断了纱窗，吓得两个正在柔情蜜意中的男女魂飞魄散，抱头鼠窜。而老骡子未能跳进窗子就差点气死在窗台上。看热闹的人围来的时候只看见办公室大炕上遗丢着王甲六和王小妮的衣裤鞋袜和擦过排遗物的烂纸……局面像打碎的瓷器一样不可收拾。

当老支书带着自信的微笑走回龟渡王村的时候，他在县上学到的理论以及深思熟虑的决策全部宣告破灭。刘耀明冷静而又谦卑地连连检讨自责，说他失职。王支书只好硬着头皮给自己圆面子，说根本不是失职不失职的问题而是王甲六的“自我爆炸”。“自我爆炸”是自林彪死于温都尔汗之后的一个时兴名词。

最惨的是王小妮。有多少个条件优越的求婚者像过眼烟云一样被她拒绝了。现在，王骡子以不顾一切的急躁情绪托亲告友为丢尽了脸面的女儿觅寻落脚之地，不管贫富不论长相瞎子跛子都不在意只要求愈远愈好，而且声言一旦嫁出就不再往来全当女儿死了没那个女儿了。龟渡王村最漂亮最活泼最积极最泼辣的“铁姑娘”终于被嫁到山里去，谁也没见过她的女婿是什么模样，据说不见比见了要好些。

其次是王甲六。他的能写会画不仅不再是一个令人羡慕的优长，而成为令人厌恶的诱人干坏事的手段，他的俊眉俊眼也变成了令人恶心的流氓的标志表征。他长过二十五岁又长过二十八岁还没见任何媒婆媒汉为他提亲做媒。他完了。他灰得比龟孙子还灰。他比龟渡王村揪出来的地富反坏分子还灰。这原因在于，龟渡王村历史悠久，民风淳厚，仁义之乡也！他在村里实在活得太窝囊了。有一天，刘耀明大队长悄悄给他说了一桩亲事。

那个女人其实跟王小妮的遭遇大同小异。离这儿百余里的田家庄的一个女青年和下乡来帮助搞路线教育的一位干部发生了关系，名声倒了，难得出嫁，亦是托人远嫁。刘耀明当干部眼宽路熟，得到这消息，就想到了王甲六。他觉得对王甲六有一种说不出的负疚，这未尝不是一种心里慰藉。王甲六早已失了婚配选择的基本条件，饥不择食地娶回了那个失过身的女青年，就是现在拿着切面刀满村撵着要剁他手腕的女人。

多年以后，当王甲六搂着这个女人睡觉并且有了儿子又有了女儿的时候，他不止一次地想到刘耀明这个人。这个人令他憎恨得咬牙切齿又令他折服得五体投地。和王小妮的风流韵事酿成的灭顶之灾过后不久，他就知道了刘耀明在其中所做的手脚，恨不得用他爸留下的杀猪尖刀捅了那个刀条脸的家伙，然后再一刀结束了自己，免得一想到可爱的王小妮如今的下落心头刀绞般的痛楚。这个并不令他留恋的龟渡王村之所以还使他留恋，仅仅只是看着老屠夫留下的比他还小的两个妹妹和一个弟弟都未成人。当刘耀明给他又介绍下这个女人的时候，他除了平复仇恨更多地折服刘耀明的为人。天哪！相比之下，凭他自己的无知和浅浅的涉世能主宰龟渡王村的大权么？差得太远了！令他安慰的是，刘耀明介绍的这个女人长得虽不及小妮，可也算得女人中的上梢人品，至于婚前跟某下乡干部的勾当根本不必计较，说穿了与自己是殊途同归。平静的生活使他得到满足，这个女人诱人的身体也使他的感情渐渐平复。后来发生的事却使王甲六又一次体味到人生的另一种痛苦和开心。

无论如何，王甲六做梦也想不到刘耀明还会在他的女人身上打主意。在他看来，刘耀明是龟渡王村最厉害的一个人，他的心计和心数儿在龟渡王村可以说空前绝后，老支书根本不是他的对手。可王甲六从来不会想到刘耀明还会搞他婆娘之外的旁的女人。那人的刀条脸上永远没有大喜大怨的时候，那刀条脸永远也看不到谄媚什么人或厌恶什么人，那刀条脸对龟渡王村的男女老少永远是帮你解决一切最困难最琐屑的愁肠事的认真诚恳的态度，你只能完全信赖而不会产生一丝猜忌。

那一年刘耀明承包了大队的砖厂，雇用了一些龟渡王村的男女青年。王甲六一时找不到挣钱的营生，又不愿意下气到刘耀明手下去挣钱。刘耀明大约看出什么而邀请他去当推销员，又请他的女人去做会计和给雇工计工计时。事情就从那时候开始起变化。

那一晚他从西安一家建筑单位回来是偶然的机遇，原先说好不回来因为事情的变化而又回来了。回来了就在砖厂刘耀明的卧室的小窗户外听到了他不想听到的那种动静和声音。他在像老骡子一样砸碎窗框的时候却比老骡子多了一副心计也多了一份节制力。他悄悄离开了。

他离开砖厂就跑起来，奔回家门，没有惊动正在熟睡的孩子和老娘，悄悄摸出老屠夫弃置已久锈迹斑斑的杀猪刀，直奔刘耀明家。他叫开了门而且悄悄告诉那个半老女人说，刘耀明喝醉了，呕吐出血来了，要她去关照男人。他拉着惊慌失措的半老女人走出村子以后，就把尖刀的锈痕斑驳的刃子横在她的鼻尖上，威胁她跟他走绝不许胡拧呲，无论她看到什么听到什么而没有得到他的指示绝不许说话或轻举妄动……他把她像吓傻的猪一样拖到砖厂的窗户下。

她听到了窗户里头床上的令人噎死的淫荡的声音，又看见鼻尖上横着的刀刃，一下子气死过去了。王甲六一刀割断她的腰带，就在窗下的台阶上抹下了她的裤子。她迅即醒转来就再也忍不住了，叫起来喊起来撕扭起来。王甲六死死压着她扬扬得意地说，现在你喊吧你叫吧声音越大越好……

紧锣密鼓似的过了一天，刘耀明在砖厂摆弄下一盘腊汁羊肉和一盘腊汁牛肉，两瓶西凤酒，邀请王甲六。王甲六和刘耀明坐在当面，心情竟是从未有过的沉静。他侮辱了刘耀明比刘耀明欺侮了他更使他觉得划算得多。他已经无所顾忌而刘耀明却顾忌甚多。他冷眼瞅着刘耀明掏出来的一厚扎票子迫使刘耀明又缩手装回口袋。刘耀明对他再不是一个可怕的蝙蝠翅膀而不过是一只癞蛤蟆。他解除了多年以来那有形无形的蝙蝠翅膀投射在心里的阴影。他报复了他想报复的一切而酣畅淋漓。他根本不计自己付出的代价因为他的代价早已付出得太多。他第一次觉得和刘耀明坐在对面没有畏怯之感了。

酒后的默契是各行其是和忘却前嫌。刘耀明继续承包砖厂一年比一年挣得多。王甲六把老屠夫杀猪刀上的锈痕磨光擦亮，无师自通地干起了白刀子进去红刀子出来的祖传营生。那个女人经过一番风流二番惊吓之后也收缰拘心，跟着王甲六压猪腿拔猪毛卖猪肉。两个身上和手上都沾着猪毛油腥气息的肉体互相不能嗅觉，倒显出相对的安静与和谐。

王甲六日子好过了，钱多了，老娘突然仙逝，高血压致使一跤而毙命。王甲六大动响器，八挂五的乐人外加一台木偶戏，公社电影队的电影连放三晚，七寸厚的松木棺材是龟渡王村死过的老人中的最高级享受。他的两个妹妹早已出嫁不提。唯一令人惋惜的是弟弟入赘过继到县城跟前一个无男娃的人家里去了，那时候王甲六正背霉正困顿正活得人不人鬼不鬼毫无办法挽留亲爱的同胞弟弟。现在，当他久久地跪在新堆成的母亲的坟堆前，茫然瞅着和新坟并列的荒草萋萋的老屠夫的旧墓堆时，心里忽然幻起一股黄烟，弥漫过头顶又迷蒙了眼睛。他久久处于一种茫然的无知觉状态。

王甲六醒过来时，看见缀满天幕的星星。星际那么浩渺又那么虚幻，离他那么近又那么远，看去什么都清清楚楚又什么都朦朦胧胧……他觉得自己可怜可笑又十分可憎。他觉得刘耀明可憎可笑又十分可怜。

第二天早晨。他从帽子上摘下了孝布扔在炕角里，觉得为母亲守孝白布要戴过百日的礼仪也十分可笑。他没有踏上自行车走村串庄去收买肥猪。他想散心了，他想逛他妈的逛一逛了。他把千余元现钞塞进腰里就搭乘远郊公共汽车进西安逛去了。其实他在西安只逗留了半天，看见那些穿着时髦新装的年轻男女在大街上勾腰搭背的亲昵动作，忽然想到了小妮！哦！恍若隔世啊仅仅只不过十来年光景。他找到山里去，没有找到王小妮却终于弄清了可爱的小妮的下落，她在新婚之夜就走进了自己的坟墓。他在山里小镇上逛了两三天，竟然绵绵思想与小妮的魂灵陪伴……他再次回到西安城里，进电影院看不完最叫座的时髦电影而提前退场，进豪华餐厅叫来一桌酒菜扒拉不了几筷子又惶然离去……他终于如愿以偿带着一副米黄色骨质麻将回到龟渡王村里来……

王甲六现在给派出所淘厕所。派出所的一切杂事脏活都留给那些被抓进去的倒霉鬼干了。轱辘子客王甲六用铁勺舀挖腥臭不堪的秽物的时候，忽然想到自己四十年来的这许多劣迹，而又无可奈何，正像人总想走一条笔直的路而其实每一步都歪着一样无可奈何。他现在等待县公安局拘捕车来载他进拘留所，警长正忙着办理拘捕他的手续。午后，警长回到所里时突然通知他，尽管他属屡教不改早该收监劳改仍然再给他一次机会，今晚在龟渡王村召开村民大会，让轱辘子客王甲六和那一帮轱辘子客向村民坦白检讨保证。

轱辘子客王甲六却竟然感到小小的意外。

坐乘供销社的运货卡车，王甲六回到龟渡王村昔日的祠堂前多年的大队革委会如今的村民委员会办公室。一进院子再一进屋子，那个土炕依然盘踞在那儿。那个留下他和王小妮半宿风流一生悔恨的土炕啊！

他听见了那个熟悉的昔日曾令他毛骨悚然而今又令他恶心的声音。嘿！刘耀明。刘耀明老了也更老到了，刀条脸上的表情比以往任何时候都更趋成熟了。刘耀明和警长又和乡长安排着今晚的大会议程。刘耀明推托让别人主持会议说自己老了不行了。警长和乡长一致说他是村长不出面主持这样的大会太不像话。刘耀明根本无法推脱就勉强接受下来了。王甲六蹲在墙角旮旯里，心里呼呼呼往上蹿火，刘耀明有什么资格主持批评教育我王甲六的大会？他龟孙子给我回话求和还来不及哩！他忽然从地上蹿起来一蹦蹦到警长当面：

“警长乡长乡长警长……我有一句话要说，龟渡王村任何一个安着鼻子安着眼睛的人主持这个大会我都诚心实意做坦白做交代做检讨，只有这个……刘耀明……没资格主持批判我的会……”

警长和乡长一齐瞪起眼睛。

乡长说：“这事你管不着你只顾做检讨！”

警长说：“啥时候了你还不老实！”

轱辘子客王甲六急了也豁出来了：“我宁愿去坐监去劳改你们现在立即送我去县拘留所，可我绝对不愿意再听见刘耀明在我面前说三道四！”

乡长似乎听出什么蹊跷，对警长示一个眼色就做出和蔼耐心状：“你甭急你甭躁你说说到底有什么问题？”

轱辘子客想把刘耀明从根到底连兜子翻一遍，忽然想到自己曾经用锈痕斑驳的杀猪尖刀割断刘耀明婆娘裤腰带的犯法的事，他咬着嘴唇瞪着眼睛半天说不出一句话来。再闷下去就会给乡长和警长造成无理取闹的印象，轱辘子客王甲六脑子一转就改口说：“刘耀明倚仗职权承包龟渡王村集体砖厂，承包租金少得跟白占一样，你是乡长你是警长为什么不管他只抓我王甲六赌博？”

乡长骤然变色训斥说：“刘耀明的问题归刘耀明，砖场承包合理不合理也不是你一个人说了算，你赌博成性屡教不改至今仍混闹不休看来真是无可救药了……开会开会立即召集村民开会!”

警长也厉色道：“看来你是不想珍惜我给你的这个最后机会了?”

轱辘子客想说什么却说了风马牛不相及的话已经颓然闭起了眼睛，扑通一声跌坐在地上，嘴里嗫嚅咕哝着什么话，谁也听不清，谁也不再想听他胡说什么，只顾忙活召集村民开会。

龟渡王村几年来甚为稀罕的村民大会，说定了最终还是由刘耀明主持。

兔老汉

一

善民老汉一觉醒来，伸手到火炕下边的小凳上去摸瓦盆。此刻，不用看钟表，准是午夜子时。他尿完尿，小心翼翼地把瓦盆放回到凳上，又溜进热乎乎的被窝里。西北风在屋脊上划出令人心寒的嘶鸣，电线也呜呜呜响，正三九隆冬季节。老汉愈贪恋那热烘烘的电热褥，伸手到枕头边又摸来烟袋，装上一袋旱烟，黑暗里划着火柴，美美地吸了一口，简直觉得自个儿就是神仙皇帝了。儿娶了，女嫁了，老汉再没有操心劳神的大事了；有粮吃，有钱花，老汉再不为日月生计发忙迫费熬煎了，可不就是神仙皇帝过的日子！抽完这锅旱烟，过足了烟瘾，后半夜会睡得更舒服。

这当儿，老汉似乎听到前院厦屋的门轻轻响了一声，是木门被碰撞的声响。他支棱起脑袋，细一听，似乎有极轻的脚步声。他丢下烟袋，再一听，好像听见兔子的蹄腿胡乱蹬踏的声音。他心里当即断定，贼娃子偷兔哩！他一脚蹬过去，把老伴蹬醒来，压低声儿告诉她，有贼！他已穿好棉袄棉裤，溜下火炕，勾上棉窝窝，随手从门背后摸起劈柴的斧头，“咣当”一声拉开门闩，蹦到门外。

善民老汉提着斧头蹦出门来，立即听到前院一阵慌乱的脚步声，他大喝一声：“好个狗日贼娃子！”一声吆喝之后，那院里的脚步声更加慌急杂乱，跑起来了，夹杂着自行车链条的响声，那响声瞬即消失到大门外去了。

老伴也穿戴整齐，拉亮电灯，走出门来，站在他的旁边问：“贼娃子呢？”

善民老汉答：“跑球了咧！”

老伴问：“你不撵贼，站在门口做啥？”

善民老汉这才意识到自己根本没有撵贼，更不要说抓住贼娃子了。他笑笑说：“吓得贼娃子跑了算了，我个老汉还能撵上？”

老伴讥笑说：“亏你手里还提把斧头！”

善民老汉听罢，把斧头扔在墙脚下，不再理会老伴的讥笑，走到前院去，厦屋里养着百余只兔子哩！

厦屋敞开着。老汉拉亮电灯，就看见一排排木条钉成的兔笼上的小木门打开了，几只长毛白兔在地上惊恐地跳弹，有两只大约被捏死了，扔在兔笼下，身上还有热气。老汉一数，整整差了二十五只，就在心里骂，狗日的贼娃子，简直成了土匪了！偷钱偷马达割电线，居然连兔子也偷！他骂着，把死掉的两只兔子抚弄一番，看看再无法挽救（那毛皮的热气越来越少），就哀叹一声丢到门外的台阶上。他把兔笼一一关好，又返身出来，锁了厦屋的门，听见老伴在大门口呼叫他。

他紧走几步，赶到大门口，老伴指着木门槛，似乎那儿有条不祥的死蛇。借着蒙蒙的星光，善民老汉看见，那木门槛上丢着一只小小的布兜儿。他顺手拾起来，看见布兜的两根系带儿全断了。他断定，一定是贼逃出门时，大门的闩子挂住了布兜的系带儿，拽断了，掉在木门槛上了。他一把抓起布兜儿，回到上房里屋，在明亮的电灯下，善民老汉把手塞进布兜儿，一把掏出一摞硬硬的东西来，眼睛就瞪起来了，老天爷，竟然是一厚扎人民币！老伴数一数，是五百元。

老伴说："你丢的那二十三个兔，连带捏死的那两个，总共二十五个，能卖多少钱？总也卖不下这五百块吧？这下好！老天爷有眼，神灵有眼，总不会亏待善人，总不宽容恶鬼！"

善民老汉咂着旱烟袋，没有说话，瞅着那一厚扎人民币，扭过头来，又瞅着案板上方的墙壁。

案板上方的墙壁上，贴着一张灶王爷的神像。那灶王爷在人间所司的差使，就是监督黎民百姓锅前炕头的一言一行，是否违犯天纪，每到农历年尽，回天宫汇报一次。黎民百姓对灶王爷真是怯畏异常，就在神像两边贴一副对联：上天言好事，入地降吉祥。善民老汉笃信灶王爷，从来不在灶君面前说出任何贪心贪欲谋计他人的话来。

他脑子里筹思：这五百块钱怎么办？这不是在大路上拾下的，而是贼娃子丢下的。贼娃子丢下的钱敢拿吗？

二

一早起来，善民老汉洗罢手脸，就划着火柴，点燃了三根紫香，又点燃了一对蜡烛，供奉在灶王爷的像前，打躬作揖，跪拜在灶君面前了。他很虔诚地仰起头，盯着灶君的面孔，嘴里嘟嘟囔囔，向灶君明心，你老看得清白，恶人偷了我的兔，把钱兜丢在我屋里了。我可没有见钱黑心，没有财迷心窍，我等那丢钱的人来取，五百块一扎子整整齐齐照原样放着。你把事情的过场看得清清楚楚，我跟俺老伴都没贪财的心思……他想叮嘱灶君，年底回天宫去的时候，你可甭胡乱汇报我呀！

没有亲眼见过善民老汉敬奉灶君的人，一定不相信如今世上尚有这等迂腐的百姓，可姚店村的人都相信，因为他们看见过。

姚店村的姚善民老汉，信了大半辈子神了。他敬奉的神，一是灶君，二是土地爷，全是神幻世界里的末等芝麻官。他年轻时，也不信神，他爸却是一切神灵的忠诚信徒，进庙就跪拜，见神就上香，每月初一敬奉灶王爷和土地爷的一炷紫香是断然不能马虎的。善民老汉当时对他爸的行为十分厌恶，常用白眼斜瞅跪拜在灶膛里和土地堂前的父亲，说出一串串亵渎神灵的话，哼！穷得锅里没米下，倒是把钱买了香蜡纸裱，烧给这两个窝囊废，顶屁哩！早该把它扔茅坑去了，还月月敬它？他父亲蹦起来，甩手就给了他两个响亮的嘴巴，又跪下去了。

事有凑巧，这年秋天，善民被拉壮丁了，同遭劫难的还有本村的姚兴娃。两人一下子被拉到河南，开拔到一座不知名字的大山里，就到战场上了。两人只领得一身军衣，兴娃穿衫子，善民穿裤子，刚刚学会放枪，打了一仗，倒下一片死尸，像夏收时横七竖八摆在田地里的麦捆子一样稠。两人商量说，再打一仗，咱俩也就变成麦捆子了，得跑！就在队伍转移的极好机会里，趁着天黑，两人就偷跑了。可怜兴娃被追来的子弹击中脑壳，变成了一个孤零零的麦捆子，他却逃脱了，一颗子弹劈掉了半拉子耳朵，却不影响他没命地跑。辗转月余，善民老汉一路讨吃要喝，有时住下来打几天短工，挣来十数个黑馍，背上再走，终于回到渭河平原东部原坡下的姚店村。当他呜呜哭着叙述了兴娃变麦捆子而自己丢了半拉子耳朵的经历以后，他爸顾不得安慰他的伤痛疲劳，立即点燃了香蜡纸裱，拉着他先拜灶君，再拜土地爷。教训他说，你这下该信了吧！要不是我烧香敬神，你娃子也变麦捆子摆到河南的沙土里了！你看看，神灵保佑着你，那枪子儿就只能挂住耳朵，耳朵离脑袋可没隔五尺一丈！善民从此也服了，月月初一跟他爸一同跪拜灶君和土地爷，甚至比他爸还虔诚几分。

“文革”闹到偏僻的姚店村的时候，乡村小学的娃娃在先生带领下，首先挖掉了善民老汉的土地堂，厦屋北山墙的墙壁上就留下一个豁豁牙牙的洞，洞上面留下一行黑字：横扫一切牛鬼蛇神。灶君被烟熏火烤变得黑苍苍的面目也被撕掉烧了。

近二年间，政策松活了，好些村子把毁掉的大寺小庙都修复起来了，善民老汉就在厦屋北山墙上又修复了土地堂，用青砖水泥砌成，倒排场了，一位捏面人的老艺人给他塑了土地神，他掏了五十块钱，心甘情愿。灶君的纸像也买到了。

善民老汉而今活得最滋润了。大儿子早已分家另过，在村子西头的新庄基上盖起一幢新屋，已经娶下孙子媳妇了，儿子和孙子常帮他犁地收割，倒也孝顺。二儿子从部队复员回西安，两口子都是吃公粮的人，年下节下回姚店看望老汉，一兜一袋尽是好吃好喝的东西。善民老汉和老伴农闲无事，清闲过余，反倒乏味，就养下一群兔子，剪兔毛卖给收购站，倒也不少收入。他的闲置的厦屋里，摆着一排排木格兔笼，多是长毛白兔，也有红兔和青紫兰兔，他只剪毛而不食肉，认为食肉是造孽。姚店人除了叫他善民老汉之外，又叫他兔老汉，也有叫善兔老汉的，村长给乡政府汇报的登记表上，却命名他为养兔专业户。

善民老汉也罢，兔老汉也罢，养兔专业户也罢，善民老汉不管这些称呼里包含着几分真诚又几分嘲笑，依然照例是每月初一敬奉灶君和土地爷一炉紫香。在他看来，贼娃子丢在街门木门槛上的布兜儿，那其实是土地爷给拽断的。

谁说神不灵？神无时无处不在！神无时不在保护善良百姓，无处不在惩罚恶人奸徒！

"你看，咱们都睡得死死的，土地爷给咱放哨着哩!"善民老汉得意地说，"土地爷看着贼娃子偷兔哩，把我给摇醒来；土地爷看贼娃子背着兔子跑了，就把狗日的钱布兜给拽断了……你看灵不灵?"

"灵!"老伴说，"贼娃子偷了二十几个兔，卖不上一百块，倒丢了五百元。老头子，我怕那伙贼不甘心……"

"甘心也罢，不甘心也罢，咱都不能拿这五百块钱。咋说哩? 不是咱的钱嘛!"善民老汉说，"咱挣一个，花一个，挣俩，花俩，即使挣不下一毛钱，也不能收下不义之财。"

"你刚才说，这是土地爷给咱从贼娃子手里夺回来的嘛!"老伴说，"既是土地爷给的……"

"土地爷给的也不能拿。你忘了? 灶君把一切都看得清白，要是汇报到天宫，咋办?"善民老汉说，"我想，那些贼娃子，大概是穷急了。看看要过年了。没钱办年货，猴急了，就想偷人，饥寒生盗贼嘛! 咱还是把这布兜跟钱……还给主家。"

"还给谁呢? 主家是谁? 那些贼娃子还敢来取布兜儿?"老伴提出一串串疑问。

善民老汉一时也回答不了，没有开口，在想着万全之策。

"要不，交给乡政府去，或是交给派出所。"老伴说，"让乡政府或派出所……"

"不行不行不行。"善民老汉打断老伴的话，"贼娃子躲派出所，跟老鼠躲猫一样，怎敢到乡政府、派出所领布兜? 那不自投罗网!"

“那……咋办?”老伴说，“交又不能交，搁又不能搁，这五百块钱倒该咋着办?”

“我看哪！那贼娃子既能偷兔，必是舍不得丢下票子的，十有八九要来取。他来了，说几句好话，认个错，咱把钱跟布兜还给他不就完了!”

老伴点点头。

善民老汉照例去抚弄他的兔。老两口很坦然，也很从容，像什么事也不曾发生过。

三

善民老汉正睡得沉，正在做着好梦，就觉着一个人一手掐着他的喉咙，一手捉着明晃晃的攮子，那人的脸上全用黑墨涂得一满模糊，一条黑布蒙住了鼻子和脸颊，只留一对白仁多黑仁少的眼睛珠子在外头。他想说话，喉咙被掐着，舌头转不动了。

那人把一块烂布塞进他的嘴里，松开了手，一把把他从被窝里拽起来。善民老汉一看，老伴的嘴也被一只臭袜子塞住了，被另一个人拽起来，那人也是把脸涂得一塌模糊，只留两只牛眼在外头。老汉再一转脸，就看见脚地的桌子旁边还坐着两个同样打扮的人，手里玩着攮子，嘴角咂着烟卷。

“拽下来!”坐在桌子正中的那人命令，他大概是这一伙恶鬼的头儿，“把这两个老熊拽到地上来!”

善民老汉被那小子一把拽下炕来，几乎栽了一跤。他从不习惯穿内裤睡觉，光溜溜赤条条被拽到脚地上，连忙用双手捂住下身。他一看，老伴也被赤裸着拽下来，和他站在一排，老伴羞得蹲下身去，又被拽起来。

“听着：谁要是敢把嘴里的东西掏出来，就挨一刀！”那头儿把手里的刀子抛起来，电灯下寒光闪闪，落下来又接在手里，命令说，“你俩老熊听着：学着兔子蹦吧！让哥儿们开开心，你不是兔老汉吗？就学兔子蹦吧！”

那个一直厮守着他的家伙一把把他按倒在地，在他屁股上踢了一脚，逼他学兔子蹦跳……

善民老汉冻得浑身像筛糠一般抖，简直支撑不住了。老伴已经倒在地上，爬不起来了。他在脚地上来来回回爬行的时候，早已猜断出来，这四个家伙肯定是偷兔子而丢了钱兜的恶鬼，“二返长安”来了。

“你老熊明白是怎么回事了吗？”那头儿撇声窝腔地问，“你说，明白了吗？”

善民老汉早已苦不堪言，实际上也不能言，嘴被堵着。他心里骂，我早把钱照原样装在兜里，只等着你们来拿，早知如此，该是交给派出所才好，或者塞到灶膛里烧了。他实在想不到，这些贼会采取这样的手段来讨钱，委实跟土匪一样明偷强掠。他只好点点头，表示他明白他们的意图。

“明白了好！”头儿说，“既然你明白了哥儿们今日黑来做啥，你就自己拿出来，甭劳哥儿们翻箱倒柜。让他站起来。”

善民老汉站起来，从炕头的木箱里一把拽出布兜儿。那头儿一伸手就抢过去，掏出那一厚扎票子，自言自语说："倒是没动！"

善民老汉心里不屑地说，我可不吃昧心食。

那头儿朝另外三个蒙面人努努嘴，其中一个把刀子拔出来，逼着善民老汉和老伴蹲在地上，那刀子尖就顶着他的后心。另两个家伙已经跳上炕，那张千把元的存折和三百多元的现金自然不能幸免。老汉动也不敢动，只怕那刀尖刺进肉里去。一千多块钱虽然可惜，而他和老伴的性命怎么也不能丢在这伙强盗手下。他悄悄捏住老伴的手腕，怕她一时沉不住气而跳起来护钱，事情完全就糟了。

那头儿再努努嘴，另三个蒙面人就动手把善民老汉和老伴的手脚捆起来，扔到炕上，用被子盖住，然后走了。

"拜拜！"一个说。

脚步声响到前院去了，消失了。

老汉把嘴在炕沿上搓擦，终于弄掉了毛巾，又用牙齿撕开了手腕上的绳子，再解开脚腕上的绳索，拉亮电灯，给老伴拔了嘴里的烂布袜子，解开手脚，老伴几乎被折腾得半死了。

他搂住老伴，"呜"的一声哭了。

深更半夜的哭声，惊动四邻，邻家的男人女人闻声赶来，惊恐地听着善民老汉的叙说。本族的侄儿姚天喜气得脸色铁青，直抱怨堂伯太糊涂，你昨日一整天为啥不吭一声？人家前天晚上偷了兔，丢了钱，你倒好心肠等人家来取！天下哪有这样愚昧的善人！你昨日要是透一点风，我们几个小伙子就有了防备，非把狗日砸成肉……发了一通牢骚，就骑上车子出了门，奔派出所报案去了。

四

侄儿领着派出所的两位年轻警官到来时，天已微明。两位警官详细询问了经过，又拍了照片，又捡拾了几个蒙面人丢在地上的烟把子，又带走了捆绑善民老汉和老伴的塑料纸绳儿，就告别了。

临走时，一位警官说："大伯，你这人真是……不可思议！贼偷了你的兔，你反而等着贼来取他们丢下的钱！还怕贼不敢去派出所，因此就不交给我们。真是不可思议！像你老这样的善人……我还没见过哪！"

另一位警官站在旁边摇着头笑。

二儿子接到族里弟弟天喜打去的电话，早饭时间就急急忙忙从城里赶回乡下来，问清了遭窃的经过，也数落起父母来："太糊涂了！糊涂得叫人无法理解！简直成了天方夜谭！而今社会发展到啥样的地步了，你还说'人心都是肉长的！'这下你看看，人心到底是不是肉长的？未必都是！你行善，他偏作恶……真是糊涂透顶！"

他在等待，等待派出所的警官来向他报信，贼娃子抓住了！可是等了五天，还不见音讯。老汉越等越烦，等不住了，也烦得躺不住了，一骨碌爬起来，一把撕了灶君的像，塞到灶膛里，又奔出里屋，抡起双刺镢头，把土地爷的坐像一镢头就挖了出来。他在嘟嘟囔囔地骂：“你这个废物！恶人糟践我老汉的时光，你做球去了！我给你烧了一辈子香，你……”

善民老汉瞪着血丝斑驳的眼珠，抡着镢头，甩开老伴拉扯的手，捶砸着倒在地上的土地爷的泥坯身躯，口里骂着：“我不行善了！善人善行尽吃亏！我也作恶呀！我也学歪人的样儿呀！哪怕死了下地狱，活着再甭受恶气！”

老汉把土地爷砸得粉碎，扔了镢头，又奔进厦屋，从兔笼里抓出两只长毛白兔，走到院庭里，往砖石台阶上猛磕两下，活蹦乱跳的兔子顿时耷拉下脑袋，在地上蹬着后腿。

老伴惊慌地喊：“你疯了？”

老汉强硬地答：“我没疯！”

“今晌午吃兔肉！”善民老汉动手剥皮，双手已染得鲜血淋淋，“咱不能当兔子，当兔子太软绵了，我要吃兔，狼才吃兔。人都怕狼。我也学狼呀！”

“疯了疯了！”老伴又气又急，“我看你八成是疯了！”

一辆吉普车停在门口，一位警官走进屋来，笑说：“姚大叔，听人说，你养兔不吃兔，也不杀生，今日倒开杀戒了！”

善民老汉头一甩：“我学手哩！”

警官要他上车，到派出所去一趟，却不说做什么。善民老汉洗了洗手，就上车走了。

走进一间房子，警官打着手势，示意他不要说话，可以抽烟，也可以喝茶，只是不要说话，说是让他等一等，所长一会儿要和他说话，现在需得等一等。

善民老汉端起茶杯，喝了一口，就摸出烟袋来，一边吸烟，一边打量这间房子。房子很小，用一道黄布隔成两半，可以看见那一半的苇席顶棚。稍坐一阵儿，就见那边房子有人在说话，他听得十分真切。

“你说一遍：你俩老熊学兔子蹦吧！让哥儿们开开心！”

“你俩老熊学兔子蹦吧！让哥儿们……”

善民老汉还没听完，脑子里“嗡”的一响，呼地蹦了起来，手里攥着烟袋，骂了一句：“好个狗日的！”就一把拉开黄布帐子，奔到房子那边。

一位警官坐在椅子上，一个小伙站在房子中间。善民老汉走到小伙面前，死死盯着那小子的眼睛，白仁多而黑仁少，就是那个发号施令让他光屁股学兔子蹦的家伙！他一巴掌扇过去，那小子打个趔趄，又站直了。那位警官忙拉住他的胳膊，问：“大叔，口音听准了？”

“听准了！”

“模样子能辨认出来不？”

“我辨得出他的眼睛！白仁多黑仁少，狠毒的坏种全是这一号眼睛！”

善民老汉使劲挣脱警官拉他的手，却挣不脱，急得气喘吁吁，双脚跳弹……警官劝：“姚大叔，你只要把人认准，有法律收拾他，你可不能动手打！”说着便把他拉出门去，推上吉普车，送他回家。他问警官，这贼是哪里人？谁家老子就养下这样一个孽种？警官说，这贼是姚店村西边韩寨子的，他爸叫韩豆腐，磨了一辈子豆腐。善民老汉张大嘴巴，“噢噢”了半天，大为惊诧：“啊呀呀！韩豆腐跟我一样，也是顺民百姓，善得跟菩萨一般样儿，怎么养下这号东西？”警官笑着说：“他爸善良不等于儿子都善良，这问题嘛……复杂啰！”

他又问警官，另外三个贼抓住了吗？

警官告诉他，这一伙贼共有八个人，这次全抓起来了，只有一个外逃，正在追捕。

老汉大兴感叹：“那东西穿得也不错，脸上红堂堂的，不像是没钱花没饭吃咯！”

警官说：“根本不是！”

善民老汉不说话了，抽起旱烟，心里纳闷儿，吃得好又穿得阔，怎么还做贼抢人呢？并非是饥寒才生盗贼，并非是得温饱而能修礼义吧？

吉普车在秋天的原野上奔驰……

马罗大叔

星期六回到家中，刚落座，母亲说："你马罗叔不在了。"

"什么时候?"我问。

"昨日夜里，还弄不清辰时卯时咽的气。"母亲叹了口气，"今日清早人才发觉。"

这也许不奇怪。一个老光棍儿，夜里独自一个人睡在窑里，死一百次，大约也不会被谁及时发现的。尽管这样想，我的心里仍然禁不住悲哀起来了。

"啥病也没添，昨日后晌还在村里转悠。这倒好，干干脆脆，免得受罪。"母亲这样说，言语中伴透着哀伤，"昨日后晌在街巷碰见我，还问你回家来没。回回碰见我，都要问你回没回来。我问他有没有啥事要帮忙，他都说没有，只是想……问问。"

他其实并不要我帮他办什么事，却总要问我回家来没有！我的心倒不是滋味了……

我记起了和马罗大叔共进的一顿晚餐！

那一年，我怀着一股疯狂般强烈的追求，企图闯进某所有名望的大学的神圣殿堂，结果呢？却不得不蜷缩在夏季闷热窒息而冬天四处透风的祖传的又矮又破的小厦屋里。一盏必须放在眼下才能辨清字迹的煤油灯，常常烧焦我的马的鬃毛一样贼密的头发，火苗上卷着的黑烟熏得我总想作呕，为了省油，也为了节粮，庄稼人在天色刚一落黑就上炕躺下了。他们几乎本能地懂得减少活动量以降低能量消耗的科学道理，不到左邻右舍去串门，也不坐在街门外首的树荫下扯闲，全都静静地蛰伏在炕上了。这个时候，文明而又先进的城市正在推行“劳逸结合”的临时性科学措施，机关缩短办公时间，学校取消体育课和晚修自习……庄稼人不用任何人号召，全都自觉地“劳逸结合”了。

我没有瞌睡，无法忍受在黑暗里睁着眼睛躺在土炕上的惶惑和寂寞。煤油灯盏昏黄的光焰里，顿河草原壮丽的景致在我眼前展开，葛利高里矫悍的身影驰骋而过……当我感到眼睛发花、发黑、脖颈困倦，难以再翻过一页的时候，眼前就只有母亲装馍馍的那只竹笼了。

是的，那只竹笼，是用竹篾编的，从我有记忆开始，就记得从屋梁上垂下的铁钩上吊着这只扁圆的竹篾编织的笼子。一年四季，这笼里都装着取之不尽，摸之不竭的馍馍，陈馍不等吃完，母亲又装进新蒸下的了。当然，一年中的近十个月里，这笼里总是装着黄色或白色的苞谷面馍馍，只有在年下节下和收麦碾场的时月，这笼子里才会装满纯净的麦子面馍馍。现在，那笼子里空了，顿年顿月地空荡荡地挂在那只铁钩上，悬在一家人的头顶。空着的竹笼子总是诱惑起我对香甜的馍馍的无限深情。空的！我真不明白母亲为啥总不把它摘掉，令人在半夜里想到它时，却是空的，多么沮丧！可反来一想，即使母亲把它摘掉了，扔到看不到的什么角落里去，甚或砸了烧了，此刻仍然会想到它！

饥饿像洪水猛兽一样咬噬着我的心！

我痛恨我为什么缺乏对于饥饿的忍耐能力。父亲同样和我在生产队的地里干了一后晌活儿，回来只喝了一碗盐水，就不声不响地躺在火炕上了，此刻已经响起令人羡慕的鼾声，我却在脑子里不断地旋转着那只什么也没有装的空笼。我很饿，饿得躺不下也坐不住，甚至痛恨起肖洛霍夫来了，你写他娘的什么葛利高里，这个哥萨克狗杂种，害得我不能早早睡觉，现在饿得像饿狼似的在小厦屋里打转转。

我走出门，村巷里死一般沉寂；没有月亮的秋夜，田野里一片黑暗。我没有目的，却本能地走出村庄，下到河滩里来了，正在孕穗的苞谷林里，散发着一股浓郁的苞谷棒子的腻腻的甜香气味，我在水渠边站住了。

我伸手摸到一根苞谷秆子，掰下一个又肥又粗的棒子，三两把撕掉嫩皮，蹲在水渠沿儿上啃起来。凭着牙齿和舌头的感觉，那棒子粒儿软软的，苞谷粒儿里的乳汁竟然溅到眼睛里，我一定是啃得太猛太快了。嫩苞谷粒儿在嘴里，还没有来得及嚼烂，就滚进肚子里去了，几乎尝不出什么味，只觉得十分香甜。渐渐地可以品尝到它的全部甘美的品质了，没有成熟的嫩棒子，生的，带着秋夜里凉冰冰的露珠儿，流进火烧火燎的胃里，太惬意了。甜甜的乳汁，甚至有一股牛奶的舒腻腻的味道，我觉得这就是只有上帝才能享受的善恶树上的仙果了。

我把啃光了的苞谷芯子丢到水渠里，从水渠沿儿上站起来，再伸手摸到又一个苞谷棒子，却猛然看见一个人，正站在三五步远的大柳树下。我一惊，一愣，从身影和体形上，立刻辨认出来，那是马罗儿，终年四季给生产队看守庄稼的老光棍儿。我也不知凭什么勇气，没有撒腿逃遁，也没有向他求饶，而是毫不动摇地把那个已经抓摸到手的苞谷棒子，“咔嚓”一声掰了下来，三两下撕开嫩皮，蹲下身，又啃起来了，那夹在一排排苞谷粒之间的嫩须毛儿，连同苞谷粒儿一同吞咽到肚子里去了。

“哼！你倒胆大——”他冷笑着说。

我没有腾出口舌和他争辩的心思，反正我偷吃了苞谷棒子，跑也跑不到台湾去，任你去给队里干部告发吧！随你们怎么处罚好了！即使用我们家那两间破旧的房子来抵偿，我也不会后悔，因为那房子毕竟当下解除不了我腹中如洪水冲击着、猛兽吞咬着的饥饿。我已经无暇考虑后果，仍然大啃大嚼着生苞谷棒子，似乎越嚼越能品尝生苞谷粒的甘美香醇了；既然总免不了一罚，索性让我今夜饱餐一顿也划得着了。

“跟我走！”马罗吼着。

我站起来，并不特别惊慌，走就走吧，无非是赶出伊甸园去接受惩罚，后悔是无用的。我跟在他屁股后头，牙齿仍然在忙着啃咬苞谷棒子。

他猛然转过身，伸出手，我以为他要揍我了，却是一把从我手里夺下苞谷棒子，“噼啪”一声摔到水渠里去，溅起的水珠儿跌落到我的腿脚上。我憎恨地瞅着他，站住了，真有点阿Q式的怒目而视。只是黑夜笼罩了一切。他看不见我的怒目，我也看不见他是怎样得意的一张嘴脸。

我跟着他的屁股走，纵使下地狱，我也去。

顺着水渠往东走，渠沿草枝上的露水打湿了脚面，我感到一阵渗凉。葛利高里和阿克西尼亚在顿河草原的月光下尽情淘气，我却跟着老光棍儿马罗走向耻辱的深渊。那条通往村庄的田间土路横在眼前，我将跟他从那儿拐弯，朝南，走进村庄，呆立在书记或队长家的街门口，听候处置……

奇迹在这一瞬间突然发生了。

水渠和土路交叉的地方，有一孔用树枝搭成的便桥，老光棍马罗走上便桥，毫不迟疑地朝北走去，那儿将通到河滩的深处。他不打算把我交给干部，我的心里毕竟感到轻松了。

我也跨上了水渠上的便桥，树枝在我脚下软软地闪了闪，我背向村庄，走向广阔的河滩。我突然一想，他不把我送交干部，那么带我到河滩里去干什么？又是在这沉沉的黑夜里！我不禁毛骨悚然了。

我立即想起，村里人都知晓，六亲不认的马罗，常常抓住偷庄稼的贼，用他的牛皮裤带教训一番，然后放掉，倒是很少交给干部去处置。干部不打人，只会罚款，罚下款又是众人的；要么开群众会，斗争批判一番，无非是丢人现眼，远不如马罗自己发泄一下光棍过剩的力气过瘾……我现在开始考虑，如何对付这个残忍的老光棍儿了。如果他要……那么我就……我有好几种应急措施在脑子里形成了。

我不能不做应急的考虑。这个马罗，是个生性乖僻的老光棍。村里还有一位光身汉，却是个爱热闹的“呼啦嗨”，天天黑夜招惹一屋子闲汉，耍牌、“纠方”、“狼吃娃”，是老少皆宜的“俱乐部”。唯独这马罗，见不得闲人进门。有人暗里说，马罗常在他的窑里会野婆娘，怕旁人突撞了他的好事。不管怎样，我大约从来没有踏进过他的土窑的门槛，这倒不是怕冲撞什么，我是实在不想看他的那一张脸，从来也看不到一丝笑纹的冷脸，总是像刚刚和人打过架似的。加之我一直在县城读书，只在寒暑假才回到村里住下，几乎没有和他打过什么交道，说话的次数都是极其有限的。

马罗一年四季只干一种活儿，看守庄稼。麦子熟了看守麦子，苞谷熟了看守苞谷；麦子和苞谷处于青苗时节，他就在村口路边转悠着，看守那些糟践粮食的猪羊鸡鸭。他曾经一梭镖扎透过一头公猪的肚子，吓得所有养猪的村民纷纷修补坍塌的猪圈和羊舍。他曾经把一个偷摘棉花的汉子捆在树干上，嘴里塞满他自个偷摘下的籽棉（真是自食其果），解下宽皮带，一手提着裤子，一手挽着皮带，抽得那汉子可想而知是什么滋味了。有马罗看守庄稼，比阎罗更瘆人。不过……我这样二十岁的刚强铁汉，总不至于束手给他捆绑到白杨树干上的……

再绕过一道水渠，朝东一拐，我就看见一盏马灯荧荧的亮光，那马灯正挂在一个庵棚上，这是老光棍的别墅式住宅了。

他在庵棚口站住，转过身来，在黑暗里瞅着我。

我也站住，紧紧盯着他的手。

“坐下！”他的头一摆，对我吼喊。

我没有坐，仍然站着；坐下了，要再站起来反抗就可能为时过晚，措手不及。我没有吭声，倒把两手轻轻提起，叉在腰间，暗示给他一点威势。

“啊……嗨嗨嗨嗨嗨……”

突然间，他放声大哭起来，那粗哑的男人的哭声，从他喉咙里奔泻出来。像小河在夏季里突然暴发的山洪，挟裹着泥沙、石头和树枝，带着吼声，颤动着四野。我不知该怎么办了，在这一瞬间，我几乎失掉了知觉，脑子里一片空白，我和世界都不存在了，犹如穿开裆裤时候在河里凫水被卷进淤泥陷坑时的那种绝望中的空白……

我慌恓了。不知该怎么办才好，叉在腰间的手自觉松动了，垂了下来。马罗突然伸出双臂，把我抱住，硕大的脑袋压在我的胸膛上，哭得更加不可收拾。他的中年人的粗壮的身体颤抖着，两条铁钳一样的手臂拘得我的肩胛骨麻辣辣地疼了。他的鼻涕和眼泪一股脑儿倾泻在我的胸脯上，渗湿了我的衣衫。

他哭得好凶，我却找不到劝解他的话。实际的情况是，根本不用我劝慰，他自己已经戛然而止，松开抱着我的手臂，哭溜着声儿颤颤地说了一句：“咱们……好苦哇……”

我此时才理解了这个老光棍粗莽的举动中所表达的感情的含义了；而一当领会，我就再也支撑不住了，心酸了，腿软了，一下子坐在茅草庵棚门口的树根上，双手捂住脸颊，哭起来了，呜呜地淌泪，却不像他那样扯长喉咙号啕。

老光棍马罗，像疯了似的在庵棚前的草地上，跳起又落下，破口大骂：

“我日你妈——‘修正’！你狗日害得俺中国人好苦哇！你不吃自家的黑豆小豆（赫鲁晓夫），净想吃中国的白米细面！白米细面吃腻了，还想吃苹果！苹果……哼！还要拿圈儿套得一般个儿……”

我十分伤心，却又几乎被他的骂声所逗笑。我知道，公社里某些拙劣的宣传家向村民讲解宣传的结果，就造成马罗叔这样的胡拉乱扯的可笑心理。他却依然恨着声，跳着骂着，像村子里的庄稼人打架干仗时一样的泼势：

“你害得俺中国农民……啃生苞谷棒子……”

我刚刚觉得心里轻松了一下，又酸楚楚地低下头来了。

“我日你妈——‘假积极’！你胡闹欺哄毛主席，放你妈的臭‘卫星’！你得了奖状，得了表扬，叫俺社员跟受洋罪——啃生苞谷棒子！”

戒备，羞愧，所有这些复杂的心情，全都随着马罗的骂声跑掉了，我心地坦实地坐在那只树根上，换一个更为舒适的坐姿。马罗蹦着，骂着，声音渐渐远了，钻进苞谷地里去了，那儿随之传出咔嚓咔嚓的断裂的脆响。

他走来了，怀里抱着一摞苞谷棒子，扔到庵棚口的草地上，又钻进庵棚，从吊床下扯出一捆干透的树枝，啪的一声划着火柴，点燃麦草，再加上树枝，火苗哧哧哧蹿起来，冒得老高，在一个用铁丝扭成的支架上，摆上了嫩苞谷棒子。他咕哝咕哝地说：

“去你妈的！这号烂熊苞谷棒子，而今倒成稀罕物了！咋说也不能……啃生的……”

干透的树枝燃烧起来，噼啪作响，火声是这样富于生气。我坐在火堆旁，双手搁着膝头，下巴支在膝盖上，看火苗忽而落下又忽而蹿高，在秋夜的黑幕中辟开的光亮的空间，随着火苗的起落忽而缩收又忽而扩大。火苗在树枝上跳跃，从燃烧着的枝条上攀缘到刚添加上去的树枝上，像万千猕猴在树林里嬉闹，跳跃翻跌；无数条火苗拢在一起，就组成一个火的世界，充满了活力；火永远给人一种热烈、紧张、奋进的启迪……秋虫在四野的黑暗里啁啁啾啾，唧唧吧吧地吟唱，像无边无沿的一只大网在颤悠。

马罗蹲在火边，用树枝拨拢着火堆，促其烧得更旺。架在铁丝网架上的苞谷棒子，绿色的嫩皮变黄了，变黑了，烧焦了，一股浓郁的香味从火堆里扩散开来了。

我的鼻膜受到刺激，经不住这样无法抗拒的诱惑，口腔里不断地有口水渗出来，嫩苞谷棒子经过烧烤，散发出来的这股奇异的香味啊……这样浓烈，这样甘醇，我不能想象世界上还有其他什么美味佳餐能比它更香甜更醇美了。

马罗大叔的神态也使人动情。他坐在一块河卵石上，两手搭在撇开的膝头上，挺直腰板，俨然一副用斧头砍削出来的青石雕像。火光映照着他的脸，一会儿明亮，一忽儿灰暗，四方脸中央，雄踞着一垛宽大的蒜头鼻子，脸颊上有两道粗糙的大动脉似的皱纹。这张脸上，现在呈现出安详的神态，专注的眼神，雄狮守护幼崽一般雄伟而又慈爱的神情。他间或用右手里的树枝拨弄一下火堆里的柴枝，甚至歪一歪脑袋，向火堆里吹两口气，然后又坐直了，却不开口说话。

“吃——熟咧。”

他从火堆里的铁丝架上取出一个苞谷棒子，摔过来，撂到我的怀里。好烫！烧焦的皮上，残留着火星，我在两只手中倒来倒去，舍不得丢到地上，撕开尚未烧透的内皮，一股热气饱融着浓烈的香甜气味扑鼻而来。软软乎乎的苞谷粒儿，酥软香甜，一口咬进嘴里，我的眼泪禁不住扑洒下来了。

他也撕开一个苞谷棒子，用指头从棒子上抠下几粒，填到嘴里，缓缓地扭动着腮巴骨，款款地嚼着，很悠闲的样子。我却双手握着棒子，啃啊啃着。

我真吃饱了！大约两年以来，当城乡陷入严重的经济困难状态，倒霉的是我刚刚进入生理发育最活跃的时期，总是感到饿。我第一次给胃里装进去这么多没有掺假的真正的粮食，丝毫不担心消化不了而撑死在这河滩里的庵棚前。我很想说几句感谢他的话，却又说不出口，转弯抹角地说：

“我还想你会把我送给干部哩！或是……用皮带抽我一顿呢！没想到……”

“亏得你娃子没有跑！好——”他说，“好汉做事好汉当，偷了就偷了，吃了就吃了！你跑这个鸟嘛！我就见不得那些蛇溜鼠窜的东西！你威威势势站在那儿……我倒服了——这娃子有种……”

是晚我没有回家，和马罗大叔挤睡在他的庵棚里的吊床上。他的一条薄被子，大约半年一年也没有拆洗过，有一股臊腥味儿，包围着我的鼻孔；耳畔响着他毫不抑制的屁响。他像剖白一样向我解释，他用梭镖扎死的那头公猪，是一位只会说人话而尽干狗事的人家的；只有杀出这一条威风，才能免去更多的唇舌；尽管这样，他悄悄地给人家赔了猪款，还让人家悄悄地收下，他只要那一层威慑的声势。他用皮带教训过的那个偷棉花的汉子，大约也是出于同样的目的，在于震慑外村那些企图用偷盗而发财的惯犯。至于像一般人偷摸一把两把，他老远里发现了，大声咳嗽一声，让你冠冕堂皇地走掉也就完了。对于我这样偷而不逃的蠢汉，他反而视为上宾了……

我吃了一顿难得忘怀的晚餐！

我睡了一个难得忘怀的好觉！

他对我这样诚恳相待，倒使我不好意思偷偷去摸一摸那苞谷棒子了，即使饥饿仍然十分难忍，我还是无有勇气再次走到他的庵棚里去。这一夜，我终于忍不住了，那美味的烧烤苞谷棒子的回忆，使我心里像猫儿抓着。我硬着头皮走出屋子，又走下河滩。

有一块半圆的月亮贴在西塬上空，路边的苞谷叶子刷到我的脸上，像锯刺一样割得人难受。我在想，怎么向他开口呢？真是有点不好意思，狗肉吃下熟路了吗？

庵棚前挂着的马灯灭了，一片黑暗，月亮清冷的昏光从树枝间透过，斑斑驳驳照在庵棚上。我站在庵棚旁边，叫了一声“马罗大叔！”没有应声，稍停之后，我又叫了一声。

“滚远！”

庵棚里吼出一声，我羞得无地自容了。是啊！太有点不知趣了……

我不知怎样离开庵棚，也没有心思回家，在河岸边的石坝上坐下了，撩起清凉的河水，刷洗烧烫的脸颊。

我发觉身后一亮，回过头，马罗把一支燃着的火柴按到烟锅上，瞬即熄灭了。我又把头转向河水，没有说话。

我凭感觉，知道他在我身旁坐下了，仍然没有理睬他。他咳嗽一声，却像无事人一样，乐悠悠地说：“你瞅，河心沙滩上，那是……”

我抬起头，朦朦胧胧的月光下，无掩无遮的沙滩上，一个人正踽踽朝对岸走去，似乎从姿势上可以辨出来，那是个女人……我突然像明白了什么，回过头，看见马罗喜眯眯地咂着烟袋，悠悠然喷出一口口烟雾：“不要记恨叔骂了你一句……

你来得太不是时候！把叔差点吓失塌咧……”

我跳起来，扑到他身上，使劲捶他结实的肩膀，要他老实交代。他得意地嘿嘿嘿笑着，并不特别忌讳……

“那是我的老相好哩！

“解放前，我在河北岸王财东家熬活的时光，这女人就跟我好上了。她男人是王财东的大少爷，狗日长得白白净净，可是个白脸傻瓜！十个铜圆数不完就乱了码号。土改的时光，王财东一上斗争台，这白脸臭瓜吓得拉下一裤裆稀屎，越是臭气了，嘴角成天吊着一串串涎水，她更见不得他了……”

“你该是跟她结婚，成家，何必偷偷摸摸的。”我说，“解放了，你怕啥？”

“结婚当然好，我咋能不想到。唉！这女人也真是说不清，又不忍心把那涎水嘴男人撂下。她怕孩子隔着一层，日后旁人骂‘野种’。我呢？也没心思讨旁的女人成家；再说，那女人也不让我讨，就让我跟她这么混……十四五年了，我也习惯咧。这女人好啊！只是而今饿得慌慌，她背着地主成分，政府发下救济粮，根本没她的份儿。好！我这儿给她救济。没办法，那几个娃儿没跟得上沾他财东爷子的光，倒刚刚跟上挨挫。队里分给我的，政府救济下的粮食，都给她了。妈的！解放前我给老财东熬活，而今又养活起几个猪娃子！没有办法！谁让我跟这女人……”

“那……你这么混下去，老了，怎么办？”我插嘴问，“你的好心，人家儿女大了想回报也没法回报，名不正言不顺哪！”

"不想！我马罗根本不想叫谁回报。老了死了，我啥也不留给旁人，也不想要旁人骂我。只要我活着，有这个女人跟我相好，行啰……"

星光在河水里闪烁。夜是这样深，这样沉。我突然想到葛利高里和阿克西尼亚。我们这黄土沉积层上的古老民族的子孙，也有顿河哥萨克一样动人的情话，只是格调不同罢了。

"你可不要乱嚷嚷呀！要是嚷嚷得旁人知道了，该当何罪！唔……你刚才叫我一声，把我吓了一跳，也把那个可怜人吓坏了。我给她说，'没事，俺老侄儿是个牢靠人，不会烂事的。你放心走……'她……那不是，已经走到河那岸去了……"

我抬起头，那个女人的身影，已经消失在河岸边的杨柳林带里。最后消失前的那一刻，似乎停站了那么一会儿，大约在隔水眺望她倾心相爱着的马罗大叔……

这一晚，马罗大叔话也多了，神情也格外活跃，说啊笑啊，直到村庄里传来一声鸡啼……自然免不了，犒劳给我一顿烧烤的苞谷棒子。

……

"给你马罗大叔送几张纸去。"母亲说。

我刚吃罢晚饭，放下筷子，母亲就提示我，应该给马罗大叔送一沓纸去。乡村里至今保存着这样的习俗，村民们为任何一位逝去的老者敬送一沓纸，由死者的家人烧在灵前，或焚化坟头，表示哀悼之情。时风进化了，乡村农民也有像城里人一样敬送花圈挽联的，终究为数不多，多数人仍然送一沓粗黑的麻纸。

我接过母亲拿来的一厚沓麻纸，走出门去。如果仅仅出于报答他在我饥饿如狼的困顿时刻给予过我一顿美味的晚餐——烧烤苞谷棒子，未免失之浅薄，而我又深知这与马罗大叔“不要回报”的本意相违拗的，我的心沉重起来了……

我在公社里已经工作过近十年了。那一天，在公社机关不算太大的院子里，我看见马罗大叔的背影。那硕大的头颅，粗而短的腰身，现在却教人感到是一具粗大的骨骼，而且背也略微驼了。我把他叫进我的住屋。

“吃饭了没?”我问。

“吃——咧!”他拖着声儿爽声朗气地说。

“可别作假!”我说，“虽不到开饭时间，馍和咸菜很现成，你随便吃点。”

“啥时代把你马罗叔饿下了?”他得意地扬起头，“五保户没定量……”

我信了。马罗大叔已经进入花甲之年了，他的吃穿，由生产队里包着，虽然不能说富裕，却也能填饱肚子。这个生活水准，在七十年代中期的农村，应该说是可以过得去的了。

“你到公社来有啥事呀?”我随便问。

“屁事也没!”他响亮地说，很轻松的神气，老虽老了，说话仍是一派阳刚之气，“我逛到镇上来，到公社院子转转。闾!我才不受忙迫，办闾啥事！我不打搅你了，你忙。我浪呀！逛呀!”说着就站起身要走了。

我送他出门，看着他从公路上摇摇晃晃走过去，拐进供销社的大门，就折回身来，办我要办的事情去了。

当我再次从院子走过的时候，却又看见了马罗大叔的背影。他大约也发觉了我，竟然有点仓皇地从墙角消失了。我有点疑心，他大约不像他嘴说得那么轻松，浪呀逛呀。我瞅瞅他走过的这一排房子，一间里头住着妇联干部，一间里头住着共青团专干，都是与他不会发生什么联系的部门。另一间屋子住着民政干部老乔，我意识到一点什么，就走了进去。

“刚才是不是有个老汉到这儿来过?”

“马罗儿，你们村子的五保老汉，刚走。”老乔说，“老汉领贫寒救济款来了。”

“给老汉救济了多少钱?”我问。

“嗨！现在还谈不上补多补少的问题。”老乔说，“队里不给马罗老汉盖章，说他不学大寨……”

我虽然分管民政工作，冬季贫寒救济的具体事项却是由老乔办理，我不太过多干预。老乔是位老同志，人又公正，完全可以放心他做好这件极容易闹矛盾的工作。现在，面对马罗大叔的救济问题，我却忍不住甩出点子来了：“该给老汉救济多少，你定个数儿，队里不盖章拉倒，我签字负责!”

“咱们有些村子的干部……真不像话。”老乔也因此而发牢骚，“马罗老汉刚才来给我说，去年的贫寒救济款和冬令物资，全由干部悄悄地私分了。当然，咱们工作上也有漏洞，马罗说他不为要钱，为闹事！老汉大喊大叫，说他要把这事闹得全村都知道，还要寻县委反映。他说他才不在乎那几个钱，十来二十块地也发不了家……”

“这样的……原来是这样的。”我说，“刚才他和我见过了，可是一句未提……只说是浪哩逛哩！”

“这老汉倔得很。”老乔说，“我给他说，让他找你反映反映，他可直摇头，我还当是他和你不合卯窍哩……”

我没有再说话，走出老乔的办公室。马罗大叔对我只字未提，甚至有意躲避着我，本能地使我记起他说过的“不求回报”的话，自己也不知是一种什么滋味在心头了。

我还是坚持我甩出的点子，让老乔给马罗大叔送去了救济款和棉布棉花。老乔回来时，详细叙述了经过，他做得更严密，把棉布棉花直接交给妇女队长，让她给老汉缝制棉衣棉裤。我初听时很欣慰，稍一思忖，又不禁慌然，这难道是合他本意的么？

……

一孔窑洞中间，停放着马罗大叔的棺柩。今日午时已经入殓盖棺，我再也看不见那垛宽大的蒜头鼻子了，以及那两条深刻在脸颊上的大动脉似的皱纹。窑里和窑院的一切空间，全被男女老少围塞满了，门口仍然拥进一溜连串前来送纸的乡亲。他们在灵桌前放下麻纸，点燃一炷紫香，插进用瓷缸代用的香炉，鞠一鞠躬，就参加到人堆里说闲话去了。

我在灵桌前站住，放下纸，从香筒里抽出一支香，在蜡烛上点燃，插进香枝已经十分稠密的香炉，照着所有庄稼人的规矩，抱住双拳，举齐额头，向马罗大叔鞠一鞠躬。当我深深地弯下腰，虔诚地低下头去的时候，一个镜头闪现在脑际了——

在一座十分雅致的高层大楼上，我应邀参加一个规模不小的宴会，来自南方北方的新朋老友，杯盘交盏，词恳意切。我亦兴之所至，敞怀痛饮，酒过数巡，我的脑子里突然闪出马罗大叔一把甩到我怀里的那个烧烤成黑色的苞谷棒子来！细一瞅幻觉消失了，桌上是狼藉的鸡骨鱼翅，桌下是软茸茸的红地毯，哪有什么鬼苞谷棒子的踪迹……我可没有醉！

紫香焚烧的青烟，在灵堂上飘绕，空气里有一缕幽微的香味。我停立在灵桌前，脑子里又变得一片空白了，直到我被谁拥撞了一下，才发觉后面已经拥着一堆等候进香的男女，我立即让开位置。

她——马罗大叔的阿克西尼亚——站在灵桌前头了。她点燃一支香，插进香炉的时候，手指抖着，竟然两次把香弄断了。她的表面倒装得沉静，跪下去，磕了头，站起来的时候，我看见了她眼角渗出的泪痕。

所有老年女人们都表现出过分的热情，招呼她喝水，没有讥诮和轻薄的意思，她倒有点忸怩了。

我很快弄清，这场丧礼葬仪是由几位热心人组织的。土地下户以后，马罗没有心思抚养庄稼，在一亩多责任田里全部种上了树苗，还没来得及卖掉，自己却死了。他仍然被村民们推举为护田人，统一看守各家各户的庄稼，按照田亩分摊给他一定的报酬。刚进腊月，本年的酬金还没领，他却死了。于是，村民们就形成一条动议，把他看守庄稼的酬金按户收齐——甭亏了马罗！再把树苗折价，由队里暂且垫付。把这两笔款子合起，筹办马罗的丧葬大事。

“八挂五”的乐人班子（十三人）已经在窑院里唱起《祭灵》，公社电影放映队的放映员正在打麦场上挂银幕，满村巷里都洋溢着欢悦的浪花。马罗生时寂寞，死时却热闹，能得到这种死而无怨的结局，也不容易哩！

我坐在乡亲们中间，抽烟，喝茶，听大伙儿高声说笑，看众人跑前跑后地忙呼的身影，心里却不时闪出那个甩到我怀里来的烧熟的苞谷棒子，那是怎样美好的一顿野炊晚餐……

鬼秧子乐

鬼秧子是我一个远门堂叔的绰号，他的注入户籍卡的名字，是一个单字：乐。村里人提起他来，总是忘不了在名字前冠以鬼秧子的绰号，就唤作鬼秧子乐了。这种啰唆的称呼本来并不符合庄稼人说话喜欢简便的习惯，可是仍然喜欢这样叫，时日长了，似乎说来顺口，听来也顺耳。

单从这个绰号的字面上直观，就可以肯定他不属于高大完美的人物了。一个“鬼”字，就使人生出许多联想来。不过，在鬼秧子这个“鬼”字里，主要含蕴着诡的意味，大致概括了我的堂叔处事和为人的一贯特点，不那么豁达爽直，也不像一般庄稼人那么憨厚实诚；举凡大事小事，家事和外事，与人交手，总显出一副诡秘的样子；实话少，空话多，绝不会显山露水；有人概括说：鬼秧子乐要是说他去西京，实际准是去了东京，你要是按他说的到西京去找他，准会扑空上当了。

许是自幼受到这种民间舆论的蛊惑，我对堂叔自觉保持着一定距离，一种警惕和戒备；甚至看见他瘦小的身影，轻快的脚步，比一般庄稼人灵活的手势，也无不产生一种诡秘的印象；至于他那奔突的前额，深藏在眉棱下的那两只细小而灵活的眼珠，就更集中地蕴藏着深不可测的诡秘的气象了。庄稼人对于过于精明，精明到诡秘程度的人，就大大减低了信赖的心理依据，自然地表现出敬（卑?）而远之的保留态度了。我虽不敢卑视我的长辈，却也不敢与他过从太密。

星期六回到家中，已是上灯时分，一进门便看见鬼秧子乐叔坐在堂屋的桌旁，正和母亲扯着闲话。他平时极少到我家来串门，于是就想到他是有意在等候我，大约要说什么话，或者要办什么事。因为他和母亲的闲聊，完全是一种心不在焉的神气，明显是在消磨时光。

“你咋瘦成这个样子了?”他惊叹地说，似乎不是上一周日刚刚和我见过面，倒像是十年八年未曾见过似的，“嘿呀！我说公家干部这碗饭也真是不好吃！不要看不背不挑，劳心伤脑哩！劳心的事比劳力的事更叫人受不得。你看看劳心劳神瘦成啥样了……”

我自知其实并没有明显的变化，百二十斤的体重也没有减少，不过听了鬼秧子乐叔的话，似乎总比听到谁说“你肥了”要更熨帖些。

“听人说，县城的街道里，有小贩儿摆摊儿了，油糕桌子、凉粉案子都摆出来了。”鬼秧子乐叔说，完全是一种与己无关的闲谈的口气，“政府也不干涉?”

“不。”我说，“政策允许了。”

“政策怎能允许私人开铺面，做生意？”鬼秧子乐叔不解地说，“共产党怕是睡迷糊了？”

“正好相反。”我自作聪明地解释说，“中央从几十年的失误中总结教训，清醒过来了，对农民不能卡得太死。”

他的一双眼睛勾得很低，并不看我，只是盯着自己手里那只油腻的黑色羊皮烟包，悠悠地挖着。凭直觉，我觉察出他很专注地听着我的每一句话，每一个字，却摆出并不在意的架势，甚至连盯也不盯我一眼。

“你不是有炸油糕的手艺么？”母亲插嘴说，“几十年没派着用场，现时用得上了。”母亲说着，又问我，“你记得不？你乐叔跟你二爷（乐叔的父亲）在五里镇摆油糕桌子那阵儿，红火得很哩！一街两行七八家油糕桌子，就数你乐叔家的生意好。你乐叔炸出的油糕，黄亮，酥脆，咬在嘴里一包糖，而今吃不上那样好的油糕了。”

我隐约有一点记忆。五里镇街心的水渠边，撑开一座篷帐，一张四方桌子周围，摆着四条长板凳，坐着或站着吃油糕的庄稼汉男女。那位已经去世的二爷在满面笑容地招呼顾客，而正当年轻的乐叔，站在翻滚着油浪的炸锅前，两只手灵巧地捏着面团儿，把一个个扁圆的油糕贴着锅帮溜进油锅里，立时冒起一团儿油浪。炸熟的油糕漂浮在油面上，乐叔用筷子夹出来，架在铁丝网架上……我曾经馋涎欲滴地在那油锅前踅磨过，怎能完全忘记呢！

“哈！那当然。咱们那油糕用的啥作料嘛！黑白糖掺半，青红丝，核桃仁，橘饼，吃来啥口味?”鬼秧子乐叔自豪地感叹起来，“而今国营食堂里卖的那油糕，只包一撮黑糖。前年我到西安，在东大街一家甜食店买了俩油糕，全是干壳子！皮子硬得像皮带，咬都咬不动。我算是把一两粮票一毛二分钱白撂咧……”

“你而今要是在五里镇摆开炸锅，保准红火。”母亲说，“老人们还都记得的。”

“不！咱可不能再干那号营生了!”鬼秧子乐叔慨然说绝，“投机倒把那营生，咱绝对不能干。”

“那不能说成是投机倒把……”我说。

“纵然不叫投机倒把，也不是正经路嘛!”鬼秧子乐叔摆出一副慨然的面孔，“党教育咱几十年，要共同富裕嘛！咱咋能图自个先……”

看着他激昂慷慨的面孔，听着他的冠冕堂皇的话，我的心里立即反射出与此完全相反的意思来。他的声东击西的惯用手法，无法对熟悉他的人隐藏他的真实目的，无非是套出我对此事的看法罢了。

“这些人哪！真是狗改不了吃屎的性儿。上头的手刚松开个缝儿，就混扑瞎飞!”鬼秧子乐叔嘲笑说，“哼！到时候……等着挨挫!”

“不会的。”我说，“你要是想做油糕生意，现在可以干了，政策允许的。”

“咱不干。允许咱也不干。咱要跟全体社员走一条路，吃苦都吃苦，享福都享福。”他仍然说着套话，官话。说到这儿，眼珠一转，他用一种超然的口气说，“其实嘛，我要是想卖油糕，条件谁也比不过。手艺咱自带，不用请把式。俺二女子家在五里镇，正好街面上有两间门面，在街心十字左拐角，人来人往刚适中。前几天女子来，跟我咕叨这事，我把她一顿狠骂，骂她年轻轻的，倒比我老汉思想差池。我骂得她再不敢胡说乱扑了……”

听着他的话，我却在心里这样猜测：鬼秧子乐叔想到五里镇重操旧业炸油糕，已经和二女儿商议过不止一次了。甚至连门面的位置也经过悉心的窥测，街心十字的左拐角，那是五里镇的繁华地带，像西安的钟楼、上海的南京路或北京的王府井，在这儿开设一爿油糕铺面，那是得天独厚的好地盘了。他说他狠骂过二女儿的瞎思想，我却偏偏猜成他在盘算如何利用女儿家的这一块无与伦比的好地盘了。我分明觉察出他想做油糕生意的急切心情，无非是朝我探听刚刚放松的农村经济政策的可靠性如何。像狐狸蹲在农家的鸡舍旁，眼睛偏不瞅鸡窝而瞧着四周，察看是否有主人设下的陷阱，绝不是对母鸡的肉香无动于衷。

鬼秧子乐叔的这种心理，并不奇怪，我完全可以理解。村子里好多农民，面对刚刚颁布的活跃农村经济的条例，持一种慎重的观望态度，等等再看吧！他们以为我在县上工作，了解政策界限，向我探询这种政策的可靠性和种种挣钱门路的合法性，已不止一人一次。他们都是直率地说出自己的看法、心存的担忧，甚至抬出过去生活中的事实来证明他们的观点。而鬼秧子乐叔却偏偏否认他急于要干的事，真是诡得有窍，也令人好笑。

“咱当咱的老实农民，不走邪道儿。”他表白说，完全是死心塌地的毫不为金钱所动的样子，站起身来，不在乎地问，“听人说，县城那些小摊小铺，县政府给发下营业执照了？”

“对。”我说，“完全是合法的。”

“合法咱也不干。”他像给我做保证一样，懒洋洋地拖长声调，“叔早把世事看开啰！要那么多钱做啥？嘴里有吃的，身上有穿的，成咧！叔早都不想发财好过啰……”他走出门去了。

我却仍然想到那只并不瞅着鸡窝的狐狸，仿佛说，母鸡肉并不好吃，我根本不想吃……

大约又过了俩月，有一天，鬼秧子乐叔突然走进我的办公室，接过我递给他的茶杯，就自报家门：“人都说市场开放了，县城里热闹红火，咱始终没来过。今日一逛，真个热闹，真个红火！我闲逛了一圈，吃了一碗泡馍。私人开的泡馍馆，肉肥汤香，比国营食堂泡得好。吃得渴了，我到你这儿来喝茶……”

我在县文化部门工作多年了，鬼秧子乐叔从来没登过我的门槛，今日来肯定不是因为泡馍吃得渴了跑来讨茶喝。我明知他是“王顾左右而言他”，也不好直问，就只顾给他的茶杯里添水倒茶，说些农贸市场里物资交易的行情。

我的屋子里原先坐着的两位朋友告辞以后，鬼秧子乐叔瞧瞧门口，那门板上的弹簧锁子自动扣上了。他从剃刮得干干净净的薄嘴唇里拔出烟袋，忽然提高嗓门，气吁吁地骂起他的二女子来："这个贼女子，我咋劝咋骂都管不下了，非要开油糕铺子不行。我给她说，你卖你的油糕，我务我的庄稼；你发你的洋财，我过我的穷日月。想叫我来给你炸油糕，没门儿!"

我坐在他侧旁，只顾听着。

"唉!"他莫可奈何地吁叹一声，"贼女子说不转我，跑来搬她妈。嗨，娘儿俩哭呀笑呀，喊呀骂呀，缠得我实在没办法……"

我心里暗自想，他大约终于要向我承认，那母鸡肉的味道其实是香的。我应该给他垫上台阶，好使他少绕几个弯儿，说实话，走捷径，就说："二妹的打算没啥风险可担，你的顾虑是多余的。"

"这下惹下麻烦了。她给县工商局递了申请报告，一月多了，营业执照还没见批下来。"鬼秧子乐叔用一种幸灾乐祸的口气说，"三天两头寻我，叫我到县上来探问。我才不管这号事哩！我盼得县上不要批准她的申请，不要给她发营业执照，省得把我搅和进去……"

我现在已经比较清楚地看出他的真实来意了，只是他还在绕弯子，转圈圈。我想开他一个玩笑，看他怎么办？就说："叔啊！我听说现在申请办营业执照的个体户特多，县工商局倒比开初卡得严了。”

他的细小的眼珠一转，迅如闪光似的掠过一丝惶惶的神色，随即消失了，勉强继续用幸灾乐祸的虚假口气说：“好……好！我盼县上不要批准她的申请，我也省得跟她冒险……”

“听说工商局赶五一节前要批准一批。”我说，“回头我问问，看你的那个营业执照批准了没。”

“不是我的，是我二女子的。”鬼秧子乐叔仍不忘纠正我言语中的差错，用轻描淡写的口吻说，“那也好，你到工商局去给问一下，要是批准了，算一回事；要是不批准，也好。咱早一点弄明白，也叫那女子死了这条心，免得成天麻缠我。也不知……你去打问……方便不方便？”

“方便。”我说，并不敢怠慢长辈堂叔，“我问出结果后，给你回话。”

“这就给你惹下麻烦了。”他仍然用轻淡的口气说，而且继续埋怨他的二女子，“她早就催我来寻你，说是要你帮忙，办下了营业执照，她记你一辈子好处。我给她说，我不给人家添麻烦，你哥在县上工作忙得很，哪有闲工夫操心这些闲杂事……”

真是滴水不漏！我的诡秘的鬼秧子乐叔，我真服了他高超的谈话艺术了。

……

鬼秧子乐叔和他二女儿合股经营的油糕铺子正式开张营业

了。我因事到五里镇文化站去，远远地看见他腰缠白布围裙，在油锅跟前忙活着，手里捏着面团，不时抓起筷子翻搅锅里的油糕。他的二女儿忙着收钱，付油糕，忙得目不暇接。镇上逢集日，又恰值夏收前夕，庄稼人忙着添置杈把扫帚，扯夏令衣服布料，即使纯粹为着浪集逛会的人，都赶在紧张的夏收之前这有限的集日了。鬼秧子乐叔的油糕生意特别兴隆，油锅里炸熟的油糕，供不上那些捏着票子的手的索要，人就围堵在桌前锅旁了。相形之下，另外两家油糕摊子的生意，就显得冷清了。没有办法，老人们对鬼秧子乐叔的家传的油糕手艺记忆深刻，年轻人的舌头也是十分灵敏的，专拣好吃的买。我驻足看了看，就到文化站去了。

当我再一次回到家里的时候，母亲告诉我，鬼秧子乐叔早已给我送来一瓶好酒，一条好烟，说是感谢我给他女儿办理下营业执照了。我是空里受人感谢。其实在我向工商局打问此事时，他们刚刚开过会，一次就批准了一百五十多家个体户，其中包括鬼秧子乐叔的油糕铺店。他弄错了，还以为我给他帮了忙呢！我已经早在批准后几日给他说过，他却决然不信，坚信肯定是我帮了忙，不然为啥会这样灵？鬼人总多一层诡计，我倒无法说得他相信我的话。

鬼秧子乐叔生意兴隆，时间自然更加忙迫，晚上要烧水烫面，揉好，窝在蒲篮里。天不明就得爬起来，点火烧油锅。这时候，好些社办工厂的工人、小镇市民、教师和过往行人，已经等候在铺店门口要吃早点了。老汉忙得团团转，平时连回家的空儿也抽不出。我和老叔不大见面，时光匆匆，近乎两年了。

这一天，县委宣传部干事老杨找我，说县委准备在元旦那天给万元户披红戴花，以鼓励农民放开手脚发财致富。县委把这项工作落实到宣传部和工商管理局头上了，让他们先调查摸底，然后确定表彰对象。在第一批被相中的万元户名单中，就有鬼秧子乐叔。老杨说他已经和老汉接触过一回，老汉顾虑重重，不说真话，不露实底儿。老杨不知从哪儿得知我与老汉是乡党，又有过密的交往，于是就拉上我一起来做他的工作。

我和老杨从县委出发，乘吉普车到五里镇时，镇上的庄稼人刚刚吃早饭。五里镇不逢集日，人迹寥寥，其余几家油糕铺店熄火停灶，只有鬼秧子乐叔的门面开张，稀稀落落的几个顾客在店门口徜徉。

鬼秧子乐叔一看见吉普车停在他的门前，眼里就罩上一层厌烦的神色，我从车窗里瞅见他把头迈到一边去了，及至看见我和老杨走进他的店门，才做出慌慌张张的热情的表示，让我们到店里坐下。他的二女儿凤子似乎不在意，笑吟吟地端上一盘刚炸出的油糕，又盛上两碗红豆稀饭，摆在我和老杨面前，然后接替父亲站在油锅前去操作，鬼秧子乐叔擦着油渍渍的手指，坐到桌旁来陪我和老杨说话。

“你俩还是为寻万元户来的吧？”鬼秧子乐叔率先开口，直奔主题，一语中的，“你老杨同志把俺侄子拉来也不顶啥！我没挣下一万块嘛！咱的县长亲身来也不顶啥，我不能哄咱县上的领导人嘛！披红戴花，多光荣多体面的事嘛，可惜咱不够格！咱而今要实事求是说话哩……”

我和老杨不约而同地对视一下，他的眼镜片后的眼睛示意我开口，我更觉为难了。鬼秧子乐叔一开口，不仅堵死了老杨的嘴，把我也给毫不留情地冷冻起来了。我知道他的为人，就尽可能做些解释疑虑的工作。老杨当然不肯就此宣告失败，态度更加诚恳殷切了。现在形成的局面是，县委的两位文职干部几乎是在巴结一个卖油糕的个体致富户，甚至有几分乞求的意味，盼得他能应承自己挣下了一万元人民币。

“你们看嘛！平时不逢集，这街道上稀里八拉没有几个人，一天卖不下十斤面的油糕，能净落几块钱？三六九逢集，不过卖下三五十斤面，能挣多少钱？刮风下雨没人赶集，秋夏两季咱还要停业收庄稼，一年能卖多少钱，大略能算出来嘛！”鬼秧子乐叔数说起生意状况，甚至有点不耐烦了，“挣是挣下了几个钱，也不能说赔本儿；可是离一万块……老天爷，八年以后看咋样！”

看看再说下去也无用，老杨灰心丧气地告辞回县了。我正好顺路借便回一趟家。

老杨乘坐的吉普车驶出五里镇狭窄的街巷，鬼秧子乐叔把我叫进里屋，一直拉进他的凌乱而油污的住室，睁着惊疑不定的眼睛，压低声，一派严重而又神秘的气色：“好老侄儿，你给叔打实处说，他老杨来做啥？”

我向他证实，老杨没有坏心，确实是要表扬他，不仅披红戴花，还有奖品和奖金。

“胡闾糟践人哩！”他大概基本信下了我的话，疑神疑鬼的惊恐心情消除了，悻悻地说，“只要你县上不要变来变去，按而今的政策往下行，老百姓就给你县长磕头叫爷哩！！何必要你披闾啥红，戴闾啥花哩！”

“给万元户披红戴花，这也是解除农民心头疑虑的……一种形式。”我说，“比如你自己……顾虑就不少……”

“你记得不？六〇年上级发下‘六十条’，鼓励农民开荒种地度荒年。好，咱开了荒地，刚收了三四料，碗里稠了，跟着就来‘四清’运动，算账呀，批判呀，还要退赔！‘六十条’上的政策又不算数了！”鬼秧子乐叔撇着薄薄的嘴唇，讥诮地说，“翻来倒去，只有咱农民没理！我怎能不顾虑？那个戴眼镜的老杨前日一来，就跟我算账，算我挣下挣不下一万元。我心里毛了，直是怕怕。我的爷！‘四清’又要来了吗？”

我再次向他解释，老杨可能一时急于完成县委交代的工作任务，急了点，他苦笑一下表示理解。这些历史的负担真是太沉重了。

“老侄儿，不瞒你说，我准备收摊了。”鬼秧子乐叔神情黯然，“真的。把余下的百十斤面粉卖完，收摊！”

“怎么回事呢？”我不解地问。

“自打老杨那日一来，我几夜睡不着觉了。”老汉有点难受，“没钱用时发凄惶，挣下俩钱心里又怕怕。钱挣得越多，心里越发慌慌。我老是心里不瓷实，老觉得祸事快来了。老杨前日来了，我后来跟俺二女子的老阿公一商量，你猜老亲家咋说？‘趁共产党而今迷糊了，挣几个钱赶紧撒手！共产党醒来，小心再来运动！’我就下狠心收摊……”

鬼秧子乐叔说着，竟然动了感情，六十岁的老汉，居然流下眼泪，我才更深一层体察到过去的生活在他心里的沉积太厚太重了。我觉得我以往对他的某些卑而远之的心理，真是太不应该，完全是不了解他的愚蠢而鲁莽的举动。我喝着茶水，这才郑重其事地给他阐述党的方针、政策、时局和未来，企图向他证示：由一个人随心所欲地改变国家体制和政策的时代已经结束了，中央是人民的中央，按照全体劳动者的意愿制定党政国策，完全可以信赖。

他苦笑一下，说他听听广播心眼就开了，要是听些杂言碎语，又不由得担心。我深知要彻底瓦解他心中的沉积层，还需要时间和生活的进一步发展。不过，他笑着说他可以改变前几天做出的收摊的打算，算是对我的宣传工作的令人鼓舞的兑现。农民啊！极“左”的政策造成的这一代如惊弓之鸟一样的农民啊！

县政府在元旦那天召开了表彰大会，十五个首先达到万元家当的农民，接受县委书记和县长给他们按照关中农村传统的褒奖习俗，在肩上披挂了红绸带，胸前戴上了斗大的红纸花，打扮得新郎似的，乘十多辆彩车，在县城游了一圈。鬼秧子乐叔也被通知来开会，我和他在会场匆匆一见，他的脸上有了光彩，有点愧疚地对我笑着，我也不便再说什么，料定对他不无好的感染吧？

大约又过了半年，又一个周日，我回到乡下老家，作为我们这个远离县城的偏僻山村的头条新闻，就是鬼秧子乐叔从五里镇扯旗拔寨，回到自家屋里，洗手不干了。我被一种好奇心所驱使，就找到他的舍下去打问。

深秋的冷月洒满庭院，落光了叶子的葡萄藤架下，鬼秧子乐叔正坐在一只小竹椅上喝茶。他的神色十分沉静，言语缓慢而凝重，手势也沉稳了。

“听说……你从五里镇回来了？”

“回来了——不干咧。”

“怎么回事呢？”

“……你先喝茶。”

我坐下喝茶。

“老侄呀！你总说叔顾虑多，心数多……”他像打赌赢了时的口气，“现时看，叔顾虑的事，没错！”

“到底是怎么回事呢？”

“五里镇公社书记在广播上讲话，说乡村里要神闹鬼，投机倒把，强奸妇女，偷人抢人，都是啥……污染！还说所有污染的根子是‘一切向钱看’……”

“这与你卖油糕有啥关系呢？”

“卖油糕是不是为挣钱？挣钱是不是‘向钱看’？‘向钱看’当然就是污染嘛！我给自己也会上纲挂线了。”鬼秧子乐叔说得很认真，“公社书记在广播上连说带喊，嗓子都喊哑了！你看看，县长刚给万元户戴花没过半年，公社书记又这样说……”

“没你的事！只是文艺和教育界……”

“老侄儿，叔已经安置妥当了。”鬼秧子乐叔给我压着指头，说他早已谋划好了的措施，“我干了三年多，确确实实挣了一点子钱。我把这钱全数存着，房不盖一间，家具也没添一件。我给娃们交代：日后要是来运动，要退赔，那好，咱把钱交给工作组。要是真的不来运动，那当然好，就算是爸给你们留下的家当，你们兄弟俩一人一半。这钱是我揉面团挣下的，我现时不敢花，你们也不要花；等我死了，随你们的便！我活着，你们不要起动它一张……”

话说到这样的程度，可见心死如铁了。五里镇公社那位书记怎样慷慨激昂地发表了一通演说，吓得鬼秧子乐叔缩手蜷足，关了油糕铺店，从五里镇回到自己的老窝里来了，而且把挣下的一笔款子，分文不花，准备着将来某场运动中退赔出去……我曾经为冯幺爸在乡场上挺起了腰身而欢呼，也曾经为可爱的黑娃兄弟走进照相馆出尽洋相而鼓舞，我可实在没有想到，我的远门堂叔给我留下这样曲曲拐拐的心的轨迹！即使五里镇公社书记在广播演说中喊哑了嗓子，我看县城和五里镇的农贸市场依然熙熙攘攘，小铺小店里的个体户的生意也照样兴隆，唯有鬼秧子乐叔……大约太诡秘了吧？太精明的人，有时也往往失算，倒比那些头脑简单一些的人更多一层忧虑吧？

……

今年春天，我从南方归来，到五里镇下汽车，走进街巷，看见鬼秧子乐叔和他的二女儿家的那爿铺店地址上，已经竖起两层六间的楼房，外观十分漂亮，楼楣上书写着一排潇洒飘逸的行书字："一字歌饺子馆。"

鬼秧子乐叔在门口看见我，连拽带拉，就把我拉上楼去了。下层三间，两间做饭厅，一间为作坊，二楼上开了一间雅座，供那些比较讲究的小镇上的"上层"人物莅临就餐。五六个青年男女，一律白衫白帽，很有气魄。坐下后，鬼秧子乐叔弄来几碟小菜，定要和我喝几盅。

"老侄儿呀！我这回豁出来啰！"鬼秧子乐叔呷下一口酒，"啃个鸡爪子也算动了荤，咥（吃）个全鸡也是动了荤，我宁愿咥个全鸡！"

我惊异他的变化，不用问，他就告诉我，油糕铺熄火灭灶的时月里，他心里其实很痒痒。看着那么多票子别人挣，心里那个味儿是很难忍受的。直到春节，两个女儿和女婿来拜年，向他声明，他不干，他们可要干了，而且要大干大闹，只是资金欠缺，要老丈人把那一笔款子借给他们兴建楼房。老汉阴沉着脸，说三天以后给他们回话。后来……他和两个女儿家合股……

"嗨！一号文件一下达，我就在心里骂五里镇公社书记，这回，你把嗓子吼出血，也吓不住我了！"鬼秧子乐叔畅快地笑着，"人都说我诡，这回不诡啰！我把全部家当拿出来，摆在五里镇上了。咱一生担惊受怕，心里多刻了几道渠儿，而今，我要耍一回大胆啰！”

鬼秧子乐叔几口酒下肚，脸像猪肝一样红了，话多了，声壮了，简直没有我插言的缝隙，他自嘲地摆摆花白的脑袋，感慨地说：“叔这多年里，就像在月亮地里走路，把自个的影子当作鬼了，自己吓自己……哈呀！”

“你这个饭馆的名字起得好！”我也受了他的情绪的感染，心情很畅快，“‘一字歌’，很雅致，也有意思！”

“我请了几位中学教员，摆了一桌酒席，请他们给我的新饭馆起名。”鬼秧子乐叔十分得意，“那些文墨人，起下二十多个名字，我就选中了这个，它合咱的心。”

我很畅快，就起身告辞。鬼秧子乐叔却兴致正高涨，死活不让走：“我还跟你没说完哩！”

我又坐下。他告诉我，前几天，五里镇公社开会，动员大家给学校捐款，多少不拒，一块两块欢迎，千元百元更好。鬼秧子乐叔当场站起，报了一万元。全场立时响起掌声。那个在广播上把一切乱七八糟的怪事都引申为“污染”的公社书记，带头站起来，当着千余人的面，代表五里镇几千名小学生向鬼秧子乐叔鞠躬致礼，感动得老汉热泪扑洒。

“人家领导问我有啥要求？我说，修好学校以后，把我的名字刻上，就这话。”鬼秧子乐叔说，“我跟朱举人平排坐着了！”

我在五里镇读小学的时候，老师讲校史时，说五里镇小学的前身，是朱家寨在清末中了举的一位朱举人捐款兴建的。正堂上的一块青石碑上，记载着这位举人给家乡文化建设所做的义举，在世世代代的庄稼人中传为美谈。“文革”中，那块碑石给搬掉了，不知扔到什么角落里去了；前年，被谁从庄稼人打土坯的土壕里发现了，抬回五里镇小学，重新栽在花园里。鬼秧子乐叔也想在五里镇这个小小的社会里，留名青史，我可没有料到。

“公社答应了！”鬼秧子乐叔有点得意，“公社书记亲自给我说，‘你的碑子跟朱举人的碑子并排栽着。’”

“叔哋！你给咱家乡的子孙后代做下一件好事，群众不会忘记你的。”我喝了几口酒，对鬼秧子乐叔的进步大加称颂，“你而今心里踏实了吧？再不……”

鬼秧子乐叔灌下一杯酒，撇着嘴唇，讥诮地瞥我一眼，不以为然地摇摇头，打断我的话，眼里又露出那种诡秘的气象，说：“好老侄儿，不瞒你说，我捐出一万元来，权当这几年没挣。捐出去，让五里镇公社的每一户庄稼人都得一点好处，免得日后来了运动，乱口纷纷咬我。二来呢？我把一万块票子捐给你公社书记，你书记在成千人面前跟我握了手，亲口答应给我立碑，青石上刻下我的名字，看你日后还抓不抓我的‘污染’？”

鬼秧子乐叔得意地剖白他的诡秘的打算，又使我意料不及了。我正在心里琢磨着他的义举里所包含的新的意义，新的进步，新的心理变化……却想不到他竟是出于这样的动机。

“我不能不考虑留下退路！”鬼秧子乐叔扬起头，瞪着眼瞅着我，“傻瓜才只知朝前跑而不想退路哩！我捐出一万块，把上下左右的嘴都堵住，日后万一政策变卦了，看你咋好开口整我?”

他很得意地笑起来。

我喝不下去了，愉快的心情又转为沉重起来，点燃了一支烟……

小说写到这里，本可告一段落；又一回想，觉得不免有图解政策之嫌；再想想，却无法完全回避。鬼秧子乐叔所有诡秘的言行举措里，无一不折射着我们施行过的政策的余光。也许在世界上所有的不同肤色的农业人口中，鬼秧子乐叔的诡秘的心理算是一种独有的怪癖；因为世界上不同地域不同社会制度下的农民毕竟有职业上的共同之处，譬如丰年的欢乐和灾年的忧愁，譬如对于粮食价格的升跌的担忧。独有鬼秧子乐叔除了御自然灾害之外，又多了一层奇特的又是根深蒂固的变态心理，使人难以揣摸准确……令人可喜的是，而今刚刚成年的一代农民，譬如鬼秧子乐叔的二女儿凤子和她的丈夫，将不会循着鬼秧子乐叔曲里拐弯的心的轨迹思谋筹划他们的前程了！

无论如何，我仍然虔诚地祝愿，鬼秧子乐叔开张不久的“一字歌饺子馆”生意兴隆……

两个朋友

一

王育才和媳妇秋蝉的离婚案还在民事法庭赵法官的卷宗里悬着。这场旷日持久的案件连头带尾已经持续了五个年头。王育才和秋蝉以及双方的亲戚朋友都被这场官司拖得精疲力竭身心交瘁却又欲罢不能。

五年里王育才三次起诉，三次均被赵法官判为不予离婚。按照民事法庭现行的规矩，一经裁决为不予离婚后要再次起诉，必须有新的理由而且要在半年之后。理由总是可以找到的，唯有时间无法通融，再难熬也得熬过半年六个月一百八十多个日日夜夜。民事法庭还规定，离婚双方或一方如果不服判决进而提起上诉又被上级法院驳回维持原判，那么要再起诉除了更充分的理由之外，时间的规定要在一年之后。王育才第二次起诉就发生了这种情况，硬硬地熬了整整一年才得以第三次向民事法庭重提旧案。现在，他已经做好了第四次起诉的一切准备，主要当然是状子，另外花在排除亲戚朋友苦口婆心劝解上头的力气也比上三次更多。

王育才挟着装有离婚申诉的黑色皮包走进桑树镇民事法庭的小院时，正好碰见急匆匆去上厕所的赵法官。赵法官只是减慢了脚步而并不驻足说："老主顾又来了。"王育才苦笑一下说："我不来过不成日子。"随之装出大大咧咧的样子说："你要是烦了，干脆给我判个离婚算球了，我也就再不麻缠你了。"赵法官已经走到小院墙角的厕所门口，一只手下意识地去解裤扣，回过头来笑笑："不烦不烦我不烦，我吃的就是这碗麻烦饭嘛！你才起诉了四回这不算个啥，经我手判的一个离婚案男方起诉了十一回，前后经过十七年。你这四五回只是一般记录。"

王育才听了就哑了口，像是中了一位法咒无边的禅师点来的定身法，立在那儿僵住了手脚。

二

秋蝉用独轮小推车刚刚拉回一车苞谷秆子，满脸淌着汗，解开捆绑的皮绳，再把干透的苞谷秆子垒堆在场院里。邻居一位抱着奶娃的小媳妇半裸着胸脯，一边给孩子喂奶一边说："嫂子你而今还拉那苞谷秆子做啥？我要是你连麦子都不种了。”秋蝉笑笑，继续卸下车上的苞谷秆子。这种话她已经听得太多不屑解释。她去鸡场买小鸡，女人们甚或男人们见了也说：“秋蝉你今还买那些茅草子货做啥?”她去卖鸡蛋，人见了又说：“秋蝉你而今咋还卖鸡蛋？你该吃鸡蛋才对哩!”她干啥人都说她不该干啥；应该吃好的，应该睡，应该逛，应该好吃好睡好逛好好享福。这其中不言自明的原因是她的男人而今挣了大钱了，钱多得乡党邻里无法猜清估准其数目，总而言之多得很。秋蝉何苦还要一篮一篮卖鸡蛋一车一车拉苞谷秆子呢?秋蝉虽然最清楚自己究竟存下多少货，绝对不像人们纷传的那么厉害，倒是确也攒下了万儿八千的存款。无论如何，她在感到虚名徒有的压力的同时也感到许多被人羡慕的愉悦。截至现在，她还不曾打算好吃好睡好逛。她继续精心养鸡继续咬紧牙关卖鸡蛋，继续拉苞谷秆子当柴烧既节省了买煤的开支又烧热了火炕。育才给她买下电褥子她锁在箱子里不用。对人说是怕触电怕睡不踏实。其实是怕花了电费。电费公家收二毛二本村电管员收三毛五。电管员私抬电费而且理直气壮：“而今小自一根针大至彩电哪一样价钱没翻几个筋斗？要说没涨价只剩下良心反倒掉价了。我管电电不涨价难道叫我喝风吃屁不成?”秋蝉就憋足劲儿拉苞谷秆子，省了煤又省了电，你涨得再贵总不抵我不用不买。

车上还剩下一抱苞谷秆子没有卸下来，她的大儿子小强骑着自行车放学回来，把一只黄皮信封塞到她手里。她看看落款竟是桑树镇民事法庭几个红字就不由蹙紧了眉头，一道不祥的阴影立即弥漫过心头，她撕拆信封的手指紧张得发抖。信瓤是一页铅印的传讯通知，要她后日到桑树镇法庭过堂，她的男人王育才提出要和她离婚，已经申诉到桑树镇民事法庭了。

说是晴天霹雳一点也不过分。秋蝉看罢传讯通知，眼前一黑险乎栽倒，一股恶心的浊气从腹腔蹿起冲到喉咙口就堵在那里。她的儿子小强一手扶住车子一手搀住母亲，吓得惊叫起来。那个给娃子喂奶的小媳妇跑过来，一边搀扶她一边瞅着掉在地上的信皮和信瓤儿，再也不说嫂子不该拉苞谷秆子的玩笑话了。秋蝉已经没有力气卸下小推车上最后一抱苞谷秆子，强挣着走回家去，扑倒在炕上就号啕起来。她感到羞辱又感到委屈。她没有丝毫的精神准备，无法承受这晴天霹雳般的打击。她被最不幸的家庭灾难只一下就击昏了。她现在根本无法理清这突发的灾难的来龙去脉，只觉得自己活到了尽头，照耀她的九十九个太阳和九十九个月亮全都在一瞬间熄灭了，眼前是永不复明的黑夜。她的脑子里一片昏天黑地一片混沌。她的胸腔里骤然聚满了恶气又排泄不出，整得她几次哭得闭气，亏得隔壁邻里的女人们用针尖戳她冰凉的手指扎她冒着冷汗的鼻根，她才还过阳气来。一霎时间，这个令人羡慕的家庭的里屋和庭院，就弥漫起混乱和破败的灰暗气氛。

阿公和阿婆是在天麻麻黑的时候走进儿媳的小院的。老两口后晌上磨子，轰隆作响的磨面机房里没有闲人来传递消息。当他们头发和衣服上扑着一层白茸茸的面粉推着面袋走回家时，立即就有好心的乡邻向他们通报了儿媳秋蝉家里发生的变故，老汉顾不得撵去面粉就跑来了，女人颠着一双稀世的小脚也急火火赶来。阿婆倒是有主意：“甭哭！秋蝉。他想离婚就离了？这事全由他了？他想离婚得先埋葬了我！过堂时你甭去叫我去，让他跟我说这婚咋个离法儿……”阿公坐在椅子上吸着烟，不劝也不叹。女人们纷纷离去后，阿公才说：“你先甭慌，事情嘛总有个了了，明日我去把他叫回来，叫他先跟我说个张王李赵。”说到这儿，老汉才忽然想到，儿子育才住在什么地方自己根本不知道。他问儿媳秋蝉也不知道。他的儿子在西安发了大财，他们却从来也没有被儿子邀去做客，临到有了急事需要找他时却弄不清儿子的单位和地址。这一瞬间婆媳和阿公三人几乎同时想到一个人王益民。王益民是儿子育才的好朋友，育才的情况他知道的比做父母和妻子的要多得多。于是翁婆媳三人立即统一了举措：立即去找王益民。

王益民是本村小学校教育主任，晚上宿在学校里，王子杰老汉找到家里又找到学校，堵在心里的火气就再也无法忍住不发了：“益民呀！你看育才这狗日的咋么就生出六指儿来了？好端端的安宁日子一下就给搅得云天雾障！你明日领我去寻他，我只说一句话叫他先杀了我再去离婚。法院传票后日过堂只有明日一天时间了，益民你无论咋说也得抽空请假领我去寻那个狗日的东西……”王益民也很震惊，只是远远不及子杰老汉那么强烈罢了。他其实早有预感或者说精神准备，今天发生的事实不过是对于以前的某种预感的证实而已。然而他还是自然地表现出一种震惊。他首先安慰盛怒不息的老伯，然后立即答应明天去找育才，无论育才干什么忙事紧事都非得拉他回来见父亲说清道明；再下来就劝老伯不要亲自去，一旦说得不好育才拉起硬弓不回家反而更糟……子杰老汉完全信任地听取了益民冷静入理的劝告，把至关重要的切肤切心的事交给益民去办理。

三

王益民第二天一早就出了校门。他做好了找人的准备所以骑自行车不乘公共汽车进城。初冬的田野已显示出冬天的肃杀和冷峻。一切变故的根源也许是从育才离开学校开始发生的。育才被一位高中同学拉去搞什么公司，他给乡政府写了停薪留职报告就去老同学兴办的一家公司做了会计。那年寒假，王育才半夜来敲他的门，说妻妹来了屋里住不开，要他学校办公室的钥匙。第二天他到学校去找他闲聊却已不见踪迹，钥匙也未留下来。他又找到育才家里，秋蝉睁大眼睛说不仅没有妹子来家更没有见育才的影子。王益民开始心生疑窦。他想见不着育才得不到钥匙又轮着他护校日子，于是就砸了锁子进了门。他看见满地都是带把儿的烟蒂以及糖纸糕点盒子和饮料罐子；揉皱的床单上有一坨污痕，那是男人的排遗物令人一见就恶心顿起；从地上尚未干涸的一堆痰迹判断，王育才昨晚还睡在这里。于是，他就完全肯定育才借他的房子干什么勾当了。直到这年春节王育才回到龟渡王把钥匙交给他的时候，他不无生气地揶揄老同学说："这把钥匙留给你做纪念吧！锁子已经砸了扔了还要钥匙干什么?”王育才连连道歉，说他忘了交还钥匙，万万料想不到第二天就乘飞机去广州出了急差。王益民想戳穿这个急就的谎话却又碍于面子上拉不下来，只好以明白装糊涂听他大谈特谈广州的新潮新景儿。春节后新学期开始，一位老教师向王益民彻底揭开了发生在他的办公室里的秘密——

那天晚上轮着我和小刘老师护校。王主任你知道俺俩是老对手，下棋下到三点还落马不下来，我想拉屎就急匆匆往厕所跑。从厕所出来经过你的办公室门口时，我听见里面有打鼾声心里就奇了，王主任你啥时候悄没声儿睡到里头的?回到房子跟小刘老师一说，小刘老师说王主任也是个棋迷咋能不来观战悄悄就睡了呢?他拉着我去看个究竟，在门口窗根下听了半晌又听出一个女人睡梦中的一声呻唤。我吓得跑了，心想，王主任怎么跟老婆放着热炕不睡跑到学校来过夜?小刘老师又跑过来对我说，肯定不是王主任。咱们必须弄清楚谁睡在里头，这是护校的责任。于是，我俩敲响了门板。好久才应了声，好久都没拉电灯。灯亮门开之后，万万想不到是王育才老师和一个女的。那女人你猜是谁?是吕红。我已经羞得难以和王育才老师说话。王育才老师到底是熟人，有点尴尬，可人家而今到底经见了大世面，比不得咱们这些四堵墙里圈定的“小教儿”孤陋寡闻，不开化，一会儿就没事人一样掏出把纸烟来让俺俩抽，大谈神谈他出门不是飞机就是软卧，一桌饭吃掉两千多块把老广都镇住了。俺俩穷“小教儿”倒给他吹得忘了自己干什么来了……

王益民先是叮嘱白发已现的老教师后来又叮嘱小刘老师到此为止，再不要扩大宣扬。他随之就为自己调换了办公房子。他在那间房子里莫名其妙地瞅着那天发现痰迹的地方出神，瞅着自己床单上那已经洗得绝无痕迹的地方，心里仍止不住恶心。他换了房子。他把那件床单撕成布条扎了拖把。他把被子洗了烫了仍觉得心里毛森森的，于是破费买了一条被罩把被子罩起来。自从老教师彻底揭开这桩秘事一直到他完成那一系列净化工作，心里总是叽咕着一句话：这人怎么就没羞了呢？

王益民和王育才自幼交好，从小学一直念到初中毕业，王益民被保送到师范学校而王育才考取了高中。王益民曾经后悔自己上了师范只能去教小学而失去了争取高等教育的机会，后来的生活演变却使他庆幸不已，“文革”后他被分回本乡小学有工资有商品粮，王育才返乡回家当了农民。王育才的父亲解放前当过两年保长列入专政对象，自然成了村子里最倒霉的青年。为王益民说媒提亲的人踏细了门槛，王育才家却门可罗雀无人光顾，直到王益民喜添贵子而王育才依然孑然一身。

王益民每每看见王育才低头耷脑的样子心里就十分难受。他越来越明确地意识到，如果他再不给他帮忙想办法，王育才一辈子就完蛋了。适逢王益民被提拔为教育主任有了说话的身份也有了说话的机会，他便大胆地向公社举荐王育才到自己的学校来当民办教师。公社竟然同意了。当他把这个喜讯告知王育才时，王育才却连连摇手说自己根本不适宜做老师。

看来不是谦虚，也不完全是背着保长父亲的政治压力，主要障碍来自王育才的内向性格。王育才怕羞。这个人已经长到二十大几仍然羞羞怯怯。他从来不在任何人面前抢说一句话。几个人围在一起闲谈，他总是悄悄默默站在外围或坐在人背后静静地听着，笑也是羞怯怯的样子。像他那样羞怯的神气别说男子汉很少有，在造反精神激励下的女学生女青年也无法与他相比。他的羞怯不是强装的而是真实的，课堂上猛乍被老师点名回答问题，他未站起先兀自脸红了，脸一红眼里就潮起一缕羞怯的雾气，说话也就吭吭吧吧了。从小学启蒙一直到高中毕业的漫长的读书生活中，他从一个纤细的少年变成了一个体魄强健的男子汉自然发生了许多重大变化，唯其害羞的样子有增无减。他在整个高中阶段的学习是他认识自己的重要阶段。他的数学和理论科目总是列全年级的前茅，他对这些学科的兴味愈来愈浓。他相信自己肯定会进入名牌大学。即使这样，他在被老师表扬被同学欣羡以至嫉妒时，仍然羞羞怯怯地抬不起头来。相比之下，那些学得好同时也骄傲到蛮横的学生与他就形成了截然不同的对比，同学和老师更喜欢他亲近他，觉得王育才那根深蒂固的羞怯里蕴藏着迷人的色彩。

王益民和王育才自小玩耍长大，村子背后的山坡和村子前面的河川处处留着他们相依相伴的足迹。他们春天背着草笼提着草镰到坡沟到河岸去割青草，冬天里像大人们一样腰缠绳索肩扛镢头到山坡上去挖柴火。他们夏天在刺丛中搜捕绿色的蝈蝈秋天又兴味更足地逮捉蛐蛐，为此几乎踏平了山坡上的每一丛刺棵翻遍了村子里的每一堆砖石瓦砾。他们背着母亲多掺了白面的馍馍第一次走出偏僻的小村龟渡王到桑树镇读中学的时候，几乎同时第一次意识到了友谊而且产生了继续加深这种友谊的要求。他们之间可以说完全平等完全信赖。他们能玩在一块说在一搭而不是其他。他们一个是一个的影子，一个是一个的寄托，他们之间如果有一个是异性，那么他们就完全可能是龟渡王村的梁祝而且会有一个最完美最浪漫的结局。王益民的母亲曾经对王育才的妈妈说过："他俩要是有一个生来时少带一件行李就好了。"他们俩谁也不明白那行李的真实含义，及至后来知道了其中的意味的时候，连王益民都有点羞了，王育才更是羞得连脖子都红了。

王益民曾经不止一次有意无意地思索过王育才的羞怯。育才的母亲敦厚朴实并不多见羞怯。他的父亲解放前当过两年保长，解放后自然就成了黑斑头儿。王益民对保长大叔解放前一无记忆也一无印象，打有记忆起就只记得保长大叔那张讨好巴结的笑脸。他曾经十分讨厌那张笑脸，小孩子的王益民也能觉察到那笑脸里十有九分都是虚假的强装的，只有那脸上的笑容收敛散尽的时候才现出一分真实来。印象太深了，那令人讨厌的笑脸，这位体格雄壮的中年汉子见到任何人都是柔声细气讨好巴结的口吻和神色，哪怕不是龟渡王的干部而是一位红边烂眼的麻糊婆媳甚至是一个不懂饭香屁臭的小孩，他见了都会堆出一脸笑来，老远就与人打招呼，一天到晚都关心别人的生活起居似的问人家“吃了吗”，那笑容好像孙悟空的金箍棒装在耳朵里随时都能顺手扯出来布满整个眉眼和嘴脸。可是在他们家里，保长大叔对他的妻子儿女却非但不见笑颜，从早到晚从春到冬永远是一副冷冰冰的严厉的脸孔，一家人悄悄默默地做事，悄悄默默地吃饭，悄悄默默地睡觉。很少有什么人到这个终年弥漫着肃穆冷清气氛的小院来串门。孩子们说话声高了，保长大叔就会冷冷地呵斥一声：“张狂啥哩?”孩子们全都惊慌地缩了脖子哑了声息。王益民很不习惯这种压抑的家庭气氛，总是站在王育才家院墙外学几声狗叫或鸡鸣，把育才勾引出来，那是他们约定的暗号。暗号不得不时常变换，防止保长大叔识出破绽来。

记得王育才被他推荐来学校上第一节课的时候，这个老三届誉满全校的高才生面对几十个刚刚进入戴帽中学班的乡村孩子，竟然比学生紧张十倍，满脸臊红地站在讲台上，两只手不知该放在讲桌上还是该贴紧裤缝，头上的汗粒由小聚大，纷纷滚落下来。他的羞怯和紧张被学校师生们传为笑话，校长不无担心地对王益民说：“王主任，你推荐来的人纵然有一肚子蝴蝶，可飞不出来也是枉然!”王益民信心很足：“没关系，疏通了堵塞喉咙的障碍，蝴蝶自然就飞出来了。关键的问题是，我们明知他肚子里有蝴蝶，总比那些满肚子稻草甚至连稻草也没吃下多少的人靠得住。”校长再不坚持什么。王育才由紧张到不大紧张再到完全不紧张，他的满腹经纶满肚子的蝴蝶就随心所欲恣意舞蹈，成为小学校戴帽中学班里的权威教师。许多只能教小学而硬着头皮提到中学班任教的教师，常常是先由王育才那里趸下货第二天再到课堂上热蒸现卖。王育才的人品极好，他很少是非，只埋头于备课授课，逢有劳动他也积极踏实，甚得领导师生的尊爱。王益民也因此而放心。

大约不到一年时间，王育才陷入了初恋的情网。女方是一位刚刚从师范学校毕业的年轻姑娘，一分配到龟渡王村学校就安排到中学班任教。如果这位姑娘稍少一点虚荣心不要到中学班而是到小学班任教，那么后来的事情就不会发生至少可以推迟发生。姑娘叫吕红，初中一年级尚未读完就发生了“文化大革命”，后来从乡村推荐到师范读了两年书其实有一年多的时间都是搞革命大批判，切实说仍然是初一水平充其量不会超过初二，如今要给初中班任教自然不可避免洋相百出破绽百出。她就去找王育才请教，先趸来再卖出去。王育才待人极平和，从来恪守待同志一视同仁，从来恪守不参与校内派系斗争的生活原则，更不会挑肥拣瘦瞅红蔑黑，他给吕红辅导讲解就像对其他老师一样耐心认真而绝不显示自己的能耐气儿。时日一长，吕红随着知识的增长感情也开始膨胀，为了报答他为自己补习而花费的时间，几乎本能地甘心情愿地代他洗扔在床下的脏衣服，她从家里来时带点好吃的东西也往往首先想到应该送给王育才。除了补习之外她和他开始谈一些无关教学的事甚至笑话，她待在王育才房子的时间越来越多，一当有空儿就想往那个房子跑。王育才虽然害羞但不是木头，他已远远超过晚婚年龄对男女之情更灼热却也更冷静。有一天晚上，吕红买了两斤月饼送到王育才屋子，说明晚是中秋之夜她提前向他谢恩。王育才一下子急了连连摇头说："这算干什么？我怎敢图老师们的报答呢？革命同志互相学习互相提高，怎么能送月饼呢？"说着就把吕红往门外推。在即将推出门的一瞬，吕红忽然一扑跑进来，一下子抱住王育才的脖子就止不住哭起来了。王育才呆呆地垂着手，脖子被吕红搂得喘不过气，却没有勇气举起自己的双手拥抱对方。

这之后两人就进入热恋。吕红的红红的丰腴的面颊和他的已现青色的腮帮久久厮磨，难分难解。这桩甚为美满的婚事却被吕红的父亲给彻底破坏了。吕红的父亲是村党支书，已经听到一些风言，就找女儿吕红正儿八经训导："爸是支书你相信不会给你搞封建婚姻。你自由恋爱爸坚决支持，你选下个王育才爸也觉得那小伙子不错。可是王育才他老子是伪保长专政对象。你已经是共产党员王育才连个团员也没当过。你已经是公办教师王育才是个民办，他老子要不是伪保长还有转为公办的希望。你跟育才结了婚以后咋办？将来有了孩子也就沾上了黑斑，爷爷是伪保长你看看还能有什么出息？婚姻是一辈子的事，你自个冷静想想去。"

吕红陷入了痛苦而终于做出了与父亲一致的选择。王育才很快由痛苦转变为懊悔。他悔愧万分地对王益民说："我真是个十足的浑蛋！我怎么刚刚活出了一点眉眼就忘记自己的小名叫个啥嘛！要不是你帮助我而今还在队里掏稀粪哩！我怎么一下子就忘乎所以了？怎么敢跟党支书的女子恋……”这些话都出自肺腑，王育才很快又冷静下来，再三向吕红表白并不责怪她。于是两人和平分手。到下一学期开始以后，吕红已经调到另一个小学去了，而且结了婚。之后不久，王育才也心平气和地完成了一桩重要的事，结婚了。王益民和他女人齐心协力把她的一个远房表妹介绍给育才，就是秋蝉。

王益民现在怀着沉重的使命和甚为急切的心情，骑车来到这座古城饭店的大门口，不禁被那堂皇的高大建筑物镇住了。天哪！那一根用大理石砌成的明柱，肯定把戴帽中学的全部家当都折掉了。

四

王育才拿出最好的香烟糖果糕点饮料招待王益民，又是随随便便的样子，正是那随便到漫不经意的样子才显出一种阔人阔气的气魄。那些好吃的好喝的好抽的高档次消费品对王育才已是家常便饭，而对王益民这样的小学教育主任就成为超级超常超前享受了。他对享受这些高档消费品感到的不是愉悦而是痛苦，那一罐铝皮饮料的价值就把他一天的工资全喝掉了。尽管花掉的是王育才的钱他仍然觉得太可惜了。王育才不等他开口就猜中了他来找他的事端，而且直言不讳地坦露了事情的全部真相：“我要离婚，我要和吕红结婚。我和吕红的婚姻才是最符合道德的。我和秋蝉的婚姻是一种没有感情的死亡的婚姻。

尽管我至今仍感谢你在我最困难的时候帮助我娶下一个女人，但我的感情无法从吕红身上移到秋蝉身上。我在做出离婚决定时首先想到的是你，其次才是我的父母，我知道离婚的结果首先伤害的是咱俩的友情，至于断绝父子关系我都没有什么包袱。你和俺爸俺妈骂我的话我都能猜到，但我还是决定离婚。”

王益民倒没有话说了。他一路上组织起说服王育才不该离婚的语言大军全部溃散了。王育才的坦率反倒感动了他。他知道王育才和吕红感情甚笃旧情难逝。他现在只能提出一些具体的困难来让王育才考虑：“孩子怎么办？三个孩子正处于幼学阶段，既要人抚养更需要心灵上的温暖。你想想你离了婚争得了自己的幸福，其实把痛苦不是摆脱掉了而是转嫁到孩子身心上了。与其这样不如将就着权当为了孩子。”

提到孩子以后王育才就哑了口，只顾抽闷烟，随之就哭了：“只有孩子是无辜的。对孩子来说我是十恶不赦的罪人。我在决定离婚的过程中百分之九十九的脑筋都伤在这上头。我只能从财力上保证他们求学读书，从生活上满足他们的一切需求。当然，如果秋蝉能明白一点，我会毫不吝啬地给孩子以父爱的，只是担心秋蝉不会给我这机会。没有办法，我与吕红已经不可分割了。她也和丈夫闹翻了。我无法回头也不想回头了。我已经觉得没有吕红一天都活不下去，父母以及老朋友你根本体味不来我的这种感情。我只希望你给秋蝉多做点解释工作，一来秋蝉是你的亲戚，二来这件事是你好心促成的。你就再不必管其他事了。”

王益民再无话可说。他感到劝解毫无作用，所以就不想多费唇舌。他想骂他又骂不出来。王育才而今比过去坦率了。王育才眼里的那种羞怯已经退净，一种冷漠，一种淡泊，一种成熟的冷峻，一种经见了大世面后的遇事不惊的老练，所有这些神色把原有的那种根深蒂固的羞怯之色覆盖了或者说排除了。他抽着育才的高级香烟，一支值二毛五分钱，相当于一斤苞谷的市场价格。他一面当教育主任一面种责任田，大脑的一半装着龟渡王戴帽中学的全部教务，另一半装着肥料种子以及各种粮食蔬菜的市场价格。他已经充分感觉到王育才已经不是过去的保长狗崽子也不是龟渡王学校的“穷小教”了，无疑已经是当代社会中最活跃最气魄最会生活的人了。他想，如果王育才不来这个公司而继续在龟渡王教书，那么他会怎么样呢？他会提出与秋蝉离婚与吕红追求真正的“符合道德的婚姻”吗？再退一步说他如果继续背着保长儿子的政治压力呢？想到这儿王益民又自责起来，这种想法本身就是不好的，好像他倒希望王育才继续当狗崽子似的。

记得吕红与别人订婚以后，王育才曾经懊悔不迭地痛骂自己是癞蛤蟆想吃天鹅肉。他劝了他安慰了他。他做到了一个朋友仁至义尽的义务。他亲自跑到秋蝉家，说服了秋蝉又说服了秋蝉的父母，说王育才是个绝对的好青年，保长父亲属保长父亲，王育才本人是最可靠的。直说得秋蝉父亲下了决心，说他完全相信了，权当秋蝉不是嫁给民办教师王育才而是嫁给农民王育才，只要人可靠就行了。王育才当时很感激他们夫妇，保长两口子更是感激不尽。王益民曾经因为他对朋友至诚的帮助而心地踏实。现在，他不仅不能说服王育才反而使自己陷入为难的境地，该怎么对秋蝉说话？怎么去见秋蝉的父母？

记得王育才和秋蝉结婚的时候，他去参加乡间的婚礼，王育才邀他做伴郎，他欣然应允，把秋蝉引回来。王育才在过了一周新婚生活之后，情不自禁地对王益民说："秋蝉不错。勤快俭省，脾性也好，正适合咱这样的家庭，人家这样清白的贫农女子能嫁到咱家，我已经够了。"王益民想把这话重新说给王育才听，想想又觉得没有必要，就告辞了。

临走时，王育才叮嘱他："益民哥，你甭费心了。我知道你是个好心人，你对我的恩情我永远不忘。你在我最困难的时候给了我最大的帮助。即使我要离婚，仍然感激你给我介绍下秋蝉。你的动机百分之百是好的。现在我求你再甭跑冤枉路了，无论俺爹俺妈或是秋蝉找你，你都推开甭管，让他们找我说话。"

王益民说："这事不用你叮嘱我也不再来了。你的事你自己处理吧！"

五

王益民回到龟渡王村时，王育才的父亲王子杰老汉在村口佯装割草，实际是等待王益民。王益民说了他找育才的经过，子杰老汉听得心里松不滋滋凉不唧唧软不哝哝，气急败坏地说："益民呀你怎么糊涂了？我叫你无论如何把那狗日的拉回来，你……"王益民苦笑一下说："好叔哩！那么个大活人儿，我怎么拉得回来？"而且做出一副无可奈何的神气。王子杰老汉问清了地址，迫不及待地当晚就搭末班车进城去了。

王子杰老汉一踏上豪华的古都饭店的廊沿就滑了一跤，那地板太光滑了。站在门口的一男一女两个侍者看着粗手笨脚的乡村老汉爬起来不搀不扶而且嗤笑着问找谁。王子杰老汉说他找儿子王育才。他得到放行，开始爬楼梯。他敲响了二楼十九号房间，看见门缝开处露出儿子的脸，气血呼啦一下冲到脑顶，及至他跨进门去看见长沙发上斜倚着一个女人，凭感觉老汉就知道那是吕红，一下子失去控制，一甩手就抽到儿子的脸上。那女人从沙发上跳起来，拉他的胳膊，叫着："大伯有话慢慢说……"子杰老汉嗅到一股浓郁的香气，"呸"的一口吐出去，骂道："婊子！"那女人一甩手走出门去。

子杰老汉已经完全失控。他一抡手，把茶几上的香烟饮料糖果全都扫荡到地上，杯子瓶子罐子在地板上乱滚。他又一把揪住儿子系在脖颈下的紫红领带，扯着拽着往门外拉。儿子育才被勒得直翻白眼，狼狈不堪地挣扎着，以求饶讨好的口气劝父亲坐下说话。子杰老汉说："回家说！这地方我不坐！这是什么地方？婊子院？"这当儿走过来两个服务员，威胁老汉说再不停手就打电话叫警察来，子杰老汉才坐下来。

子杰老汉坐下来仍然盛怒不息地嘲骂："我以为你在城里干什么体面工作，原来是逛窑子！瞅瞅楼上楼下站的跑的都是些啥货，脸上搽的嘴唇涂的耳朵上吊的都是啥？旧社会窑子院也没有这么厉害！你住在这儿能学好？你狗日的跟我回家种地去！”

王育才只是小声劝：“爸你骂我尽管骂，你甭胡乱骂人家服务员……”

“球！啥球服务员！”王子杰不买账，“我当过保长，解放了共产党把我教育好了，没料到你小子倒学坏学瞎了。我当保长也没住过这么阔气的房子！你看你龟孙子穿洋服打领带装贼更像绺娃子！你今日不回家我就死在你面前。”

王育才已经没有任何招架之力。他佯装尿尿就走出房子躲进另一间屋子，让他公司的同志去打发丧失了理智的父亲。同时叫来一辆出租汽车连拉带哄把子杰老汉送回近郊乡村龟渡王，王育才才得以从尴尬中解脱。

解脱是暂时的。第二天，当王育才坐在桑树镇民事法庭里向赵法官申诉一条一条离婚理由的当儿，他父亲王子杰老汉正站在民事法庭大门口的街道上向赶集上街的男女揭露儿子离婚的内幕，针锋相对。王育才真诚地列出好几条足以说明他和秋蝉没有感情因而是不道德的婚姻的理由，赵法官冷静地甚至无动于衷地问了一句：“既然没有丝毫的感情，那么三个孩子是怎样出来的？”一句话问得王育才张口结舌，虚汗交流。与此情此景形成强烈对比的王子杰老汉获得了完全的成功。他慷慨陈词，言真意切，一件件一桩桩历数自己在前多年顶着黑斑头的困难日月里，王育才的龟孙相可怜样儿，秋蝉怎么来到这个家，怎么贤惠，怎么勤俭，根本不多嫌这个倒霉的家庭，一下子把听他演说的男女感动了，一齐骂王育才忘恩负义不是个东西。王子杰老汉得到众人的呼应，更加来劲地斥责儿子的背叛行为，骂儿子是无情无义没有人性的畜生，是豺狼是浑蛋是陈世美是杂种。人们纷纷议论，像王育才那样的儿子如今并不少见而像王子杰这样知情仗义的老子倒是少有的。消息从桑树镇反馈回龟渡王，子杰老汉的威望空前高涨。

王益民听到这一切时很平静。他是教育主任经常读书看报，一知半解当今社会潮流总的趋向是有利于王育才追求“真正的符合道德的婚姻”的，然而乡村人依然敬佩王子杰这种重情义的侠贤心肠。他无法确定自己站在哪一边去反对另一边，只觉得自己已无能为力只好任其自然发展。

王子杰老汉时常来找他，不断把这桩离婚案的进展情况汇报给他。“法官判了不准离。”王子杰得胜似的告诉他，“看那狗日的还要咋样?”过了半年，王子杰又神色紧张地说：“益民，那狗日的又告到法院了。”随之又大惑不解地问：“头回告了判下不准离就完了嘛，怎么还容得再告？没完没了了?”他显然不懂得关于离婚法律的特殊规定。过了半年老汉又得意地说：“再告也是白告，赵法官还是判下个不准离婚。狗日的爱告尽管告，赵法官是个好法官，再告一百次也是白告。”这场离婚官司便旷日持久旷年持久地拖延下来，以致王子杰老汉自己也磨得发不起火来。对王益民报告案件进展时的口吻也像说别人的闲话一样：“又告了……爱告告去!”

王益民甚至同情起王育才来。当离婚事件发生时他同情秋蝉是自然的事。现在他依然同情秋蝉也同情王育才。秋蝉虽然得到阿公阿婆的诚心相待全力袒护，毕竟代替不了丈夫。育才和吕红虽然感情呼应仍然摆脱不了偷偷摸摸的被动局面，理想的“符合道德的婚姻”好梦难圆。王益民的同情心产生不久，又被突如其来的一件事冲淡了，这就是吕红丈夫的来访。

吕红的丈夫是个工人，他给王益民第一眼的印象正与他的职业完全吻合。他很率直，衣服穿着很随便，上衣是一件新潮夹克，肩上和臂上以及胸部附加了许多带儿和扣儿，衬衣的领子在脖子里窝叠着；人长得粗壮，一颗硕大的头。他开宗明义说：“我来找你是听说你既与王育才交好也认识吕红，希望你劝一劝王育才也劝一劝吕红。”他声明他之所以不愿意离婚并不是离了吕红就再找不到媳妇，完全是咽不下这口气，王育才太欺侮人了。他警告说他的工友哥儿们早已不能忍受暴发户欺侮已不吃香的工人阶级，要砸断暴发户王育才的狗腿，要把王育才的眼珠挖出来当泡儿踩，只是因为他觉得为了一个吕红臭婊子犯不着让哥儿们受牵连吃官司。

自称已不吃香的“工人阶级”向王益民诉述了他和吕红成亲的经过。那时候他在省建筑三公司当工人，有三个和他同时进厂的女工追求他，只是因为全是外省籍而遭到父亲反对。父母坚决要给他找一个本乡本土的媳妇，最不行也得是个陕西人，于是吕红大得父母的欢心。他也承认他父母喜欢吕红，见了一面就喜欢上了。他不知道吕红曾经与王育才有过恋爱史，后来知道了也宽容了她。问题在于已经有了一女一男两个孩子了，吕红仍然旧情萌发，把他闪到半路地里真是哭笑两难。他让王益民给王育才捎话过去：暴发户王育才欺侮已不吃香的工人阶级是没有好下场的。

王益民又为王育才深深地担心了。他整日提心吊胆，似乎随时都可能飞来一个王育才被打残的噩讯。他想提醒他警告他又见不着王育才。他又一次找到古都饭店二楼十九号，房子早已换主儿，再也打听不到王育才的下落了。他仍然忧心忡忡。

吕红的父亲接着来访。这位已退位的吕家村的老支书本该休养生息，安度晚年，却被女儿的婚变搅得焦头烂额。他一面痛斥女儿不检点的行为，一面又对自己过去在女儿婚事上的自作主张后悔不及。他说他完全是为了女儿吕红好而想不到弄了窝囊事。他说在当时的情况下，眼瞅着女儿与一个保长儿子结婚，不仅他这个做党支书的父亲通不过，亲戚朋友也没一个通得过。怎么也想不到而今世事会变成这样。老支书恳切地说："益民呀！你和叔认识也不是一天两天了，你就好心好意劝一下育才，甭瞎折腾了。都四十的人了，还能再活四十呀！四十岁的人为儿女活着，甭伤了儿女，两人都有儿有女，折腾不起呀！只要他一收心，我收拾红红也好办了。人到事中迷，需得朋友点明要害……你权当为叔除去心病，好生劝一劝育才。"

王益民被感动了，他送走老支书，心情愈加沉重。我的天爷呀！育才要追求理想的"符合道德的婚姻"的背后，连接着多少人的焦虑忧愁和痛苦。只剩下吕红没有来找他了，所有与这桩离婚案有牵连的人都一次或多次找过他了。王子杰老汉不必说，王育才的母亲不必说。秋蝉自然也不必说。秋蝉的娘家父母找他使他十分难堪地无言以对。吕红的丈夫和吕红的父亲现在也都找过他了。两个家庭的几十个成员都被搅得吃饭不香睡觉不酣。他们都知道他和王育才是朋友，是可以解除他们苦恼的人。然而王益民却毫无办法，他根本说服不了王育才。

吕红最终也来找王益民了。这位女性的到来，才真正摇撼了王益民的心，使他大吃一惊大睁双眼惊骇不已……

六

又一个灵魂在王益民面前痛苦地颤抖。

当吕红走进龟渡王学校的大门的时候，那些认识她的老教师和不认识她的新教师全都像看珍禽异兽一样瞪起了好奇的眼睛。她在龟渡王学校任教时和王育才的恋爱产生过轰动本校的效应。她停薪留职跟上王育才到某公司去挣大钱在全乡教职员中产生了轰动效应。她和王育才在某公司旧情复发的桃色事件的轰动效应扩及全县的教职工。她和王育才偷偷在教育主任王益民的房子做爱的事更使龟渡王的新老职员无人不晓。她现在敢于硬着头皮再次走进龟渡王学校的校园其实已谈不上勇气，王益民第一眼就发现这位女教师的神经有点不大正常。

吕红显然已不是当年在龟渡王学校任教时的吕红了。姑娘特有的红色从脸上褪失净尽，脸色呈一种非自然的白色，那是过多施用脂粉的结果。无论什么现代化妆品都无法挽回已失去的青春。王益民首先感到的不是这些浅显的变化而是吕红的眼睛。吕红的眼睛里是绝望和恐惧，恰如一个人得知了自己的生死簿上的秘密，吕红一坐下就说："王老师，我是实在无路可走了才来求你，现在只有你能救我了……"

王益民搞不清何以这样？就问："怎么回事？吕红，你慢慢说。"他顺手闭了门。

"你的朋友王育才……是个野兽！"吕红咬着牙说，"是个吃人不吐骨头的豺狼！"

王益民惊奇地问："你怎么也骂他？"

"他把我害得好苦！"吕红说，"我一直觉察不出他对我设着圈套……"

王益民更迷惑不解："他怎么会对你设圈套？"

吕红这才告诉他，王育才和她私下里已说好约定：他和秋蝉离婚，她和丈夫离婚。现在，自己已和建筑工人的丈夫离了婚，王育才却突然从桑树镇民事法庭抽回了起诉，不离了……

王益民愈加迷惑："那为啥？"

"报复！报复报复报复！"吕红癫狂了似的喊，"他要报复我！恶毒的报复！"

"他怎么会报复你？"王益民问，"他和秋蝉的离婚案闹了四五年了，怎么会报复你？"

"全是假的！"吕红说，"他一次一次上诉，又一次一次托人暗里给赵法官塞钱，不要判决离婚。他一直把这场假戏演到我离婚才……”

“啊呀！我的天……”王益民半信半疑。

吕红哭了：“我怎么办？我已离婚了。他在耍我。他记着旧仇。他说他才出了一口气，他说君子报仇十年不晚。他说我当初欺侮了他，我丈夫也欺侮了他，我父亲欺侮了他，全都是欺侮了他有个政治黑疤……现在全都报复了！”

“我信不下！”王益民说，“我信不下去！王育才真会这样歹毒？你们恋爱失败时，他亲口给我说‘并不怪责’你吕红嘛！”

吕红苦笑着摇摇头：“王老师，我唯一求你一件事，你去找找王育才，说我死了。他如果还记得我对他全是一片真心，如果还能原谅我当初的动摇，权当说的‘势利眼’也行，我只有一丝希望了……”

王益民突然涌起一股强大的责任感，大声肯定说：“吕红你千万别急，绝对不能走绝路，也千万不敢急出毛病来。我明天就去找王育才，你一定等我见了他以后咱们再面谈……”

王益民虽然热诚有余，心中却不免打鼓，如果真如吕红所述，他能扭转王育才吗？他已经比较切实地想另一条路，设法使吕红与那个建筑工人复婚。他说：“万一不行，我去找你丈夫，争取和解……”

吕红冷笑一声：“那样的路我还能走吗？那比死艰难十倍！”

未等第二天王益民去找王育才，王育才当晚打电话找王益民来了。

王益民一接上电话就迫不及待："育才育才你说你现在在哪里？我有话要找你说。"

王育才却冷静地说："我们永远不会再见面了我的好朋友。你不要再问我的住址，我们抓紧时间说几句话。"

王益民有点激动，一时找不到说话的头绪。

王育才问："吕红是不是找你了？"

王益民答："是的是的，到底怎么回事？"

王育才说："吕红说给你的事是真的。我已经抽回了离婚诉状，但并不是说我要回龟渡王了。请你告诉父母和秋蝉以及孩子，请他们忘掉我，权当这世界上压根儿就没有过我。"

王益民急了："这到底为什么？"

王育才："不要问'为什么'。我只告诉你，吕红已经离婚了，这是我的圈套。我要报复。我已经报复了。我和吕红恋爱失败时就等着这一天。这一天终于等到了。我当时太痛苦了，她和她父亲完全想不到被扔掉的女婿会是怎样的痛苦，我现在叫他们亲自感受一下。她的那个丈夫当时比我优越的唯一一条是家庭出身好，而吕红选择了他却舍弃了我。让他现在尝一尝此中滋味，也就理解当初我的苦处了……"

王益民实在忍不住了："你是个毒虫！王育才——你是个歹毒的家伙！"

王育才说："我曾经是个羞怯的青年……"

王益民说："假的！你的羞怯是假装的！你的骨子里是歹毒残忍惨无人道！"

王育才却依然冷静："朋友你说错了。我的羞怯是真实的。我的太多羞怯使我苦恼。我现在又因为那种羞怯丧失殆尽而惋惜。"

王益民骂："你害了多少人……"

王育才说："首先是这些人先伤害了我。"

王益民回转了口吻："育才，我们甭拌嘴了。我需要冷静，你更需要冷静，你无论如何告诉我你的住址，咱们见上一面，想想挽回残局的办法，一切还不是完全无望的。"

王育才说："不必了，我明天就要走了。"

王益民又急了："你到哪里去？我敢说世界上没有容你的地方！你的良心也宽容不得……"

王育才说："我要找一个恰恰能容我的地方。我已经不想再挣钱了。顺便告诉你，我所在的这个公司纯粹是个不摊本只赚钱或者说光骗钱的公司。我对骗钱也觉得腻了。"

王益民："你到底要干什么？"

王育才："我要找一个能使我恢复羞怯的地方去。你想想，还不明白吗？"

王益民一时转不过弯："我想不来！你干脆回学校来吧？"

王育才轻轻叹口气："我已经不可能再回到讲台上去训导别人子弟了，那地方太神圣，我不配。我正在钻营的这种公司也不干了，越干我越无耻。我又不想自杀，我想在我恢复了人应有的那一点羞怯之后，再论死生之事吧！"

王益民沉默了。

旅　伴

在同一车厢的同一隔间里，两位旅客同时找到了自己的铺位，都是下铺。他们谁也顾不得瞧对方一眼，忙着把随身带上车来的大包小包塞到货架上去，然后坐到车窗跟前来，火车启动了。

他们先后坐下，掏烟，点火，嘘出一口浓烟，上车时的紧张忙乱情绪舒缓下来，心地踏实地开始旅途生活了，这时才转过头来，打量坐在对面的旅伴。两人的目光一经相遇，几乎同时惊奇地叫起来：

"啊呀！是你——"

这两个人，是高中读书时的同学和朋友。一个被同学们公认为数学王子，一个号称文学天才。现在，二十多年以后，数学王子已经是国防尖端学科的研究人员了，而文学天才也已是当代颇有点名气的工业题材的作家了。二十多年前，他们同时爱上了班里一位名叫东芳的女生，那是个聪明而又动人的窈窕姑娘，大伙叫她东方美人，她是他俩心中的女神……异性相恋是排他的。这两个朋友也不能超凡脱俗，朋友关系破裂了，结下了怨。而时间的流水似乎可以冲散一切感情的烦忧。现在，当他们在列车上握手、拍肩的时刻，心中虽然还有那么一点不可言状的别扭情绪，却终究为理智所主宰了——都是四十多岁的中年人了哇！

一阵闲聊之后，作家首先从尴尬的情绪里超脱了，豁达地说："东芳现在好吗？"

"怎么……你？"军事科学工作者惊奇地睁大了眼睛，"她不是嫁给你了吗？"

这样——真是哭笑不得——他们才相互闹明白，谁也没有娶到东方美人，二十多年的误会，都以为对方和她结合了。

"噢！原来如此……"作家感慨起来，动情地说，"我当时感觉出来，她更喜欢你，说你聪明，冷静。她说她母亲不喜欢搞笔墨文学的人，容易招灾惹祸……二十多年了，我一直以为你们生活在一起……"

"嗨！哪能呢……"科学工作者淡淡地笑笑，"我当时判断出她更喜欢你。她常当我的面说你开朗，浪漫，有诗人风度……说我太死板……"

火车在宽阔的北方原野上奔驰。大片大片的金黄的油菜间缀在一望无垠的碧绿的麦田里，一排排白杨，从窗前掠过去，远处的山峦迷蒙在淡灰色的雾霭里。田野里春的温馨气息灌进敞开的车窗里来了。

“我毕业以后，家里太穷了，‘瓜菜代’也维持不住，舅舅把我带到青海，进了地质勘探队。我肩上扛着标杆，爬遍青藏高原，兜里总没有忘记装着一本稿纸……我的生活就这样开始了，第一次萌动的爱情却同时结束了！”

“我毕业后参军了。当了两年兵，从部队上了大学，再回到部队。在戈壁滩上‘隐居’了二十年，已经与‘尘世’隔绝了。那年回家探望父母，听人说她和小赖子结婚了，我坚决不信……”

“我也听说过她和小赖子结婚的话，也是不信。”作家证实说，“她怎么能嫁给他呢？那么一个猥猥琐琐的侏儒！”

“看来是真的嫁给他了。”科学工作者说，“他虽然猥琐，可他当时比你比我都更优越。他当了汽车司机，走南闯北，能弄到别人弄不到手的‘进口’物资，别忘了当时是困难时期……不过，我总不愿意这样想。”

作家显然激动了，创作的灵感顷刻之间激荡起来了，回味自己经历过的生活，心情往往按捺不住。他拉开手提兜，取出一瓶酒，用牙齿揭掉瓶盖，在两只喝水的杯子里斟上酒。科学工作者也急忙取出罐头和香肠，摆到小桌上。

“我们都犯了一个错误——”作家用富于哲理的口气说，“把一个俗不可耐的女人看得太神圣了！”说罢举起酒来。

“可笑的是——”科学家冷静地说，“我们之间因此而曾经互相妒恨！”说罢也举起酒来。

火车正以风驰电掣般的气魄，在北方的原野上疾进……

舔碗

一

黑娃在主家吃头一顿饭时有点拘束。黄灿灿的小米粥里下着细匀如丝的白面条儿，调着清油爆炒的葱花，喷香喷香的，黑娃刻意节制自己不敢吃得太快太猛，免得给主家留下馋极饿狼的第一印象。倒是主家黄掌柜真诚地催促他说："吃快！小伙子吃饭斯斯文文的弄啥？快吃吃快！"黑娃吃完一老碗又要了半碗，本来完全可以再吃下一满碗这种银丝面的，同样是出于第一印象的考虑只要了半碗。在两碗饭之间，黑娃从桌子上的竹篾浅篮里掂起一个馍来。馍是淡黄色的豌豆仁馍馍，茬口很硬也很耐得咀嚼，嚼半天满嘴里仍然是细小的沙粒似的疙瘩，唾液急忙把紧硬的馍块浸润不软。这样，黑娃吃饭的速度就是真实地而不是做作地慢了下来，直到主家黄掌柜连着吃完两老碗饭，他还有半个豌豆面儿馍馍掂在手里；这样，黑娃就瞅见了主家黄掌柜舔碗的动作。

黄掌柜放下竹筷子右手撑着小饭桌的边沿，左手四指勾着碗底儿大拇指掐着碗沿儿，仰起脸伸出舌头，先沿着黄釉粗瓷大老碗的碗沿舔了一圈，左手粗壮如算盘珠儿的指关节却灵便自如地转动着碗；吧唧一声脆响，舌头在碗的内壁舔过去，那一坨儿碗壁上残留的小米粒儿葱花屑儿全部扫荡净尽，比水洗过比抹布擦过还要干净；吧唧吧唧的脆响连住响着，大老碗在左手间均匀地转过一周，碗内壁所有的残滞物尽皆舔光搅净，只留下碗底儿上的残汤米屑；舔除碗底的滞留物才显出黄掌柜有一只出众出色的舌头，在碗底儿只旋转了一下便一览无余，鼻尖和脸颊并不挨碗沿儿，一般人的舌头不可能有那么长也没有那么灵巧；黄掌柜放下碗在口袋里摸烟袋时，那只奇妙的舌头伸出来从下唇到左嘴角再到上唇和右嘴角齐齐儿扫荡了一圈，嘴唇嘴角干干净净湿润润的柔和起来。黑娃的眼光瞅着黄掌柜缩进口腔的舌头最后落在下唇上，那个下唇又厚又长，一合拢就把上唇严严地包裹起来几乎挨着鼻头，这种地包天式的嘴唇成为黄掌柜面部器官最突出的特征，见一面隔十年八年肯定还能认出他来，因为世界上恐怕再不会有这样出众的地包天式的嘴唇了。黑娃吃完了手里的豌豆麦馍也吃光刮净了碗里的银丝面，放下碗再放下筷子，用手掌抹抹嘴唇站起身来准备去喂牛。黄掌柜从地包天嘴唇里拔出短杆儿烟袋说："你把碗舔了。"

黑娃停住脚转过身迟疑一下说："我不会舔碗。"

黄掌柜说："不会就学嘛!"

黑娃仍迟迟畏畏说："我怕学不会。"

黄掌柜说："这活儿不难一学就会了。"

黑娃找出一条理由："我舌头太短舔不上碗底儿，连碗壁儿也够不着。"

黄掌柜耐心地教导说："舌头这东西跟橡皮松紧带儿一样，越抻越长不抻它就缩短了。你学着舔吧越舔舌头就越长。"

黑娃愣愣地站着不动，再找不出什么理由来拒绝舔碗。

黄掌柜说："你坐下。"

黑娃在小马扎上又坐下来。

黄掌柜说："快舔。这不算啥难为事嘛!"

黑娃垂着手低着头不动。

黄掌柜笑呵呵地说："舔个碗比上轿还难吗?"

黑娃终于下定决心说："掌柜的，任啥活儿你咋指派我咋做，做不完做不好你打你骂我都受哩！舔碗么……我不……"

黄掌柜短粗的胳膊一抡，短小的指掌里攥着的短杆烟袋在饭桌上空抡成一个半圆，站起身来说："今日这回不舔了算了，碗也凉了难舔了，下顿饭我教你舔……好学着咧!"

二

黄掌柜在第二天早饭时对长工黑娃进行舔碗的启蒙教育。这种启蒙本该在昨晚的第二顿饭进行，无奈晚饭一般都是吃馍喝开水，碗是无物可舔的。早饭是黄澄澄的苞谷糁子熬烧的稠粥，碗壁儿上残滞的糁子粒密度很大。黄掌柜突兀地问：“你知道不知道我这家业是咋么着发起来的?”

黑娃摇摇头说：“不知道。”

黄掌柜神秘地说：“你估你猜——”

黑娃说：“是你勤勤谨谨发起来的。”

黄掌柜眯着小眼珠儿撇撇厚厚的下唇：

“不对。”

黑娃说：“掌柜的你德行好积下的。”

黄掌柜依然摇摇头。

黑娃说：“你祖荫厚实留下的?”

黄掌柜喝着糁子粥头也没抬。

黑娃便大胆问：“你发过一回横财?”

黄掌柜笑着摆了摆头，用筷子指定端在左手里的黄釉粗瓷大老碗说：“舔碗舔下的。”

黑娃眨眨眼没有吱声儿。

黄掌柜咚的一声把碗蹾到矮腿饭桌上，扬起右手里的竹筷子指着头顶的高大厅房，又指着院子两边对峙的四间厦屋说：“我这个三合院是舔出来的。一瓦一砖一页土坯一根椽一根檩条一根柱子都是我一口一口从碗壁儿上舔下来的!”黑娃瞅着黄掌柜凛凛然神圣的脸色，不敢贸然乱问乱说。黄掌柜也没有让黑娃插话添言的意思，继续着刚刚引出的话题，站起来用手里的筷子指着街门外头：“圈里的犍牛母牛是我从碗里舔下来的，坡上的旱地川里的水地一块一块一亩一分都是我舔下来的。你明白吗？”黑娃勉强点点头不敢说不明白。黄掌柜缓和一下情绪说：“当然，也不是我一个人舔下来的，我爸我妈我爷我婆我老爷和老太人老五辈就舔碗，才舔出来这份家业……这下你信了吧？”黑娃连忙点点头。黄掌柜接住说：“这下你明白我为啥叫你舔碗的道理了吗？”黑娃说：“明白。”黄掌柜却摇摇头说：“你娃子还没明白。”

黄掌柜对黑娃讲解：“庄稼人过日月就凭俩字，一个是勤，一个是俭。勤开财源，俭聚少成多积小到大。一般人做到勤容易，俭字上就分开了彼此。钱挣得再多花掉了等于没挣，粮食打得再多糟蹋光了跟没打粮一样。你打下八石麦吃光吃净你明年还得受穷，我打下八石俭省下一石我明年就比你好过了。一家大小一顿从碗里舔下一两，一天按两顿算就俭省二两，十天俭省二斤一月六斤一年就有七十斤正好二斗，十年两石一百年二十石。二十石粮食能置买多少地多少砖瓦木料？再甭算从其他路途省下的粮款。你家人老几辈要是养成舔碗的好习性，你娃子而今就不会出门给人熬活了，倒是要雇旁人给你熬长工哩！这下你明白了吧？”

黑娃反倒不服气这笔账：“洗了碗洗了锅，稠泔水喂牛喂猪还是没糟践嘛！反正喂牛喂猪还得搭配精料咯！”

黄掌柜说：“你说的恰好是一般庄稼汉们的想法儿，可见你还是不明白。该给牲畜搭配的麸料不能减，可人吃的饭食还是应该舔进人肚里。人一日舔两三回碗，人就一天从早到晚都记着俭省，这跟孔老先生说‘吾日三省吾身’是一样道理。你娃子不信就试试舔一回，舔一回碗该花俩钱你就只花一个或是不花，舔过一月你手里攥钱攥得比死人的手还紧，一个麻钱都舍不得花了。你不信先试着舔一回……”

黑娃说：“我情愿受穷情愿出门给人熬活儿，我压根儿没敢想雇旁人给我熬长工的事，掌柜的我不试那舔碗。”

黄掌柜问：“我刚才说下一河滩话儿，你听进耳朵没？”

“听进去了。”

“你说我说的话有道理没？”

“有，有。”

“我说的道理是教你学好还是学坏？”

“是为我好。”

“对呀！既是为你好你为啥不听不做？”

黑娃被追逼得无言以对，沉默半晌才想出一个办法：“黄掌柜……这样吧！我每顿少吃半个馍或者少吃半碗饭，算是赔了我不舔碗糟践的粮食，你甭让我舔碗了……”

“啥话嘛你倒胡吣的啥话！”黄掌柜打断他的话，“我是为你好盼你能过上滋润日子，才教给你娃娃这个诀窍，哪里是要你少吃欠喝？你不吃饱咋推得动车子咋抡得起镢头？”

黑娃再想不出搪塞的主意，便硬着头皮说：“掌柜的反正我不想舔碗。就是能舔出金能舔出银我也不舔。再说当初议定工价时你也没说舔碗这家法……”

“话说到哪儿去了哇？”黄掌柜摊开两手委屈地说，“我为你好倒惹你恼了！你今儿不舔算咧！可你得弄清我是好心不是恶意。”

“我知道你是好心没有恶意，我领受不了这个好心。”黑娃说，“要不你另换个会舔碗的来，反正长工多的是咯！”

“算咧算咧不说咧！”黄掌柜看看黑娃弓已拉硬，便暂且妥协，“日后你兴许会明白舔碗的好习性……”

三

连着三天，黄掌柜再没提舔碗的要求，黑娃以为这件事也就过去了不再成为一个矛盾的事，抗争虽然取得了胜利，心里总有一缕违拗主家伤了主家脸皮的歉疚，于是便更用心地经管牲畜，更主动更卖力地干活儿，企图以此弥补那件事上的缺憾。黄掌柜似乎也没有苛待和报复的举动，只是不和他说话，饭桌上默默地吃馍喝粥，然后扛着工具到田地里去。一路上无话，整晌整晌俩人都自顾干活儿不说一句话，只是屁声连绵不断。自离开家门从村庄走向田头，主仆二人一前一后此起彼伏着屁声，谁不奇怪谁谁也不笑话谁，豌豆仁馍馍吃下以后尤爱生屁，这是无法抗拒的。黑娃双手攥着刨耙给棉田打圪梁，心里逐渐有了对主家的初步评判，黄掌柜人不错，活儿尽着做饭馍尽着吃，偶尔某项农活做得不合辙，也是和和顺顺地指出来让黑娃重新做好，没有打没有骂甚至连呵斥也很少有过。黑娃猜忖，黄掌柜确实是几辈人靠吃苦耐劳节俭省用积攒下一份家业，不是为官发财也不是挖土挖出金条银锞发的横财；黄掌柜没有大财东家严厉的家法也没有大财东人的架子，一天三晌出工干活不避重不图轻，黑娃推车翻地挑担他也推车翻地挑担，尚无完全指靠长工做务庄稼自己抽水烟品香片茶叶的架子。头两天黄掌柜和黑娃一边干着活儿一边扯闲话，近三天来却抿着厚厚的地包天嘴唇一句不吭，脸上的气色愈来愈不柔顺，说不上是憋气还是忧郁难受。到第四天晌午，黄掌柜躺下起不来了，说是心口疼得厉害。

午饭前，黑娃走进三合院上房东屋去问候黄掌柜，屋里光线晦暗，飘浮着一股苦冽冽的中草药气味。黄掌柜侧身躺在炕上，轻声呻唤着，下唇愈加显得更厚更长地咧开着。黑娃问："掌柜的你哪儿害难受？"

"心口憋，还疼。"

"服药后好点吗？"

"药不顶啥。"

"你甭急，药吃三遍就显效了。"

"啥药也不顶用，我的病我知底儿。"

"那你就说嘛！该咋治就咋治嘛！"

"我的病除非你治——"

"我？我能帮上忙的话，你只管说。"

"你把碗舔了。"

"这跟舔碗有啥关系？"

"你不舔碗糟践粮食，我顿顿饭后看见你那碗心里就难受，整日整夜都难受，黑间睡不稳，白天胸口憋得闷得出不来气儿。你不舔碗我可受不了哇……”

黑娃大为惊诧，想不到自己不舔碗竟然把主家气下病了，却又信不下去这个事实，便支支吾吾说：“要是舔了碗能除你的病，那我就……舔。”

黄掌柜一骨碌翻身坐起来，双手抓住站在炕边的黑娃的胳膊，抖颤着厚长的下嘴唇说：“黑娃你要是舔碗就把我救下了！”说着溜下炕来，呼唤女人上饭。女人端上来的是麻食，这是春三月里的好饭食了。

吃罢以后，黑娃放下筷子，照着黄掌柜的姿势右手扶住桌沿，左手掐着黄色釉子的粗瓷老碗，先沿着碗沿舔了一圈，舌头摩擦瓷碗时浑身一阵痉挛，差点把碗掉到地上。黑娃舔碗壁儿时才觉得舌头太短，鼻头倒先舌头一步蹭到了碗壁，粘上了麻食饭的残汁，他用手擦了擦鼻子，低头再舔，又是先给鼻尖碰上了，便索性子不擦了，待舔完后再擦。

黄掌柜鼓励说：“对着哩对着哩就这样舔法儿，一回生二回熟咯！”

黑娃舔完碗壁，虽不及黄掌柜舔得净，总是舔出了个大致干净的效果，碗上还留着一绺一道残痕，像是没扫干净的地面。黑娃觉得腹腔里开始翻搅，有点恶心，想到只剩下一个碗底儿，便低下头伸长舌头去舔，舌头触及碗底儿已经冰凉的残汤，即告第一次舔碗成功。

黄掌柜双手一拍说：“好！舔得还好！”

黑娃从碗底仰起头来，呜哇一声从喉腔里爆发出来，连忙放下刚刚舔过的碗，三两步抢到台阶上，嘴里便喷发出一股浊流，肚腹里翻江倒海似的扭结翻搅，连续喷泻出一股又一股浊流，刚刚吃进肚里的麻食全部呕吐出来，在院庭的湿地上滑动蠕流。黑娃停止呕吐心腹平静之后，用手掌抹擦了噎出的眼泪，没有说话。他想，这下黄掌柜亲眼看见了，他的舌头是不能适应舔碗的良好习性的，这下再不会强逼他接受舔碗的习性了。不料，黄掌柜对他的呕吐无动于衷，更不惊奇，缓缓地从地包天嘴唇里拔出石头烟嘴儿，平淡无奇地说："吐不要紧，再舔几回就习惯了，习惯了自然也就不吐了。"

连着两三天，早饭和午饭，黑娃默不作声地吃饭，默不作声地舔碗，舔着舔着就呕吐起来，头一天尚可舔到碗底，一天比一天一顿比一顿舔的面积更小，就吐，直到最近一次舌头刚挨着碗沿儿，腹腔里便猛烈一震，把吃下的饭馍反弹出来。黑娃想，舔碗不仅没有进步，反而一天比一天退步，再一次对自己修炼这个良好习性产生了动摇，求饶似的对黄掌柜说："我怕是学不会舔碗了。"

黄掌柜毫不动摇继续鼓励他说："能学会。我能学会你也就能学会，人都能学会，因为人的舌头都是肉长的。"

黑娃说："我一舔就吐，舌头一挨着碗沿就恶心……"

黄掌柜说："吐到不吐得有个过程。这跟修炼功夫一样。我娃他妈刚过门时也不会舔碗，也是一舔就吐，舔了半年吐了半年，后来就不吐了，而今舔得比我还老到。"

黑娃心里猛地一沉，要是舔半年碗吐半年饭，自己还能活不能活？

四

吃了舔舔了吐的日子强撑硬挣着又过了半月，黑娃的身体彻底垮下来。吐了以后他就重新吃个豌豆面馍，吃馍无须再舔碗，自然不会再吐。这种豌豆面馍不单爱生屁，石头一样硬的茬口令人望而生畏，一天三顿嚼食的结果是口腔糜烂，坚硬的馍茬子蹭得口腔内皮脱落出血溃烂，连舌头都被感染生出一层密密麻麻的小脓疱儿，他无法进食了。他空着肚子扛着工具到了地头，已经强烈的日光晒得头脑发昏，眼睛一阵阵发黑，浑身酸软无力心慌气短，满脸虚汗涌流不止，强撑到吃午饭时收工回家，他没有去吃饭，径直走进牛圈撂下工具躺到炕上一动不动。

黄掌柜走进牛圈来叫他吃饭，见状哈哈大笑："撑不住了哇？哈呀这是一道关，撑过这道难关就没事了。走！吃饭去，越吐越吃越吐越舔，人就把自己的坏毛病改掉了，就把好习性养成咧！"

黑娃有气无力地坐起来："掌柜的你快吃饭吧！我嘴里生疮了吃不成饭。"

黄掌柜说："把饭晾凉就能吃，不急。"

黑娃又重新提出最初的打算："黄掌柜你甭让我舔碗，我情愿年底少开二斗工钱粮，权当我不舔碗糟践的粮食……”

“不不不不不！”黄掌柜说，“我跟你想的正好相反，只要你舔碗，我不光不扣你二斗，年底给你再加上二斗。你这下明白我的好心了吧？”

外加二斗粮食的奖赏已不能使黑娃动心，而是担忧这种日子难以为继，终于再次说出自己只好离去的打算，态度坚决而话语却很委婉：“黄掌柜你是个好主家。你让我舔碗也是为我好。我试着舔了学不会这好习惯，我硬撑了一月时光还是学不会。我而今弄成这病恹恹的式子给你干不动活儿，我白吃饭不干活儿咋能成？”

黄掌柜说：“扛两天没啥事咧！”

黑娃依然诚恳地说：“我不舔碗你受不了，你都难受得憋下病了；硬叫我舔碗我也受不住，吃了舔舔了吐我身子撑不住，给你干不动活我心里难为情；我想来想去，你另找个舔碗的长工，我另找个不叫长工舔碗的主家，都好受些。”

黄掌柜短胳膊一挥：“算咧算咧！从今日起你甭舔碗了。”

黑娃尚不知道，去年黄掌柜雇下一个长工，因为无法学成舔碗的好习惯而中途辞职。黄掌柜半路上不好再雇长工，只好临时叫短工帮忙做务庄稼。如果黑娃今年再辞职，下一年雇工都可能困难。黄掌柜便妥协了。

黑娃便感激地说：“黄掌柜你看见，我不是不学好不舔碗，确确实实是我生下一只贱舌头，学不会这好习性；而今你不要我舔碗，我就按我刚才说过的少拿二斗粮……”

黄掌柜决然说：“不行。年初说下多少我年底还给你多少，一颗粮食也不少。”

黑娃说：“那我拼死拼活给你干，报答你的好处恩情……”

主仆二人终于得到了和解。

五

得到黄掌柜的宽容和关怀，黑娃在家歇息了两天，不到田地里去做活儿，只在家里喂牛垫圈，这使他很感动。口疮稍为收敛之后，他强迫自己多吃饭，以期尽快恢复体力尽早到田间去干活儿，吃人家熟的挣人家生的不给人家干活算什么长工呢！好在黑娃并没有其他毛病，进食以后身体恢复很快，三五天后就又是浑身抖擞生龙活虎的原姿原样了，扽犁扯耙挖土翻地起圈推土全部能够承担起来。不过几天，却又发生了一件意料不到的不大美妙的事——

这天早饭桌上，黄掌柜给黑娃吩咐下来几天内的几项重大农事活路的安排，先干什么后干什么中间穿插捎带着再干什么，安排得井井有条纹丝不乱，可以看出主家完全是一位精明细致的庄稼人。黑娃一一应诺一再表示遵从吩咐保证按时按质做完做好，绝对不会迟误农时耽搁时机，而且主动大胆到甚至不无讨好地向主家提出建议，给棉田压施的底肥应该从每亩50车增加到80车至100车，因为棉花施足底肥比追施明肥的效果要显著得多。主家黄掌柜全面谋算过自家有限的粪肥，指令他每亩压施50车，留下一部分给麦收后的苞谷追施。黑娃说：“你甭愁给苞谷没粪上，我给牛圈每天多垫一两回土就有了；我抽空打几摞土坯给你把三个火炕换了，炕土坯上苞谷再美不过了。”且不说黑娃的主意的合理性与可行性究竟如何，单是这种主动精神就使黄掌柜深为感动，最难得长工和主家合成一股的心劲儿。黄掌柜咧开厚厚的下嘴唇只是嗯嗯嗯地点头笑着，没有当即明朗地表示行与否，仰起脸舔起碗来。黑娃进一步解释自己的意见，企图证明这意见属于万无一失而不必担心什么。这时候，黑娃突然看见，黄掌柜放下自己的已经舔净了的碗，伸手又把他的饭碗抓起来，伸出黄牛一样的长舌头舔起来。黑娃愣呆了，哑然闭口说不出话了，几乎闭了气，看到黄掌柜舔他吃过饭的碗，似乎比自个舔它更难以忍受，胃里头猛然痉挛了一下，呜哇一声又呕吐起来，整个腹部像簸箕簸着又像筛子旋着，直到把吃进去的饭食吐光吐净。

黄掌柜问：“咋的又吐？”

黑娃嗫嚅说：“你舔我的碗……”

黄掌柜更奇怪了：“你舔你的碗，吐，我不叫你舔了；我舔你的碗与你屁不相干嘛，你咋的还吐？”

黑娃依然歉疚地嗫嚅着：“我也说不上来这究竟咋的了，看见你舔我的碗就吐了……”

黄掌柜不满地撇撇嘴，忍了忍说：“那好……下回我舔碗时你先离开。”

黑娃点点头。

然而糟糕的是，晌午饭时情况更加恶化，不说舔不舔碗，也不说避不避开黄掌柜舔碗，黑娃瞧见黄掌柜吃饭时伸出唇来的舌头就反胃就恶心就发潮就想吐。黄掌柜吃饭时与众不同，筷子挑起碗里的面条儿时，嘴里的舌头同时就伸出嘴来，迎接送到口边的食物，而一般人只张嘴不伸舌头的。黑娃看见那长舌头接到筷头上的食物便卷进嘴去，舌头的边沿赤红而舌心里有一片黄斑。他低下头不敢扬起来闷着头吃饭，仍然抑止不住阵阵恶心，一口饭也咽不下去，便悄然离开了饭桌。

随后发展到更为严重的程度，黑娃一瞅见饭碗就恶心，他想到这碗也是黄掌柜的舌头舔过的，舌心里有一片尿垢似的黄斑。

及至后来，黑娃瞧见主家黄掌柜又厚又长的下唇也忍不住恶心反胃。

黑娃又犯了口疮，身体迅即垮下来。

黄掌柜终于火了："我说舔碗舔下家当，是想让你小伙往后学下好习性过好日子哩！你舔了吐我舔你也吐，我再没法容让你了嘛！我说干脆还是你再舔碗，舔了吐吐了再舔，直到把你这坏毛病舔掉吐掉，像我娃他妈一样学会舔碗。这叫以毒攻毒！"

黑娃根本谈不上实施以毒攻毒的新方案，因为他看见黄掌柜说话时闪动的下唇就又作起呕来。黄掌柜觉得受了侮辱，骂道："穷小子穷命鬼贱毛病倒不少！"

是夜，黑娃给牲畜添过最后一槽草料，便逃走了，俩月的工价粮食自然是不敢索要的。

害羞

一

轮到王老师卖冰棍儿。

小学校大门口的四方水泥门柱内侧，并排支着两只长凳，白色的冰棍儿箱子架在长凳上，王老师在另一边的门柱下悠悠踱步。他习惯了在讲台上的一边讲课一边踱步，抑扬顿挫的讲授使他的踱步显得自信而又优雅。他现在不是面对男女学生的眼睛而是面对一只装满白糖豆沙冰棍儿的木箱，踱步的姿势怎么也优雅不起来自信不起来。

王老师是位老教师，今年五十九岁明年满六十就可以光荣退休。王老师站了一辈子讲台却没有陪着冰棍儿箱子站过。他在讲台上连续站三个课时不觉得累，在冰棍儿箱子旁边站了不足半点钟就腰酸腿疼了。他站讲台时从容自若有条不紊心地踏实，他站在冰棍儿箱子旁边可就觉得心乱意纷左顾右盼拘前紧后了。他不住地在心里嘲笑自己，真是莫名其妙其妙莫名，教了一辈子书眼看该告老还乡了却卖起冰棍儿来了！

临近校门也临近公路的头一排教室是低年级学生，从一边的教室里骤然爆起合读拼音文字的声浪，朗朗的嫩声稚气的童音听起来十分悦耳。听到这声音使人会联想到雨后空谷的草地，青日蓝天上悠悠飘浮的白云；听到这声音使人会化释积郁的心绪，变得宽宏仁慈心地和善。每个男女都曾经发出过这样优美这样纯净这样动人的声音，后来永远发不出这样动人这样优美这样纯净的声音了。年岁递增随之使他们的嗓音一律变化了，有的变得粗暴狂放了，有的变得颐指气使了，有的变得深沉忧郁了，有的变得油腔滑调了，有的变得奴性十足酸味十足了。王老师天天都能听到这种嫩声稚气的童音合读或合唱，几十年来的每一天都在这种纯净的声音里滋养。他的面色柔和，纹路和善，明眸皓齿，鹤发银亮，全是稚气童音长期滋润的结果。直到今天轮他卖冰棍儿，王老师就有些惶惶不可终日似的踱起步来。

“王老师好运气！今日轮到你卖冰棍儿天公也凑趣儿！预报37℃，该当发财！”

历史科任老师刘伟正从大门进来，手里摆着几盒烟，穿一件罗筛眼儿背心，两颗男性的黑色乳头隐约可见，脚尖上挑着厚底儿泡沫拖鞋。一副悠然自在的神气，瞧着王老师说话。

王老师嘿嘿嘿笑着，表示领受了慕雅，明知刘伟从外边买烟回来，也明知历史课排不到头一节，还是要搭讪着问：“噢噢！刘老师，你出去买烟了？你这节没课?”问完了立即就意识到全部是废话。

刘伟大约也知道这是废话，可以根本不回答，只顾瞧着他的冰棍儿箱子，然后摇摇头，哧地笑了：“啊呀我说王老师呀！你把冰棍儿箱子藏在大门柱里头，外边过路人瞅不见，学生又没下课，你的冰棍儿卖给鬼呀?”

王老师说：“没关系没关系，学生下课了就来买哩!”

“把冰棍儿箱子摆到大门外头，学生下课了卖给学生，学生上课了卖给过路的人。你把箱子摆在大门里头损失太大了。”刘伟瞅着他，端详着，忽地一笑，“噢呀！王老师，你是害羞呀?”

王老师一下子红了脸，有点窘迫，却装出根本不是害羞的样子说：“我老脸老皮了还害什么羞!”

“不害羞就好!”刘伟说，“而今可不兴害羞。你要害羞啥事也弄不成，不害羞才能挣钱升官发洋财。凡要成大事发大财者必须先接受一项心理素质训练：排除羞怯。”

王老师已经品出刘伟话里是含沙射影，讥锋毕露，这种谈话已经超出他的素有的习惯，就哑了口，不去迎合。他的职能范围是六年级甲班班主任，教授语文课，外兼六乙班语文，扩大到头他的职责只有两个毕业班的103名学生。他搪塞说：“啊呀！刘老师，今日轮我卖冰棍儿，班里的事你多照应一下。”刘伟是他的助手，六甲班的副班主任。

“班里没事，你放心卖你的冰棍儿。”刘伟说，“我倒是担心你的冰棍儿卖不完，化成水，你赚不了钱还得把老本贴进去。我来帮你把箱子挪到大门外首去，躲在门里不行哇！”说着，他把纸烟放到箱盖儿上，腾出手来背起箱子，又招呼王老师挪凳子。王老师一手提一个长凳，挪到大门外头，并排放好。刘伟搁稳箱子，给王老师做起卖冰棍儿的规范动作来：“王老师你瞅着，一只手搭在箱子盖上，这一只手防护住钱袋，钱袋要挂在脖子上。一只脚站着另一只脚歇着，这只脚站累了再换那只脚。眼睛要瞅住过往的人，老远就吆唤一声‘冰——棍儿——’。弄啥就得像啥，教书你得像个先生，卖冰棍儿就得像个卖冰棍儿的架势……”

王老师被逗笑了：“好好好！刘老师，我多谢你启蒙开导，我会了。”

刘伟滑稽地笑笑，摇摇摆摆走进门去了。

刘伟走了，他还是没有勇气按刘伟示范的架势去做，还是在离冰棍儿箱子一二米远的路边踱步，却不由得在心里品评起刘伟来了。

三十几岁的刘伟是恢复考试制度头二年考中师范学校的，七八年来在本乡所属的几所小学校转来转去最后算是在本校扎住了脚。他有一颗聪明透顶的脑瓜唯独缺少了一点毅力，他多才多艺学啥会啥结果却是样样都通样样稀松。他教高年级语文嫌其浅显无味，教数学又讨厌其枯燥，最终他选择了历史科目，主要是可以不负太多的责任，升学考试或本乡统考不考历史他就没有任何压力。他已经放弃了写小说弹电子琴而对围棋兴趣正浓。他的性格有时可爱有时又执拗得不近人情。他走过的学校没有一个领导喜欢他，但事后却说那小伙子其实不错。他读过不少古今中外的野史，对一切人和事都用历史典故来佐证他的看法属天经地义。他不巴结谁也不故意伤害谁，谁要是惹下他他会把中外历史上一切奸党逆臣引来证明你与他们属一丘之貉。领导害怕他又藐视他。他在本校唯一没有犯过交葛的人就是王老师，所以让他做王老师的副手当六甲班副班主任。王老师有时觉得这人正直得可爱聪明得可爱有时候又觉得这人不成景戏！穿那样裸身露肉的衣服满镇子上跑，老师总得注意点仪容仪表嘛！然而他只顾结紧自己的风纪扣而绝不会去指责刘伟的涣散。

一个牵着孩子的女人买了一只冰棍儿走了，留下一枚五分硬币。王老师接过那五分硬币时手掌里竟有一种异样的感觉，无论如何，第一个买主已经光顾了，冰棍儿生意开张了。

二

入夏之前，学校买回来一套冰棍儿生产机器，这是春节后开始新学期一直吵吵嚷嚷的结果。开学后，教师们议论最多的是春节期间的见闻，见闻中共同强烈的感觉是在本校教书最可怜了。张老师说他弟弟所在的工厂除了发年终奖金还发了过年所需的一切，鸡、鱼、油、粉丝、黄花、木耳、猪牛羊肉以及烹调所需的大料都每人一份发齐了，连卫生纸也发了一大捆。胡老师说他姐所在的公司除了发上述吃食外，还发了电热毯、电热杯、气压热水瓶。大家觉得学校毕竟比不得企业于是就与本乡的学校横向比较，这个学校办个皮鞋加工厂给每个老师发了一双毛皮鞋价值三十多块，那个学校买了豆芽机卖豆芽老师们分了说不清多少钱，唯独本校什么也给老师发不出……议论从私下发展到公开，终于进入本校校务会议议事日程，冰棍儿机器买回来了。

原先勤工俭学让学生“学工”的两间房子彻底进行了清除，墙壁刷新了，冰棍儿机器安装好了。因为一开始就明确是利润性生产，自然不能指靠学生来担承，于是就得雇民工，于是就有几位以至大部分老师向校长成斌申述自己的种种艰难，要求把自己的儿子或闲在农村的妻子招来做冰棍儿工人。成斌校长的爱人也在农村，春闲无事，他想把身强力壮的中年爱人弄来挣一点收入，面对好多老师的申求而终于没说出口。他对所有申求者都一律说“好好好，统一研究之后再说”。成校长和吴主任研究出一个最公道的办法，让所有申求者抓阄。抓阄的结果自然是抓中的高兴抓空的也对校长没有意见，因为校长自己也抓空了。没有后门。王老师没有参加抓阄，他的三个女儿早已出嫁，一个独生儿子正在交通大学读书，令好多老师羡慕。

冰棍儿生产顺利而且质量不错，招来了附近村镇一些男女青年趸取冰棍儿。没过几天，几个教师向校长成斌提出建议，咱们生产冰棍却让旁人把钱赚了，倒不如让老师们自己赚。在成校长和吴主任进一步研究的时候，体育教员杨小光已经等待不及勇敢地闯过禁区，率先在冰棍儿厂趸了一箱冰棍儿，放在操场上的树底下，让学生们在炎炎烈日下打篮球踢足球跳绳翻杠子，然后宣布休息五分钟："每人至少一根冰棍儿，有现钱的交现钱，没现钱的跟同村同学借下，借不下的先欠着后晌来校时带上就是了。"他每天有四五节体育课，销售的冰棍儿可以赚七八块钱。有人立即向校长成斌反映了杨小光向学生兜售冰棍儿的问题。成校长找杨小光谈话，想不到杨小光比校长更理直气壮："你生产冰棍儿是不是给人吃的？是不是只许外人吃而不许本校学生吃？你看不见那些小贩趸了冰棍儿就在学校门口卖给学生？这样热的天学生上体育课热得要命渴得要死，纷纷奔大门口去买冰棍儿，我这体育课还能不能上下去？我为学生服务关心学生健康给学生供应冰棍儿有什么不对？我赚了几个烟钱你就有意见了是不是？你没意见谁有意见叫谁当面给我提出来，让他来教体育课好了！我三伏能热死三九能冻死教体育算是倒八辈子霉了，你们当领导的谁说一句公道话来？"

校长成斌在连珠炮下首先乱了阵脚，立即转了笑脸换了口气对杨小光解释起来，要正确对待群众意见，有则改之无则加勉云云。好像他不是找杨小光谈问题而是做劝慰安抚工作来了。不是成斌校长软弱无能而是杨小光的一技之长教他硬不起来。他已经预感到杨小光接下来就要说出那句半是高傲半是骂人的话来："此处不养爷自有养爷处。"体育教师奇缺。过去的老体育教师因为上了年纪大都搞了后勤事务，年轻的体育教师多年来连一个也分配不到本乡的学校来。杨小光原也不是体育专业教师，他在本县参加市里的农民运动会上夺了跳高金牌，县体委珍爱这个为本县夺得荣誉的小伙，推荐到本校来做民办体育教师，而且因一技之长优先转为吃皇粮的公办教师，比那些教政治教语文教数学的教师牛皮一百倍。成校长说：“你教体育辛苦这一点我表扬过多次了，问题在于卖冰棍儿得由学校统一研究。你该晓得一句古话，天下‘不患寡而患不均’。你卖冰棍别人要不要卖？所以你不必动肝火而应该心平气和地考虑一下……”

“我根本不考虑，也没法心平气和。”杨小光根本不认账，态度更硬了：“你……干脆给我的申调报告上签个字，让我走好了。你签了字我立马就走。县体委早就要我去哩……”

成斌校长连下台的余地都没有，只好尴尬地摊开手，不知所措地说：“你看你，说到哪儿去了！我说的是卖冰棍儿的问题，你却扯起调动工作……”

王老师的宿舍与杨小光是一墙之隔，苇席顶棚不隔音响，他全部聆听了成校长和杨小光的谈话。他尚未听完就气得双手抖索不得不中止备课。他想象校长成斌大概都要气死了。他想象如果自己是校长就会说“杨小光你想上天你想入地你想去县体委哪怕去奥林匹克运动会，你要去你就快点滚吧！本校哪怕取消体育课也不要你这号缺德的东西！”他想指着那个满头乱发牛皮哄哄不知深浅的家伙呵斥一声：“你这样说话这样做事根本不像个人民教师……”然而他什么也没有说，只是实在听不下去了，走出门来，在操场上转了一圈，又自嘲自笑了，我教了一辈子书，啥时候也没在人前说过两句厉害话，老都老球了，倒肝火盛起来了，还想训人哩！没这个必要啰！

当晚召开全体教师会，专题研究如何卖冰棍儿的问题。王老师又吃惊了，没一个人反对杨小光卖冰棍儿，连校长主任也不是反对的意思，而是要大家讨论怎么卖的问题，既可以使大家都能“赚几个烟钱”，又不致出现“不患寡而患不均”的问题。讨论的场面异常活跃，直到子夜一时，终于讨论出一个皆大欢喜的方案来：教师轮流卖冰棍儿。

三

大门离公路不过十米远，载重汽车和手扶拖拉机不断开过去，留下旋起的灰尘和令人心烦的噪响。骑自行车的男女一溜带串驶过去，驶过来，铃儿叮当当响。他低了头或者偏转了头，想招呼行人来买冰棍儿又怕熟人认出自己来。“王老师卖冰棍儿！”不断地有人和他打招呼。打招呼的人认识他而他却一时认不出人家，看去面熟听来耳熟偏偏想不出人家的名字，凭感觉他们都是他的学生，或者是学生的父亲抑或是爷爷。他教过的学生有的已经抱上孙子当了外公了，他教了他们又教他们的儿子甚至他们的孙子。他们匆匆忙忙喊一句“王老师卖冰棍儿”就不见身影了。似乎从话音里听不出讽刺讥笑的意思，也听不出惊奇的意思。王老师卖冰棍儿其实平平常常，不必大惊小怪。外界人对王老师卖冰棍儿的反应并不强烈，起码不像王老师自己心里想的那么沉重。他开始感到一缕轻松，一丝寂寞。

“王老师卖冰棍儿?”

又一个人打招呼。王老师眯了眼聚了光，还是没有认出来，这人眼睛上扣着一副大坨子墨镜，身上穿一件暗紫色的花格衫子，牛仔裤，屁股下的摩托车虽然停了却还在咚咚咚响着。王老师还是认不出这人是谁。来人从摩托上慢腾腾下来，摘下墨镜，挂在胸前的纽扣上，腰里插着一只手，有点奇怪地问：“王老师你怎么卖起冰棍儿来了?”

王老师看着中年人黑森森的串腮胡须，浓眉下一双深窝子眼睛，好面熟，却想不起名字：“唔！学校搞勤工俭学……”说了愈觉心里别扭了，明明是为了自个赚钱，却不好说出口。

“勤工俭学……也不该让你来卖冰棍儿。这样的年龄了。学校领导真混!”中年人说着，又反来问，“是派给每个老师的任务吗?”

“不是不是。”王老师狠狠心，再不能说谎，让人骂领导，“是老师们自己要卖的。”

中年人张了张嘴，把要说的话或者是要问的问题咽了下去，转而笑笑，“王老师你大概不认识我了，我是何社仓，何家营的。”

“噢噢噢，你是何社仓。”王老师记起来了。他教他的时候，他还是个细条条的小白脸哩，一双睫毛很长的眼睛总是现出羞怯的样子。他的学习和品行都是班里挑梢的，连年评为“三好”，而上台领奖时却羞怯得不敢朝台子底下去看。站在面前的中年人的睫毛依然很长，眼睛更深陷了，没有了羞怯，却有一股咄咄逼人的直往人心里钻的力量。他随意问：“社仓你而今做什么工作？”

“我在家办了个鞋厂。”何社仓说，“王老师你不晓得，我把出外工作的机会耽搁了。那年给大学推荐学生，社员推荐了我，支书却把他侄儿报到公社，人家上了大学现在在西安工作哩！当时社员们撺掇我到公社去闹，我鼓足勇气在公社门口转了三匝又回来了。咱自个首先羞得开不了口咯！”

王老师不无诧异：“还有这码事！”

何社仓把话又转到冰棍儿箱子上来：“王老师，我刚才一看见你卖冰棍儿，心里不知怎么就不自在，凭您老这一头白发，怎么能站在学校门口卖冰棍儿呢？失了体统了嘛！这样吧，你这一箱冰棍儿全卖给我了，我给工人降降温。我去打个电话，让家里来个人把冰棍儿带回去，你也甭站在学校门口受罪了。”说着，不管王老师分辩，径自走进学校大门打电话去了，旋即又出来，说：“说好了，人马上来。”何社仓蹲下来，掏出印有三个5字的香烟。

王老师谢了烟，仍然咕哝着：“你要给工人降温也好，你到学校冰棍儿厂去趸货，便宜。我还是在这儿慢慢卖。”

“王老师你甭不好意思。”何社仓说，“我在你跟前念书时，老是怕人笑话自己。而今我练得胆子大了哩！不瞒王老师说，我这鞋厂，要是按我过去那性子一万年也办不起来。我听说原先在俺村下放的那个老吕而今是鞋厂厂长，我找他去了，想办个为他们加工的鞋厂，他答应了。二回我去他又说不好弄了。回来后旁人给我说'那是要货哩！'我咬了咬牙给老吕送了一千块，而且答应鞋厂办起来三七分红，就是说老吕屁事不管只拿钱。三年来我给老吕的钱数你听了能吓得跌一跤！"

王老师噢噢噢地惊叹着。此类事他虽听到不少，仍是不由得惊叹。

"王老师，而今……唉！"何社仓摇摇头，"我而今常常想到你给我们讲的那些做人的道理，人的品行，现在还觉得对对的，没有错。可是……行不通了！"

王老师心里一沉，说不出话。对对的道理却行不通用不上了。可他现在仍然对他执教的六年级甲班学生进行着那样的道德和品行的教育，这种教育对学生是有益的还是有妨碍？

又一辆摩托车驰来，一个急转弯就拐上了学校门前的水泥路，在何社仓跟前停住。何社仓吩咐说："把王老师的冰棍儿箱子带走。把冰棍儿分给大家吃，然后把钱和箱子一起送过来。"

来人是位长得壮实而精悍的青年，对何社仓说的每一句话都要点两下头，一副俯首帖耳唯命是从的神气。他把冰棍儿箱子抱起来往摩托车的后架上捆绑，连连应着："厂长你放心，这点小事我还能办差错了？"

何社仓转而对王老师说："王老师你回去休息，我该进城办事去了。我过几天请你到家里坐坐，我有好多话想跟你说哩！你是个好人，好老师。"

那位带着冰棍儿箱子的小伙驱车走了。

何社仓重新架上大坨子墨镜，朝西驱车驰去了，留下一股刺鼻的油烟气味。

王老师望望消失了的人和车，竟有点怅然，心里似乎空荡荡的，脑子也有点木了。

四

中午放学以后，王老师卖了半箱冰棍儿。学生们出校门的时候早已摸出五分币，吵吵闹闹围过来："王老师卖给我一根冰棍儿"的叫声像刚刚出壳的小鸡一样熙攘不休。他忙不迭地收钱付货，弄得应接不暇。往日里放学时他站在校门口，检查出门学生的衣装风纪，歪戴帽儿的，敞着衣服挽着裤脚的，一一被纠正过来，他往往有一种神圣的感觉，自幼培育孩子养成文明的生活习惯是小学教师重大的社会责任。现在，他已经无暇顾及这些了，收钱付货已经搞得他脑子里乱哄哄的，而且从每一个小手里接过硬币时心里总有点不受活，我在挣我的学生的钱！因为心里不专，往往找错钱或付错了货。这时候，他的六甲班班长何小毛跑过来："王老师，你收钱，我取冰棍儿。"王老师忙说："放学了你快回家吃饭吧！"何小毛执意不走，帮他卖起冰棍来。放学后的洪峰很快就要流过去，何小毛突然抓住一个男孩的肩膀，拽到王老师面前：“你怎么偷冰棍儿？”

王老师猛然一惊，被抓住的男孩不是他的六甲班的学生，他叫不上名字。男孩强辩说：“我交过钱了，交给王老师了。”小毛不松不饶：“你根本没交！我看着王老师收谁的钱，我就给谁冰棍儿，你根本没交。王老师，他交了没？”

王老师瞅着那个男孩眼底透出一缕畏怯的羞涩，就证明了这男孩交没交钱了。他说：“交了。”那男孩的眼里透出一缕亮光，深深地又是慌匆地鞠了一躬，反身跑走了，刚跑上公路，就把冰棍儿扔到路下的荒草丛中去了。何小毛却努嘟起嘴，脸色气得紫红：“王老师，他没交钱。”王老师说：“我知道没交。”何小毛激烈地问：“那你为什么要放走他？你不是说自小要养成诚实的品行吗？你怎么也说谎？”王老师说：“是的。有时候……需要宽容别人。你还不懂。”

何小毛怏怏不乐地走了。

杨小光背着冰棍儿箱子来了，笑嘻嘻地说：“王老师，换地方了，该我站前门了。”

王老师点点头，背了箱子进校门去了。回头一看，杨小光把板凳已经挪到公路边上，而且响亮地吆喝起来：“冰棍儿——白糖豆沙冰——棍儿——”他才意识到，自己在整整一个上午的时间里，连一声也未吆喝过。他匆匆回到宿舍，放下箱子，肚里空空慌慌却不想进食。他喝了一杯冷茶，躺倒就睡了。

王老师正在恍惚迷离中被人摇醒，睁开眼睛，原来是何小毛站在床前。何小毛急嘟嘟地说：“王老师快起来，同学们都上学来了，趁着没上课正好卖一茬冰棍儿!”王老师听了却有点反感，这么小年纪的学生热衷于冰棍儿买卖之道，叫人反感。他又不好伤了学生的热情，只好说：“噢……好……我这就去。”

何小毛更加来劲：“王老师你要是累了，我去替你卖一会儿，赶上课时你再来。”

王老师摇摇头：“你去做课前准备吧！我这就去卖。我不累。”

何小毛走到正在脸盆架前洗脸的王老师跟前，说：“王老师，我爸叫我后晌回去时再带一箱冰棍儿，你取来，我带走，你又可以多卖一箱。”

王老师似乎此时才把何小毛与何社仓联系到一起，他说：“你爸要买就到学校冰棍儿厂去买好了，又便宜。”

何小毛说：“俺爸说要从你手里买，让你多赚钱。”

王老师听了皱皱眉，闭了口，心里泛起一股甚为强烈的反感。这个自己执教的六甲班班长热情帮忙的举动恰恰激起的是他反感情绪，这个年仅十二岁的孩子对于经营以及人际关系的热衷反而使他觉得讨厌，然而他又不忍心挫伤孩子，于是装出若无其事的口气再次劝说：“你去做课前准备吧!”

何小毛的热情没有得到发挥，有点扫兴地走出房子去了。临出房子门的时候，何小毛又不甘心地回过头来：“人家体育杨老师已经卖掉三箱了。王老师……你太……”

王老师冷冷地说：“你去备课吧！小孩子管这些事干什么？”

何小毛走了。王老师背着箱子朝后门口走去。后门口有一排粗大的洋槐树，浓密的叶子罩住了一片荫凉，清爽凉快。王老师坐在石凳上，用手帕儿扇着凉，脑子里却浮着何小毛父子的影像。这何小毛活脱就是多年前的何社仓，细条条的个头，白嫩嫩的脸儿，比一般孩子长得多的睫毛和深一点的眼睛，显得聪慧乖觉而又漂亮。他与他父亲一样聪明，反应迅速，接受能力强，在班里一直挑梢儿，老师们一直看好他将来会有大发展。现在，王老师才明显地感觉到何小毛和他父亲何社仓的显著差异来，他父亲何社仓眼里那种总是害羞的神光在何小毛眼里已经荡然无存了，反倒是有一缕比一般孩子精明也与他的年龄不大合拍的通晓世事的庸俗之气色……

“王老师，给我买冰棍儿！”

四五个小女孩儿已经围在跟前，伸向他的手里捏着钱。王老师中断了思想立即收钱付货。他从后门朝校园里一瞅，一串一溜的男女学生朝后门拥来，他的生意顿时红火起来。骤然升起高温的午休时分，正是冰棍儿以及冷饮走俏的黄金时间，孩子们趁着课前的自由活动时间来消费一只冰棍儿，是很惬意的。王老师忙不迭地收钱付货，头上脸上冒出豆大的汗珠来，也顾不得擦擦，眼看一箱冰棍儿就要卖完了。

“王老师生意好红火！”

王老师扬起汗津津的脸，看见杨小光站在一边，体育教员结实柔韧的身体有一种天然美感，然而王老师听着那话里带有一股馊味儿，透过那眼里强装的笑容，王老师看到了底蕴的敌意。他无法猜测来意，只是应答说："唔！这会儿天气热，孩子们……"

杨小光却神秘地眨眨眼："王老师，我引你看场西洋景儿——"说着就来拉王老师的手。

王老师莫名其妙："有什么好看的！别开玩笑。"

杨小光执意拉住他的手："你去看看就明白了，可有趣儿了！"

王老师已不能拒绝，那双体育教师的有劲的胳膊拉着拽着他，朝校园里走去。

当王老师站在一个教室窗外，看到教室里的一幕时，几乎气得羞得昏厥过去——。

五

三年级丙班教室里的讲台上，站着六年级甲班班长何小毛，正在给三年级小学生做动员："同学们要买冰棍儿快到后门去！后门那儿是我们班主任王老师卖冰棍儿。王老师有教学经验，年年都带毕业班，你们将来上六年级还是王老师给你们当班主任，教语文。现在王老师卖冰棍儿，大家都帮帮忙，行行好，让王老师多卖冰棍儿多赚钱……"

王老师吃惊地瞅着何小毛，眼前忽然一黑，几乎栽倒，这个学生的拙劣表演使他陷入一种卑污的境地。杨小光现在变了脸，露出本色本意："王老师，你要是有兴趣，到各班教室都去看看，你们六甲班的班干部现在都给你当推销员广告员了……"

王老师手打抖索，嘴里说不清话："杨老师……我不知……这些娃娃……竟这样……"

杨小光撇撇嘴："王老师，我可想不到你有这一手哩！往日里我很尊敬你，你德高望重，修养高雅，想不到你竟是个……巧伪人！"

王老师立时煞白了脸，说不出话来。这时候何小毛已经跑出来，站在两个老师面前，毫不胆怯地说："我当推销员有什么不好不对？你上体育课硬把冰棍儿摊派给我们，一人一根不吃不行。你昨日上体育课给同学们说今日轮你卖冰棍儿，要大家一律买你的……"王老师听着就扬起了手，"啪"的一声响，打了何小毛一记耳光。何小毛冤枉委屈地瞪他一眼，捂着脸跑了。

杨小光愈加恼怒，大声吵嚷起来："太虚伪了嘛！王老师！学校开会讨论卖冰棍儿问题时，你说教师卖冰棍儿影响不好啦！不能向钱看啦！我以为你真是品格高尚哩！想不到你比我更爱钱，而且不择手段，发动学生搞阴谋活动……"

王老师看见已经有不少学生和教师围观，窘迫得张口结舌，有口难辩，恨不得一头碰到砖墙上去。杨小光更加得意地向围观的学生和教师羞辱他："我杨小光爱钱，可我赚钱光明正大。我心里想赚钱嘴里就说想赚钱，不像有些人心里想赚钱嘴里可说的是这影响不好那影响不佳，虚——伪！"

王老师再也支持不住，从人窝里出来，干脆回屋子里去。历史课教师刘伟一手摇着竹扇，脚尖上仍然挑着拖鞋走过来，挡住王老师不让他退场，然后懒洋洋扬起脸对杨小光说："杨小光你骂谁哩？六甲班的学生干部是我组织起来行动起来的，你有什么意见朝我提好了。"

杨小光忽然一愣："我……关你什么事？"

"我说过了是我组织六甲班干部动员学生买王老师的冰棍儿。"刘伟说，"你骂错了人，先向被你错骂的王老师赔礼道歉。然后你再来骂我。"

杨小光反而被制住了。

刘伟不紧不慢地重复："你先向王老师道歉，然后再跟我说你有什么想不通的！"

杨小光终于从突然打击里恢复过来："你刘伟甭充什么硬汉！谁使的花招谁做的手脚我完全清楚，你甭在这儿胡搅和……"

刘伟眼睛一翻也上了硬的："我是不是充得上硬汉搁一边儿。我倒是真想搅和搅和。你杨小光牛什么？不就是蹦了一下得了一块没有金子的金牌才混上个体育教师！你整日里骂这个训那个你凭什么耍厉害？领导怕你我也怕你不成？"

杨小光被讽刺嘲笑得急了，拳头自然就攥紧了，朝刘伟走过去："就这我还不想当这破教师哩！你不怕我我什么时候怕过你？甭说这小小学校就是本县我还没怕过谁哩！"

校长成斌正在睡午觉，最后被叫醒来到现场，先拉走了刘伟，再推走了杨小光，学生和教师们也各自散了。成斌只是嘟哝着："刘老师快回房子里去，让学生围观像什么话！杨老师快去大门口卖你的冰棍儿，在学生面前吵架总是影响不好嘛！再有理也不该在学生场合吵嘛！"

王老师早在成斌到来之前已经逃回房子。

王老师坐在办公桌前，脑子里乱成一窝麻，那总是梳理得很好的银白头发有点散乱了。他没有料到卖冰棍儿会卖出这种不堪收拾的局面。他想到校务会讨论卖冰棍儿时自己说过影响不好的话，但没有坚持而放弃了，他随着教师们一样参加了轮流卖冰棍儿。他怕别的教师骂他不合群，清高，僵化，都什么时候了还拉不下面子……明年满六十本可以光荣退休了，最后一个毕业班毕业了他就该告老还乡了，临走却被一个年轻的体育教师骂成"巧伪人"！他已灰心至极，再三思虑，终于拔笔摊纸写下了"退休申请"几个字，心里铁定：提早退休！

放晚学的自由活动时间，校长成斌来了。成斌说问题全部调查清楚，何小毛和六甲班学生干部到各班动员学生买王老师冰棍儿的举动，完全属于何小毛的个人行为，既不是王老师策划的，也不是刘伟策划的。所以杨小光辱骂王老师是错误的。如果仅仅是这件事就简单极了，由杨小光向王老师赔礼道歉。问题复杂在王老师失手打了何小毛一个耳光，打骂体罚学生是绝对不允许的。成斌说他和吴主任研究过了，做出两条决定，王老师向被打学生家长赔情，争取何小毛的乡村企业家的父亲的谅解，然后再在本校教师会上检讨一下。如果上级不查则罢，要是查问起来，咱们也好交代，王老师也好解脱了。为此，成斌征求王老师的意见。

王老师把抽屉拉了两次又关上，终于没有把“申请退休”的报告呈给成斌校长，担心会造成要挟的错觉。对于成校长研究下的两条措施，他都接受了，而且说：“你和吴主任处理及时，本来我自己打算今晚去何小毛家，向家长赔情哩！”

六

成斌校长不放心，执意要陪着王老师一起去何小毛家，向那位在本乡颇具影响的企业家赔情，听说那人财大气粗，一个老夫子样儿的王老师单人去了下不来台怎么办？刘伟也执意要去，理由是与自己有关，六甲班他任副班主任，责无旁贷，另外也怀着为王老师当保镖的义勇之气。王老师再三说不必去那么多人，何小毛的父亲何社仓其实还是他的学生，难道会打他骂他不成！结果仍然是三个人一起去了。

这是乡村里依然并不常见的大庄户院。一家占了普通农家按规定划拨的三倍大的庄基，盖起了一座二层楼房，院子里停着一辆客货两用小汽车，散发着一股汽油味儿，院里堆积的杂物和废物已不具一般庄稼院的色彩，全是些废旧轮胎，汽油桶子，大堆的块煤以及裁剪无用的各色布头堆在墙角。何社仓闻声迎出来，大声喧哗着“欢迎欢迎”的话，把三位老师引进底层东头套间会客室，质地不错的沙发，已经适应时令的变化铺上了编织的透风垫子，落地扇呜呜呜转着。何社仓打开冷藏柜，取出几瓶汽水，揭了盖儿，送给三位老师一人一瓶。

成斌校长摇着瓶子没有喝，刚开口说了句“何厂长我们来……”就被何社仓挥手打断了，何社仓豪气爽朗：“成校长王老师刘老师，你们来不说我也知道为啥事。此事不提了，我已经知道了。我那个小毛不是东西。我刚刚训过他。咱们‘只叙友情，不谈其他’。”他最后恰当不恰当地引用了《红灯记》里鸠山的一句台词，随后就吩咐刚刚走进门来的女人说：“咱们小毛的老师也是我的老师来了，难得遇合，你弄几样菜，我跟我老师喝一点。”女人大约不放心孩子的事，只是开不了口，转身走出去了。

成校长企图再次引入道歉的话题，何社仓反而有点烦：“总是小毛不是东西。这小子太胆大，宠得什么事也敢做什么话也敢说。我像他那么大的时候，胆小得很，一到人多的地方就吓得像个小老鼠，一见生人就害羞——王老师一概尽知。这小子根本不知道害怕害羞……咱们不提他了，好好……”

王老师愈觉心里憋得慌，终于把自己要说的话说出来：“社仓，我打了小毛一个耳光，我来……”

何社仓腾地红了脸：“王老师，打了就打了嘛！我也常是赏他耳光吃。这孩子令人讨厌我知道。我在你的班上念了两年书，你可是没有重气呵过我……好了好了不提此事了。大家要么去参观参观我的鞋厂。”

何社仓领着三位教师去一楼的生产车间参观，房子里安着一排排专用缝纫机，轧制鞋帮，另一间屋子里是裁剪鞋帮的。夜班已经开始，雇来的农村姑娘一人一台机子，专心地轧着鞋帮头也不抬。

何小毛的母亲已弄好了菜，何社仓把三位老师重新领进会客室里，斟了酒，全是五星牌啤酒，而且再三说道谦的话，青岛牌啤酒刚刚喝完。然后把筷子一一送到三位老师手里，敦促他们吃呀喝呀。

王老师喝了两杯啤酒，不大会儿就红了脸，头也晕了，脚也轻了，他今天只是吃了一顿早餐，空荡荡的肚子经不住优质名牌啤酒的刺激，有点失控了。

何社仓大杯大杯饮着酒，发着慨叹：“我只有跟三位老师喝酒心里是坦诚的，哎哎哎!”

刘伟听不出其中的隐意，傻愣愣眨着眼。

何社仓说：“王老师，我现在有时还梦见在你跟前念书的情景……怪不怪？多少年了还是梦见！我小时候那么怕羞！我而今不怕羞了胆子大了。我那个小子小毛根本不知道害怕害羞！我倒是觉得小孩子害点羞更可爱……”

王老师似乎被电火花击中，猛地饮干杯中黄澄澄的啤酒，扔下筷子，大声响应附和着说：“对对对！何社仓，小孩子有点害羞更可爱！我讨厌小小年纪变得油头滑脑的小油条。”说着竟站了起来，左手拍了校长成斌一巴掌，右手在刘伟肩上重重拍了一下，然后瞅瞅这个，又瞅瞅那个，忽然鼻子一抽，两行老泪潸然而下，伸出抖抖索索的手，像是发表演说一样："其实何止小孩子！难道在我，在你们，在我们学校，在我们整个社会生活里，不是应该保存一点可爱的害羞心理吗？"

三个人都有点愣，怀疑王老师可能醉了。

窝 囊

——献给古原的女儿

听见钥匙钻动铁锁时的“吭噔”一声响，她像遭到电击一般心惊肉跳，从坐着的草苫子上跳弹起来，心里反应出来的第一个信号就是，完蛋了！她死死盯着窑洞木门板被推开，朦胧的月光从启开的窑门里泻进来，接着闪进来两位红军战士，朝她喊着，叫她出去。

她背靠窑壁，双手背后，想在墙壁上摸到什么可以抓住的东西，光光的窑壁连个木橛也没有。她尽管确信无疑他们是拉她出去枪毙或活埋，还是禁不住要问：“出去干什么？带我出去干什么？我不去……”回答说是队长要和她谈话。她不信，要谈就到明天去谈。前头已经有十多个人就是这样半夜里被拉出去枪毙了或活埋了。

两位红军战士动手拉她出去。她又喊又叫，大喊大叫，她要喊得叫得让临近那些窑洞里的红军战士都知道，她被枪毙了，在今天夜里。两只手被缚在背后了，一块烂布堵塞了嘴巴，她被拽出窑洞来。

出了窑洞，那两个红军战士一声不吭，一个从地上拾起铁锨，一个从地上捞起铁锹，扛在肩上，押着她朝前走。她现在就进一步断定，她将被活埋。扛在他们肩上的铁锨和铁锹，既是押赴她的武器，又是挖坑的工具。他们到这个囚禁她的窑洞来的时候，早就准备下了。

他们向看守囚窑的那位小战士挥了挥手，那位小战士背着枪就从另一条岔道上走去了。她自三天前一个深夜被投进这个囚窑以来，就认识了这个看守她的小战士。他给她送进一碗水或两个苞谷馍。她问他话，他只摇头摆手，眼里滑过一缕畏怯的光，像怕沾染瘟疫一样的光。三天毕竟混得半生不熟了，他告诉她，这个窑洞和五十米外的另一个窑洞，囚过十七八个人了，那个窑洞不甚清白，他负责看守的这个窑洞囚过九个人，她是第九个，又是唯一一个女的。都是黑夜关进来，黑夜叫出去，出去了就再没有回来。连她在内的九个人，都是从西安来的，从口音上一下子就听清白断定了，没有山里人。她就在心里确信下了一条传言：从西安投奔到游击队里来的红军战士，齐个儿审查，凡审查过的都消失得无影无踪了……她不由得朝那消失在月色里的小战士望了一眼，感激他向她说了这点情况，使她能死个明白；她对那即将消失的背影寄托着唯一的希望，你可千万不要牺牲，活到胜利，把她和他看守过的那些被审查得无影无踪了的从西安来的红军的事告诉给人民……

月色朦胧。朦胧的月光下的黄土群山失却了荒寂而陡生了妩媚。星光灿烂。不闻狗吠，不见灯光。连绵的秃山伸展到黑暗里。她知道这山的那一头因为埋葬着中华民族的始祖黄帝而闻名于世。山的这一头已经从陕西伸展到甘肃东部，现在也闻名于世，那是因为这儿活跃着一杆红军的人马，不甘奴役的黄帝的子孙。这儿是陕甘红军的根据地，“红窝子!”这是一九三五年的深秋初冬季节，这个红窝子里正在自戕得疯狂。仅仅因为从西安混进根据地来一个国民党特务的事，“左”派领导人就把那些从西安投奔革命来的红军战士全部清除了。这当儿，毛泽东领导的中央红军已经完成了长征，进入陕北了。她在跟着那两个扛着铁锹铁镢的红军战士走向死亡的时候，尚不知道明天或者后天顶迟外后天就会停止这种自戕，周恩来愤怒地制止了“左”派残忍到愚蠢的“革命措施”。

然而她无法等待了。

她今夜将走向大地的深处。

她愤怒，她不愤怒。她悲哀，她不悲哀。她悔恨，她不会悔恨。她痛苦，她不痛苦。她想哭，她哭不出来。她想喊，她喊不出什么。她想骂，她不知道该骂谁。她绝望，她不绝望。她害怕，她不害怕。她想活，她不能活了。她不想死，她不能不死。她不该死，她不该死也得死……她只觉得窝囊!

她冒死从西安跑到这个饥不得饱食寒不得棉衣病不得诊治的荒僻山沟来闹共产，唯一的思想准备就是大不了死了去。她设想过战死或被敌人抓住处死，唯独没有想到会被自己人活埋了！因为没有丝毫的精神准备，当她跟着要活埋她的自己的战友走向死亡的土坑时，现在脑子里只剩下一种窝囊的情绪了。

她从来也没有窝囊过。她从来就是个不能忍受一丝一毫的窝囊气儿的人……

一座坦荡如砥的古原。古原的东边，临一条大川，过川即进入秦岭。她死后三十多年，北京的考古学家在那儿发现了猿人的遗骨。古原的西边沿，下临开阔无际的渭河平原，站在原边上，晴朗的日子可以眺见西安城心里钟楼的金顶。她死后二十年时，为第一个五年计划施工的工人们在这儿挖出了“半坡遗址”。古原的北边，依然是一条河川，川里风景秀丽，以柳色迷醉千朝百代的送别之人。只有南边靠着巍峨的秦岭，如在海边就该是一个半岛。她就出生在这个古原上，靠近东边，一个古老村子里的古老的农家，一个在她活着被称作财东而在她死后十余年被称作地主的家庭。

她一出生就成为老财东的掌上明珠。老财东对先她出世的三个哥哥施以严厉的家教，轻则瞅视呵斥，重则戒尺抽掌心，决不宽恕，而独独恩宠独生女子。她长到五六岁，老财东还是忍不住把她抱起来，亲她咬她的红脸蛋，咬得她疼得嗷嗷叫，呜呜哭，急了揪他稠密的胡须和稀疏的头发，他也不管，再把她架到脖子上在院子里颠跑，连她的妈妈也觉得看不过眼了。妈妈给她裹脚，一条丈余的白布，裹得她在地上打滚，母亲还是不松不饶。老财东回来了，一把把妈妈推了个仰八叉，气呼呼地解开了裹脚布，塞到灶下烧了，抱着她的麻辣辣疼着的双脚，用手揉，用热气哈，说谁以后再敢裹她的宝贝女儿的脚，他就把谁的手用刀斫掉！妈说，长一双丑大脚，就甭想找到婆家了。老财东说，天足天足，天赐之足，神圣不可改样儿！不仅是独生女儿的缘故，老财东是个虔诚的基督徒，不信土神信洋神了。一位美国传教士不择远僻，五十年前就驻足古原传教，禁烟，放足，施善。老财东身体力行，首先在自家屋院里废除男尊女卑，提高女权，提倡天足。她第一个进了村办的学堂。

老财东牵着女儿的手送她进村学，村巷里拥挤着庄稼汉男女老少，像看西洋景一样看这个女子怎样走进男娃的天下——村学学堂。她蹦着跳着，就那么欢欢蹦蹦地走进学堂里去了。老财东以他的威严把女儿交给那位固执迂腐却又胆小殷勤的老先生，安排了她的学习上和待遇上的备细，却忽视了一个刻不容缓的水火之事，即女儿拉屎尿尿的问题，从而酿成笑料。

那个老先生坐学馆，根本不分上下课时间，只有上学和放学。在先生不授课的时候，学生可以自由去茅房。她想尿了，就跑出教室，看看男生们出入那个小茅房，不知自己该朝哪儿去。因为原先没有女生，所以茅房也用不着划分男女。她急了，憋不住了，看见小院另一角有个更小的茅房，无人出入，就跑过去。刚进门就拉开裤带，蹲下就尿。不料老先生正蹲在里边，吓得一把提起裤子匆匆走了。她看见老先生难堪的脸色，慌慌失神的样子，哈哈哈开心地笑起来。村里人把此事扩张演义，说老先生把半撅子屎还没拉下来，慌忙中带到裤裆里……她却落下了一个不雅的绰号：疯女子。

疯女子长到十四五，在老先生的膝下，背记了一脑子《中庸》《大学》的古董，尤其是练下了一笔好字，老先生向老财东表示，才女把他的学问学完了，字儿写得甚至超过他的水平了，应该去县里的学馆，他的老师在那儿坐馆。老财东十分得意爱女的天资和才慧。适逢春节，他把女儿叫到书案跟前，亲自磨墨，亲自裁纸，把一支毛笔交到女儿手里，让她书写下红纸对联，贴于街门两边的门框上。老财东手端水烟壶，站在一旁欣赏品评，骨架像柳，运笔似欧，有柳的阳刚之气，又有欧的柔韧之风，细品则非柳非欧，一种潇洒自然的风采飞扬于一笔一画之中，真是有刚有柔刚柔互济的大丈夫气数。新年过后，他没有听信老先生要他把女儿送往在县城坐馆的那位老老先生的话，而是凭着那位美籍教士的指点，把女儿送到西安的教会中学去了……

就要翻过一道梁了，嘴被堵塞死了，无法喘气；缚着双臂，走路鼓不上劲；她的心被憋得要从胸脯里冲出来似的急迫地跳着，大汗淋漓；双腿像两根木头不听从意志的调动了，脚下一闪，终于没有到达坡梁的顶头而摔倒了。那么直愣愣摔倒下去，她却感觉不到疼痛，身上像裹着一层厚厚的棉垫似的；胳臂被绳索捆扎得麻木了，她已经感觉不到胳膊和双手的存在了，被砍掉了双翅的鸟儿大约就是这种感觉。那块烂布塞在嘴里，渐渐变硬，硬得没有布的质感而有石头或锈铁的感觉了，后来就连什么感觉都没有了，她已经感觉不到自己的嘴巴的存在。脸颊也麻木得没有知觉了，她没有脸了。脑子也麻木了，麻木到大约只有一根微细的末梢神经还活着，使她能意识到她还活着。如果就在这儿挖一个坑，把她埋进去，或者把她拖上梁顶，推下山崖，再好不过了。她的麻木的肉体和麻木的心都会感觉不到窝囊和痛苦。

她躺在坡梁上，闭着眼，没有睁开的力气。猛然间她的右胳膊上被刺了一针，或是一刀？疼得她忽地坐起，又随之摔倒，左臂上也疼了那么一下，却没有再坐起来，紧接着，两条胳膊上像有千万个针尖在刺扎，脸颊上也被刺了一下，又一刺，一下一下一下像无数的针尖在上下轮番刺扎着。针刺似的疼痛向背脊向胸腹向大腿小腿双脚蔓延，就像烈焰的千万条火舌在周身扑舔。她像野兽一样嗥叫，打滚。随之一切都没有了，针扎除去了，火舌也飞逝了，只留下一种稳定的隐约的烧疼，她忽然坐起来，啊！有胳膊了，有手了，有嘴也有脸颊了。她看一眼左右，两个红军战士站在两边瞅着她，她才发觉，他们解除了她的胳膊上的绳索、拔掉了她嘴里的烂布，那针扎火灼的骤疼是堵死的血液获得自由后疯狂奔涌的结果。她侧过头，刚刚从麻木状态里恢复了思维能力的心，就意识到那个沉重无比的死的含义，对那两个小战士说："你俩非活埋我不可吗？"

"这是命令！上级领导的命令！"

“这命令要是错了呢？”

“不可能！”

“那么你就相信我是狗特务无疑了？”

“那不会错！”

“你怎么知道不会错呢？”

“你怎么从西安跑到这儿来？又不是党派你来，又不是像俺俩一样，受压迫受不住了才来造反！你不是没吃没穿，又能念书，你跑到这山沟来闹啥革命嘛！洋学生……”

她颓然闭上了眼睛。她无法向他们说清白她为什么要投奔根据地。他们可能是陕北或陇东某个山旮旯儿的穷娃子，没吃没穿，遭恶霸欺凌，于忍无可忍的愤怒里投奔红军复仇来了。她为什么而来呢？她说出来他们能相信吗？她痛苦地摇摇头，想起肃反小组和她谈话的事来。

这是她被投入囚窑三天里的唯一一次谈话，毋宁说是审查。那位戴着近视镜的肃反干部，上下打量她，一双寒气四溢的眼睛透着冷峻凛冽的光，让她交代。她叙述着投入革命的短暂的历程。

“你出身于一个老财主家庭，对吗？”

“是的。”

“你先受封建教育后受基督教洗礼是个才女能写一笔好字是个老财主的掌上明珠阔小姐，你随身一变又成了共产党员红军战士？你把戏变得太拙劣漏洞百出而你还继续欺骗！”

“这是我的实际经历，你问我我就老实地说出来。”

"既然这个反动阶级主宰着的反动社会能满足你享乐能提供你受教育的种种机会，你为什么要与你所属的反动阶级相对抗呢?"

"我在课外阅读中接触了进步书刊……"

"如果一两本进步书刊能把一个阔小姐影响成红军战士，那么我们都扔掉枪杆子去印进步书刊去影响反动阶级的军队警察特务岂不更轻松!"

"这……"

"这种说法如果是美妙的幻想，那么把你的家庭和你接受的教育和影响与一个反动阶级的爪牙——国民党的狗特务连接起来，更切合规律也更合理！我没有时间再看你尚不圆熟的特务手段……"

她又被送进囚窑。

她看着那两个小战士的脸。这是两个相当英俊的脸孔。一个胖点，一个瘦点，比较起来那瘦的比胖的更英俊一些，月亮下就更显得俊气了。他们肯定都不识字，顶多到红军队伍里来后认下了几个字，肯定还没染指过人类堆积如山的知识的书库。他们投奔红军的动机首先是为了活下去。要他们明白她这样能活下去的人为什么还要与活不下去的他们一起冒死革命的道理，还需一些时日，起码不是今晚就能理解的事。他们坚信不疑她是狗特务，使她虽然痛苦却无法仇恨这两个可爱的小战友。即使对审问她的那位干部的愚蠢狭隘和可笑的固执，她也无法仇视，她依然觉得他是她的尊敬的领导，只不过是被混入阵营的西安来的特务搞得六神无主了……

两个战士站起来，重新扛上他们的工具，铁锹和铁锨，说："走——"

她站起来，跟他们走上梁顶。要下梁了，梁下的那个沟道，可能就是她的葬身之地。她说："把我的手捆起来，把我的嘴塞起来！"

俩战士一愣，说："下坡捆着手走不成！只要你不乱跑，不用捆了。"

她喊："不！我要你照原样捆着手，塞住嘴，走不下去我滚下去！"

"你疯了？"

"我要麻木！"

他们再对视一下，就拉着她的胳膊，朝坡梁的背面走下去……

她没有得到麻木。她清醒着。她又感到了窝囊……

教会办的那所女子中学里的女教员，好像是一个模子铸出来的，一个脸孔，一种腔调，一律都骂共产主义邪说。疯女子的疯劲终于忍不住："老师，最好给我一本宣传共产的书，看看到底怎么混账！"老师大惊失色："你想要死啦？"她愈觉奇怪，愈神秘，愈想千方百计找到那样一本书或一张报纸……果然，她成为共产主义学说狂热的追随者与实践者了。那个把这样的一本书借给她读的人随后成了她的丈夫，他们生过一个男孩，两人投奔红军时把儿子寄养到男方的老家里了。他和她是乡党，他也是古原上的一个财东的儿子。他黑黑的脸膛，十分强壮又十分俊。他在中山中学校，是学生地下组织的头儿。她爱他爱得热烈而疯狂。他已经在半年前牺牲了，那个黑脸汉子。不知肃反小组还审查他不？

三年前，国民党教育部长戴季陶来西安视察，要对学生代表训示。她搞到了听训证，朝民乐园礼堂赶去。民乐园是个游艺场所，鸡肠小巷，七交八岔，交交岔岔里都是小门面小铺店小吃铺小茶馆小把戏小婊子院，在这儿能看杂耍的说书的清唱的猴戏的表演，也能吃到甜的辣的酸的荤的素的热的冷的各种风味饭食，还有高档婊子低档婊子以及一块烧饼睡一觉的末等婊子可供各色嫖客选择。西安的行政要员们出于万全之策，出其不意地选定了这个下等国民游艺娱乐的不大雅静的场所让戴部长屈尊露脸。

戴部长既有一表人才又有一表口才，从理论和道德的几种角度阐释委员长的学生应该潜心读书抗日的事由政府来管的宗旨。他没有料想到听众中正有一些蓄意破坏委员长的宗旨的赤党学生，他们是专门给戴部长下巴底下支砖给眼里揉沙子往耳朵里灌水给脸上泼尿来的。话没讲几句，一张张字条自下至上飞箭般传递到讲台上，主持会议的人搪塞说，等讲完话再回答问题。于是字条儿不传了，有人站起来提问了，提问又变成乱纷纷的质问了：请问戴部长，眼看日本飞机要飞进潼关，学生怎么念书？请问部长先生，不见你讲一句抗日，句句倒离不了防共，现在是共产党占中国的地盘大还是小日本侵略我国的地盘大？“剿”共当急还是驱逐倭寇当急？委员长到底犯了啥毛病？戴部长脸孔越拉越长结结巴巴支支吾吾气急败坏起来，说学生提出的问题正是赤化的言论。此刻礼堂里哄堂大笑，一声尖锐的呐喊响彻礼堂：“打这小倭寇的乏走狗！”众人一惊，半截砖头飞将过去，直向戴季陶脑门砸去。接着是飞舞的石头、酒瓶、木柴棒子。戴部长钻到桌下，爬到窗前，跳出窗子，落荒而逃。戴部长惊魂未定，只说是古都西安属历朝历代的圣地，民风淳厚的礼仪之邦，没料到竟是砖头瓦砾的干活，倒应了关中多冷娃的笑谈。

从西安最龌龊的角落向全城传播着一个惊人的笑话，堂堂教育部长在民乐园挨了学生的砖头，跳窗子跑球了！抡出头一块砖头而且呐喊叫打的竟是一个女生！传说这女生是陕北过来的一个红军的神枪手云云。其实呢？她是古原上的一个老财东的千金宠女，一个基督教会学校的学生……

她完全暴露了。她和她的黑丈夫把刚刚出世的儿子交给孩子的奶奶去喂养，就投奔红军游击队来了。他们先扮装成一对洋场阔少，出了西安，再扮成一对讨吃要喝的叫花子，终于走进了游击队的根据地……

两架山梁之间的一道狭窄的河沟。从那架坡梁翻过来，下到河沟里，不容分说，他们把她的双手和双脚都捆缚起来，然后转过身去，随意选择了一块荒地，挖起坑来。

她瞅着他俩在挥锹舞锨，给她挖造墓穴，眼前一黑，几乎栽倒，她只有窝囊了。

他们挖好了土坑，走过来，拉她走向土坑，给她解开脚上手上的绳子，在土坑前站住了："你还有什么话要说?"

她看看这个瘦的，又看看那个胖乎一点的，说："你俩……叫我一声……同志吧?"

"特务!"

她浑身一颤，随之就跌进了土坑，疯狂了似的喊："你们终究会明白的！回去捎话给肃反小组那个眼镜，他会后悔的……"

一九五〇年，人民共和国第一个国庆纪念日到来的时候，她被追认为烈士。她叫张景文，窝囊至死时，年仅二十四岁。

失　重

一

吴玉山老汉悄没声儿地哭了。

老汉蹲在院子围墙西角的猪圈门口的碌碡上，双手撑着花白头发的脑袋，泪水吧嗒吧嗒滴落到裤裆下面的青面碌碡上。

玉山老汉今日才瞅住了痛哭流泪的一个好机会。老伴到她妹子家去了，儿子和媳妇也出门去了，他可以舒心地哭一场，让多日来聚积在咽喉下面的苦水畅活地流泻出来了。想到矮矮的围墙两边的东邻和西邻，他控制住自己，不能号出声来，免得他们幸灾乐祸。

老汉太痛苦了。满眼汹涌而出的泪水和同样绵绵不断流出的鼻涕以及嘴角淌出的黏液搅和在一起，擦不干，抹不净，把一张皱纹巴巴的脸弄得十分肮脏，黏液从下巴颏上滴下来，滴在胸襟的棉袄上，也弄得湿乎乎一片，他已经无心顾及了。

两头即将出槽的大白猪，扭着笨重的身子，在圈里蹒跚，不时扬起头来，瞅着它们的主人，鼻腔里发出哼哼的响声。笨猪也通人性，他把它们从一尺长的毛崽养成这样两个庞然大物，有了感情了。可它们毕竟不能人言呀！

他老伴的妹妹的丈夫，他的“挑担”，被公安局逮了！

手铐！一双蓝铮铮的钢铁家伙，套在挑担的手腕上，寒光凛冽！挑担那一双又细又嫩的手腕，怎能遭得住那钢铁家伙的箍匝呢？听说那钢铁里头带有锯刺一般的钢刺铁牙，戴的人稍一拧扭，那锯刺就越紧紧地往肉里扣呀！

玉山老汉抬起泪花模糊的老眼，就瞅见高高地耸立在小院里的二层阁楼。那被涂饰成天蓝色的门窗，天蓝色的钢棍围栏，也都嘲笑似的瞅着他。这座高高地耸立在两边低矮的庄稼院房屋之上的新式建筑，使邻人羡妒，使他自矜，多漂亮的楼房，现在对他嘲弄地瞪起眼睛了。他突然心里一横，产生了一个十分恶毒的心计，他盼这阁楼突然坍塌，把他压死，他就再也不会痛苦了！

二

挑担姓郑，小名碎狗，官名建国，小河下沿郑寺村人。他和他先后娶走了小河北岸张家堡张老五的大姑娘和二姑娘，成了副“挑担”。

姊妹俩只差一岁，个头长得相差无几，模样都俊，胖瘦几乎无差，乍看像一对双生。细看呢？妹妹比姐姐更水色一些。比较起来，吴玉山却更喜欢他娶的老大。他有种感觉，一种不易说清楚的感觉，居家过日子，老大更有心计些，也就更可靠一些。二姑娘的水色虽然浓一层，似乎性子太强，不好抚弄。

许是姊妹俩年龄相近，模样不分彼此，于是就形成谁也不服谁的局面。大姑娘能纺一把细线，织一手好布，二姑娘织出的花布和纺下的细线绝不比姐姐差一分成色。姐妹俩争强好胜，互不服气，少了一般姊妹之间大让小，小敬大的情分。这种微妙的关系，随着姊妹俩一前一后的出嫁，就延伸到吴玉山和郑碎狗两个男人和两个家庭的关系之间来了。

吴玉山家道小康，吃穿不愁；郑碎狗家亦属小康人家。谁料婚后一年，碎狗的二弟被抓壮丁，卖地交款，避了灾难，却没了水地。祸不单行，母亲猝然而殁，一个小康家庭急骤衰败为日愁三餐的穷汉。老父亲无力挽救，把兄弟三人分开，自奔前程，免得再遭壮丁之苦。

除了一身重债，郑碎狗再没分得什么有价值的家产，他在西安一家鞋铺当学徒，学习抹褙子的手艺，只管饱肚子，没有收入。二姑娘常常在揭不开锅时，夹着小口袋来找姐姐。大姑娘同情妹妹，一升米，三升面，常有周济。时日一长，也就有点厌烦，在把米面装入妹妹张开的口袋时，忍不住奚落：“日子泛长了，叫人把你周济到啥时候去？”妹妹一听，倒提起口袋，把装进去的米又倒出来，甩手走掉了，从此，再也没登过姐姐家的门槛。

吴玉山说："看看看，这下把妹子和妹夫得罪下了，既然周济人，就甭说难听话，还能落下个人情。"

妻子却不后悔："在娘家时，连一声姐也没叫过我，好逞能哩！这会儿认得我这个当姐的了！吃了人家的米面，还不领情，倒是我该向她低三下四去赔情？"

姊妹俩就这样绝了情。

吴玉山心里其实倒高兴，再不担心有人来要米讨面了。她是她的亲妹子，如果自己出面干预，妻子肯定不高兴，而妻子自己出面阻断了那个关系，倒好。实在说，"挑担"那一家，真是个填不满的穷坑……

星移斗转，世事大变。没过二年，全国解放。郑碎狗从小小的学徒一下子翻身立起，成了公家干部，穿一身四个兜的蓝布服装，年节时出现在老丈人家门楼里，和吴玉山面对面称兄道弟的时候，吴玉山一下子觉得自己脸上无光，矮了半截。老丈人再不"碎狗长"、"碎狗短"地奚落了，也不叫"老二"了，出前撵后叫着"建国"的名字。吴玉山很快明白，郑碎狗已经取下一个官名叫郑建国。

郑建国春风得意，满口泄出一串串新名词，叫老丈人和老农民吴玉山似懂非懂。他说新成立的市政府，已经调他当干部了。

二姑娘自然更是扬眉吐气，说话也嗲声嗲气，手也总是塞在裤兜里不往出拿，话中不断地冒出一些乡村女人难以理解的新名词，令老母亲和姐姐吃惊。自然，最尴尬的还是大姑娘，妹妹似乎早憋足了心劲，就等着这一天图得报复，那眼角总是不屑地瞟着姐姐，叫姐姐越看越不自在。

傍晚分手时，矛盾终于公开化了。二姑娘从裤兜里怏怏地摸出一沓票子，当着父母的面搁到桌子上，对姐姐和姐夫说："前二年受苦时，吃过姐家二斗三升面，八升小米，我都记着，现时，折价一次还清，我也去了心里的疙瘩。"

吴玉山愣住了，连连摆手，烧臊得脸孔赤红，像挨了一记耳光："这算说的哪儿的话……"

妻子煞白着脸，早已不能忍受，抓起票子，一把甩出去，满屋都是飞舞着的人民币："你男人当官了，你当官太太了，俺不眼红！甭在我跟前摆阔耍烧包！我那二斗三升白面，八升小米，权当喂了狗咧！喂给了一条喂不熟的狗……"

姊妹俩当面骂了起来。

从此，姐妹俩绝了往来。遇人说起家道，吴玉山和妻子谁也不要提起这个挑担和妹妹，他只是零零星星听说过，挑担在解放后的十几年里，官儿从小到大，不停地往上升，至于升成几品，他也搞不清。他本来就对城里政府的官职称谓含含糊糊，分不清高低。他和妻子已经有了两儿一女，虽然不易，却还保持着一个小康的状态。他人极忠厚、平和，有一个中农成分，也不能在村子里当什么干部。他凭了勤谨和忠厚，人缘也好；无论谁在吴村当干部，他都是最可靠的社员，从不使奸捣蛋，人叫他"老好玉山"，他欣然领受，不管属褒属贬。一些技术性极严格的活路，譬如撒种，譬如培植稻秧，非他莫属。另有一些脏活累活，干部指派不动气壮声硬的贫下中农，往往就指派吴玉山去干。他不拨不挑，干了，干了也就挣下了大工分。无论技术性很强的农活儿或人人讨厌的脏活，都是生产队的高工分，别人也说不出意见，他的日子倒是混得严严窝窝。这样，两口子憋着气儿，从来也不去求妹妹和妹夫救助什么。

物换星移，江河改道，世事变迁——什么事都不会永远一成不变。

吴玉山被敲门声惊醒，再一听，确实有人敲门，一动脚，先蹭醒了睡在火炕另一头的老伴。老两口穿戴齐备，先后下炕，为了防备不测，玉山顺手捲起一根木棍，走出里屋，轻步走到街门口，由老伴先发问："谁呀?"

门外传进一声陌生而又颤惊的声音："是我，姐。"

"你是谁?"吴玉山摸不着头脑。

"我是建国。姐夫——"

老伴"哗啦"一声拉开门闩。

老两口拥着妹夫走过院子，进入里屋。电灯光亮里，才真正使吴玉山夫妇吃惊了，不由得同声惊叹出一声"妈呀"来。妹夫郑建国，脸上结着血痂，一条腿跛着，头发蓬乱，形容憔悴衣服肮脏，邋遢不堪，真是三分像人七分像鬼了。

"我遭难了。"妹夫坐下来，咕咕咕喝了一碗水，才说了话，"我今黑要是逃不出来他们就把我打死了!"

无须再细问什么，老两口就知晓了七八成，乡城里外都在闹造反，妹夫在省城当官，大半也是逃不脱，老伴已洗手和面，他给妹夫打洗脸水。

妹夫在他家后院储存柴火的小房里藏下来。

他不无担心，完全深谙此种行为的可怕后果，但不能把妹夫撵出去送给那些要收拾他的人。老伴似乎已不计前嫌，尽其所有，用细面给他调养摧残得令人伤心的身子。担心是难免的，而当那些胳膊上戴着红袖章的人乘车追寻到吴玉山的门楼下来的时候，他却表现出一种异乎寻常的勇气。

“郑建国，我的挑担？不错，有这个阔亲戚。”吴玉山气呼呼地说着，骂了起来，“他当官为宦的时光，从也没踏过我的门槛！我至今也不知人家腰有多粗，官有多大咯！人家看不上咱穷亲戚，咱也不想沾他的光。他这回成了反革命，与我何干？我是有光不沾，有害不受！你们到村里打听一下，看俺村谁见过俺一家和郑建国家有一回亲戚往来？”

郑建国从柴火堆下的红苕窨里爬出来，躲过了这一关。他住下来了，随之又被姐夫和姐姐转移到他们的大女儿家。

灾难把相违近二十年的姊妹和挑担的关系恢复了，真是患难见得姊妹情。

三

似乎是对妹夫经受的灾难的补偿，起初官复原位，后来又升了，当着什么局长。

郑建国一出马上任，就把吴玉山的小儿子招为国家正式工人，后来在工厂恋下一个媳妇，小两口在居民楼上有一个虽不宽敞却也安乐的小窝，避免了两个儿子分家争论家产的矛盾，令村人羡妒莫及。

两年分田自耕自收，吴玉山真是如鱼得水，囤里攒下成吨小麦，折子上摞下一笔小小的存款。庄稼人生活中有三件大事：娶媳妇盖房置田地，解放后只余下前两件了。吴玉山是个地道庄稼人，日夜思谋的大事，也不会超脱。不过土地虽分给他耕种，却规定不许买卖；女嫁了，大儿子也娶过媳妇了，唯一的心愿，就是在闲置多年的小院里撑起三间瓦房来。在盖置新屋的问题上，儿子和他没有异议，甚至显得比他更迫不及待。只是在房子的形式上意见不一，他要盖木料瓦屋，可以搭木板楼，楼上可以扎粮囤，放置杂物，实用一些。儿子却坚持要盖楼板平房，干净，漂亮，能堵死老鼠。父亲很和悦地同意了儿子的意见，因为房子毕竟是为儿子盖的呀。

儿子在西安一家工厂做合同工，吴玉山亲身张罗建筑材料。他找到邻村一家三户联营的水泥预制品厂子，三十来岁的厂长接见了他。

“楼板多少钱一块?”

“得看你用多大尺寸的。”

吴玉山掐一掐自家的地基，厂长替他换算成公制米尺的尺码，正适宜用长度三米三的楼板。

“三米三的楼板，啥价?”

“三十块。”

吴玉山倒吸一口气，窝在肚里，好贵的价钱！他掏出烟锅，点着火，开始盘算，一间用十二块，每块宽一尺八，只有两丈一尺六寸的深度，扎两个小铺，太窄了。用十五块楼板，房子有二丈四尺的宅深，刚好可以扎开两个宽敞的小间。十五块楼板一间，三间需得四十五块，需得一千三百五十块人民币，这账好算。

“这价还能‘活动’不能？”吴玉山问。

“能嘛！怎么不能！”三十岁的厂长扬着头，斜支着一条腿，掂着烟卷，大不咧咧地说，“谁把世事治死了？”

“咋样‘活动’呢？”吴玉山探问。

“没个一定哇！”厂长掸掸烟灰，“三十块卖哩！二十块也卖哩！十块八块还卖哩！有时候一分不要白送人哩……”

吴玉山瞪起眼，警惕地瞅着这位中年农民，他一身不土不洋的装束，头发比城里人还留得长，说话二里二气，是不是在耍笑他老汉？是不是料就他掏不出买楼板的票子？他心里十分反感这位农民，厂子也不知办得咋样，不过能赚几个钱吧？看你神气得不知该咋样说话了！

“真的！”厂长大约看出他的疑惑，肯定地说，“你老汉要是能给我买来一吨平价钢材，我给你一块按二十块钱算账；你能买来两吨，我给你一块只算十块钱；你能买来三吨，我白送你四十五块楼板；你能再多买来，我给你找钱。咋样？你老汉这回不嫌贵了吧？也不必问我咋样‘活动’价了！”

吴玉山还是不大明白这当中的秘密，低着头，抽闷烟，思谋这桩交易之间的关系。

“道理很简单，老汉。”厂长说，“平价钢材八百多块一吨，议价钢材一千二，黑市钢材一千七。我买不到平价货，连议价货也弄不到，按黑市货价折算，一块楼板就是三十块了。你能给我寻下一吨平价货，我就省下一半本钱。你能给我寻下三吨平价货，我权当是议价货，也节约一千多块成本，把你四十五块楼板的代价就折合进去了，所以我白送你。这下明白了吧？”

“噢！噢噢噢。”吴玉山明白过来，豁然开朗，怪道他敢白送给人楼板哩！

“你想想，老叔，看看你有哪个亲戚在政府，在工厂，或者有门道儿，能弄来平价货，议价也行哩！”厂长说，“我是不会亏你的。”

倒是厂长提醒了他，他想到了挑担。他又不便一时说破，显得迫不及待，而且还没把握性儿哩！他故意装出莫可奈何的神气说：“这么好的事……只可惜……咱粗笨庄稼人出门去，两眼乌黑，能认识哪位……卖钢材的公家人哩？”

“那你就掏三十块钱的价吧！”厂长说。

吴玉山站起，拍拍屁股上的尘土，慢洋洋走了。

回到家，吴玉山把这件事和老伴说了，老伴立即怂恿他去找她的亲妹夫。儿子恰好也回来了。同意母亲的意见，必须由父亲亲自出马。由儿子去找姨夫，显得不够郑重，晚辈人嘛！女人去可能说不清楚，贻误大事。

第二天，吴玉山搭车进西安去了。

真是难以想象，郑建国和妻妹表现出动人的热诚，简直使他受不了。他听着他们争相说着热诚关照他的热言炙语；争相给他递烟沏茶；软椅子已经够软和了，两口子还是把他拉到沙发上坐下来，更软；一连端到桌子上七八盘菜，还炒，三瓶酒打开了，还在柜子里往出取……

三吨钢材，区区小事，挑担把一张亲笔写的纸条交给他，妻妹又给他的背篼里塞满了糕点、糖果、苹果和鸭梨，真是亲得不能再亲了。

他把那张纸条递给厂长。

吴玉山看见，这位腰里像固定着一根钢棍的厂长弯下腰来了，那双喜欢望着天空的眼睛对着他嘻嘻地笑，而且轻声细语地开了口，肯定地说："老叔哎！你要是再能搞到三四吨平价货，我给你白送两层楼房的楼板。"

吴玉山摇摇头，弄两层？经济力量不行哟！

"两层楼板省多少？二千多！你只需买砖和窗门，就行了。"厂长给他谋划，很诚恳："一层平房，夏天热得撑不住哇！而今都时兴盖两层，够多气派！"

到挑担家走了一趟，拿了一张纸条，就换下三间平房的楼板，一分不花。他无论如何弄不清这里头究竟使着什么神窍，而突然得到的好处却使他高兴，也使他有点不安。他的心里确实有点不踏实，因为这价值一千三百多块钱的楼板得来太容易了，太轻松了，这使一生习惯于以沉重的劳作和廉价的汗水换取极小报酬的老庄稼汉心里失去踏实感了。想想吧！他正月里逮两头猪崽，整整侍喂一年，长得好长到二百五六十斤，卖下二百元，已经高兴得什么似的，村人邻居都说他是“猪命”哩！现在，他乘公共车只花得一块多钱车费，就赚下三间平房的楼板的价值，这样赚钱发财，自然快得叫人不敢再往下想了！拾钱也得弯弯腰哩！

儿子似乎没有这种多余的复杂的负担，一听完父亲的叙说，毫不迟疑，提出要盖两层阁楼，和水泥预制品厂厂长不谋而合。儿子在外面做合同工，经见比父亲要多要广，他说外头（指城里）的人现在都是想着方儿挣钱、抓钱，说挣大钱的人其实并不出大力，而出大力的人其实只能挣小钱，言语之间，连父亲那种笨拙的挣钱办法——譬如养猪——也不无嘲笑的意味了。

吴玉山又进了一次城，找了一回建国，讨回一张纸条……三间两层楼房的九十块楼板全有了。

隔了几天，天擦黑时，一辆半新的吉普车开到吴村来，停在吴玉山家门口，走下水泥预制品厂厂长，硬把吴玉山拉上车，一直开到城里去，一定要吴玉山给他引见郑局长。

其时，夜已黑定，家属住宅楼上一片灯火，泄出电视机和录音机杂混的音乐。厂长和另一位青年，把一台大彩电抬进建国的住房了，吴玉山引着路。

此后，水泥预制品厂厂长就直接和郑建国来往了，再没拉扯吴玉山去当媒介。他的儿子也辞了合同工，给水泥预制品厂当采购员了，和那个厂长十分亲密……

老汉似乎预感到，事情要坏，就坏在那里头？

四

吴玉山默默地淌了半天眼泪，心里松泛了，头却有点隐隐作痛，四肢软倦，心力和体力都十分疲惫，打不起精神。往昔里，薄雾迷蒙的早春清晨，他背一只破旧的竹条笼，走出村子，走过木板小桥，走进熙熙攘攘的桑树镇的猪羊市场的时候，心劲多高涨啊！为了逮到一头称心的仔猪而又能少出一块价钱，他耐心十足地和卖主磨牙。当他背着小猪崽又精神抖擞地走回自己门楼，把捆禁得麻木的小猪放进土圈的时候，一个伟大而鲜活的希望就在心里跃动了！艰难的生活反倒使他顽强地去争取，而过分轻易地摘取反倒使他失掉了那种生活的信心。他想过，如果凭他喂猪挣钱，到死也甭想撑起这样体面的楼房。现在，自家的两层楼房竖立在小院里，十分显眼，异常醒目，唯其因为它来得太容易，太轻易，使他没有经受这个果实奋斗过程中的艰苦，现在也就失掉了得到这个果实时的快乐，使人心里缺那么一点什么说不清的东西。

现在，当他意识到这种果实是以“挑担”郑建国手腕上那个冷冰冰的钢铁手铐换来的时候，吴玉山简直羞愧得无地自容了，无脸扬头欣赏那楼房漂亮的外观了，甚至失去对猪们的热情了。

掩闭着的街门嘎吱一响，老伴走进来了。

吴玉山噌地站起，观察老伴的脸色，灰塌塌的，准没好结果。她昨日就去城里妹妹家了，给那个被逮走了男人的妹妹劝慰和宽解，帮助料理家务，一个富裕安乐的家庭，完全乱套了。

“建国而今咋样?”他迫不及待追进屋里。

“还坐闷庭子哩！还没……定下啥……”老伴说，“可怜死了！全是给旁人帮忙，卖给了钢材木材，这下倒把自己的手压死了!”

吴玉山闷住头。不问了，他担心，挑担的麻达不会轻松卸掉。虽说有些人是翻脸不认人的角色，可水泥预制品厂厂长给他家抬的那台大彩电，却是他亲眼经见。傻子也能估摸，凡是晚上悄悄摸到妹夫家里去的那些人，谁会空手去呢？空手能弄来钢材吗？旁人不说，自己的儿子一下子被水泥预制品厂厂长拉去，赏以重薪，当采购员，凭什么呢?

“他姨……唉……”过了半天他才吭声，他想问，他姨怎样？怕是该哭成泪人了？临了却说不出口，他觉得自己对不住建国，也对不住娃他姨，弄得人家家里七零八散，自己却住洋楼……唉!

“他姨倒是脏腑硬!”老伴说。

“噢?”吴玉山猛乍一下抬起头。

“人家他姨到底是城里人，经得多了，见得广了，遇事不乱套套儿，心里难受当然也难受，全不像咱乡下人，遇见这号事，只是没头没脑地浪哭！人家他姨心数不乱——”老伴颇带着敬佩的口气说，“该寻谁就寻谁，叫他们现时站出来说话。我去了两天，只见了她一面，整日整夜在外头跑着，半夜回来了，天明又走了。我听她说了一句半句，找‘打劲人’哩……”

“噢噢噢！”吴玉山点点头，心里也佩服起娃他姨来了，这号事要是搁在自个身上，老伴早都吓得成了没头的苍蝇——乱扑乱飞了。娃他姨有心计，撑得住，“对对对！哭顶啥哩？哭死又能顶啥哩？倒是娃他姨有主意。”

“那女子自小就有心数……”老伴以姐姐的身份说。

“怕是这多年经见得广……”吴玉山补充说，“在人家家里出出进进的人，哪个是笨佬儿？除非我！”

院里一阵脚步声，他听出来，是儿子友年。

友年走进门，身后跟着水泥预制品厂厂长。

吴玉山急忙立起，简直有点不堪等待之苦，急于要问儿子和厂长，那场官司打得怎么样？结局如何？

五

“案子还没结。现时，全看那些做证人的态度。”儿子说。“做证人要是一口咬定说没那回事，俺姨父就没有啥麻达了；做证人要是不……”他不说那种可以预料的糟糕结局了。

“法庭怎样问你俩？你俩怎样应答的？”吴玉山忙问。

“他法庭甭想从俺俩嘴里掏走一个有用的字！”厂长瞪起眼，轻轻地拍一巴掌桌子，“在郑局长没出事之前，公安局来人寻我，我一口就回绝了，没有！咱没给郑局长一分钱的东西！而今还是这话，没有！挑断牙筋还是没有！”

人怎样说假话？怎样把假话当真话说？就像水泥预制品厂厂长这样说。吴玉山瞧着厂长嘴硬牙硬的神气，虽然他替自己的亲戚包揽祸端，而心里却有点害怕，自己的儿子和这样的人共事，似乎潜伏着某种危险，然而他此刻还顾及不到这些。

“老叔哇！我跟你见头一面，就看出你是个实在人，讲信用。”厂长说，“我在俺村活了三十多岁，俺爸只教给我俩字的活人原则：义气。不讲义气的人，那就算不得人！郑局长给咱支援了钢材，咱的厂子才发展了，这是实情，我不昧良心的。咱的厂子办起来，买不下钢材，生产停顿了，工人工资开不出去，我急得想跳井！亏得你给我介绍认识了郑局长，才起死回生了！咱而今挣了钱，不瞒你说，今年真的挣下钱了，咱心里过意不去，给郑局长送一点东西，全是报恩哩！全是心甘情愿咯！现时，郑局长受难，咱挣下那些钱，也觉得寡味哩！要是放在那些小人身上，他才不管哩！只要自个日子过得舒坦！唉……谁要俺爸自小就教我讲义气哩……”

吴玉山老汉连连点头，这些话正投他的脾性。他一生老好，从不和人胡说八道，讲道理，重义气，最瞧不起那些红口白牙耍赖的小人。他在认识厂长至今的一二年时间里，对这个人印象说不上坏，总觉得和自己是两路人，说好听些，他是老式庄稼人，厂长是新式庄稼人，距离甚远。现在，他发现了这个厂长和自己相通的一点："义气"，觉得一下子可以通话了，接近了。

"厂长真是一条好汉！"儿子附和说，"人家法院人单独跟俺俩谈话，说厂长的贿赂行为，腐蚀了公家干部，把一些老干部都拉下水了。他不怕，比法院的人还口气硬，谁腐蚀谁来？公家允许农民办工厂，咱农民感激不尽政府的好政策！可只号召办厂，不给材料，咋能办好？郑局长响应党的号召，扶持农民致富，分给咱一点钢材，咱的厂子才活了！咱心里过不去，给郑局长送点点心，烧酒，这是真的！再说啥'彩电'啦，票子啦我敢拿头打赌！一下子把法院的人堵住了！"

厂长听着，很神气地吐着烟圈。

"现在的情况是这样，郑局长的案子，关键有两宗事，一宗是南郊大塔区建筑公司的麻达，一宗是城里一家街道工厂的麻达。"厂长说，"俺俩跟姨姨商量好了，城里街道工厂的麻达，由她去找人解决。大塔建筑公司的麻达，我去通融。这两个疙瘩，只要能私下'消化'掉了，郑局长就没一点事了，日后出来还是局长！万一不行，'消化'掉一个，问题就缩小到一万以内了，也就没太大的事咧！"

吴玉山此刻才醒悟了，自己完全是个废物，大笨蛋一个。大家都在积极地替挑担"消积化食"，拯救受难的人，自己却只会蹲在猪圈边上流眼泪，真是透顶的没出息！他现在明白了大体局势：公家要把建国打入牢狱，而许多人正在想法把他救出来，都在紧张地秘密地斗着心眼。想到要把建国打入大牢的人，他感到害怕，他自小就对法院有一种畏惧心理；想到厂长和娃他姨这一帮要拯救建国的人，他觉得他们厉害；而想到自己，不仅觉得自己无能无用，实实在在也是摸不着头绪，寻不见眼隙。他一时难得判断出来，究竟谁能斗过谁？

“法院还要找你哩！”儿子说，“这是让我捎回来的传票。”

吴玉山心一抖，瞅着儿子手里那张印着几行字的纸页，竟不敢伸出手去接。年近六十，他一生没动过诉讼之事，而今要接受法院的传票了！

“你啥也甭说。”儿子说，“只说不知道。”

“装糊涂。”厂长说，“你说你是个笨庄稼人，啥也不晓，任他问啥，都说不知道，叫他们来问我！”

六

天色微明中，吴玉山老汉背着一只破烂不堪的布兜，兜里装着两块锅盔，上路了。他接受法院的传票，要去城里一家法院了。

浓霜蒙地，一片冬天的肃杀景象，干冷干冷，不见鸟雀。

往昔里，这个时光该是他扛上家伙去田地上工干活，今天却去打官司。

“啥也甭说，只说不知道。”

“装糊涂。任他问啥，只装糊涂！”

儿子和厂长的话在心里回旋，在耳畔轰响。

昨日黑夜，辗转反侧，简直要把火炕踢腾塌了，还是难得入眠，不管怎样痛苦，他最终还是做出了抉择：装糊涂，这是唯一的办法。吴玉山没旁的本事，装起糊涂来，真像个黏黏糊糊啥也不懂的糊涂佬儿。

他走着，脚下的土石公路蒙着霜花，虽然主意已定，料也万无一失，而脚步仍然感到沉重，提不起抖擞的精神来……

桥

一

夜里落了一层雪，天明时又放晴了，一片乌蓝的天。雪下得太少了，比浓霜厚不了多少，勉强蒙住了地面、道路、河堤、沙滩，冻得僵硬的麦叶露在薄薄的雪被上面，芜芜杂杂的。河岸边的杨树和柳树的枝条也冻僵了，在清晨凛冽的寒风中抖抖索索地颤。寒冷而又干旱的北方，隆冬时节的清晨，常常就是这种景象。

河水小到不能再小，再小就不能称其为河了，再小就该断流了。河滩显得格外开阔，裸露的沙滩和密密实实的河卵石，现在都蒙上一指厚的薄雪，显得柔气了。一弯细流，在沙滩上恣意流淌，曲曲弯弯，时宽时窄，时紧时慢，淌出一条人工难以描摹的曲线。水是蓝极了，也清极了；到狭窄的水道上流得紧了，在河石上就撞击了水花；撞起的一串串水花，变成了水晶似的透亮，落下水里时，又是蓝色了。

河面上有一座小桥，木板搭成的。河心里栽着一只四条腿的木马架，往南搭一块木板，往北搭一块木板，南边的木板够不到岸上，又在浅水里摞着两只装满沙子的稻草袋子，木板就搭在沙袋上，往南再搭一小块木板，接到南岸的沙滩上，一只木马架，两长一短三块木板，架通了小河，勾连起南岸和北岸被河水阻断的交通。对于小河两岸的人来说，这座小木板桥比南京长江大桥重要得多，实用得多。

二尺宽的桥板上，也落了一层雪。一位中年男人，手握一把稻黍笤帚，弯着腰，一下一下扫着，雪粒纷纷落进桥下的水里。他扫得认真，扫得踏实，扫得木板上不留一星雪粒，干干净净。他从南岸扫到北岸，丢下笤帚，双手抓住木板，摇摇，再摇摇，直到断定它两头都搭得稳当，才放心地松了手，提起笤帚又走回南岸来。照样，把南岸一长一短的两块木板也摇一摇，终于查看出那块短板的一头不大稳当，他用脚踢下一块冻结的沙滩上的石头，支到木板下，木板稳实了。

他拍搓一下手指，从破旧的草绿色军大衣里摸出一根纸烟，划着火柴，双手捂着小小的火苗儿，点着了，一股蓝色的烟气在他眼前飘散。看看再无事可做，他叼起烟卷，双手袖进油渍渍的大衣袖筒里，在桥头的沙地上踱步，停下来脚冻哇！

天色大亮了，乌蓝的天变得蓝格茵茵的了，昨夜那一场小雪，把多日来弥漫的雾气凝结了，降到地面来，天空晴朗洁净，太阳该出山了。

河北岸，堤坝上冒出一个戴着栽绒帽子的脑袋。那人好阔气，穿一件乡间少见的灰色呢大衣，推着一辆自行车，走下河堤斜坡，急急地走过沙滩，踏上木板桥了，小心地推着车子，谨慎地挪着双脚。他猜断，这肯定是一位在西安干事儿的乡里人，派头不小，一定当着什么官儿。那人终于走过小桥，跨上南岸的沙地，轻轻舒了一口气，便推动车子，准备跨上车子赶路。

“慢——”他上前两步，站在自行车轱辘前头。

那人扬起头，脸颊皮肤细柔，眼目和善，然而不无惊疑，问：“做什么？”

“往这儿瞅——”他从袖筒里抽出右手，不慌不忙，指着桥头的旁侧，那儿立着一块木牌，不大，用毛笔写着很醒目的一行字：过桥交费壹毛。

那人一看，和善的眼睛立时变得不大和善了，泛起一缕愠怒之色：“过河……怎么还要钱？”

“过河不要钱，过桥要钱。你过的是桥。”他纠正那人语言上的混淆部分，把该强调的关键性词汇强调了一下，语气却平平静静，甚至和颜悦色，耐心十足。

“几辈子过桥也没要过钱！”那人说。

“是啊！几辈子没要过，今辈子可要哩！”他仍然不急不躁，“老皇历用不上啰！”

那人脸上又泛出不屑于纠缠的鄙夷神色，想说什么而终于没有再张口，缓缓地抬起手，从呢大衣的口袋里摸出一毛票儿，塞到他手里时却带着一股劲儿，鼻腔里“哼”了一下，跨上车子走了。

见得多了！掏一毛钱了，就损失掉一毛钱了，凡是掏腰包的人，大都是这种模样，这号神气。他经得多了，不生气也不在乎。他回过头，看见两个推着独轮小车的人走上木板桥上。

独轮小车推过来了，推车的是个小伙，车上装着两扇冻成冰碴儿的猪肉。后面跟着一位老汉，胳膊上挂着秤杆。这两位大约是爷儿俩，一早过河来，赶到南工地去卖猪肉的。村子南边，沿着山根，有一家大工厂，居住着几千名工人和他们的家属，门前那条宽阔的水泥路两边，形成了一个农贸市场。工厂兴建之初，称作南工地，工厂建成二十多年了，当地村民仍然习惯称呼南工地而不习惯叫×××号信箱。

小伙推着独轮小车，下了桥，一步不停，反倒加快脚步了。提秤杆的老汉，也匆匆跟上去，似乎谁也没看见桥头插着的那块牌子。

“交费。”他喊。

推车的小伙仍然不答话，也不停步。老汉回过头来，强装笑着：“兄弟，你看，肉还没开刀哩，没钱交咯！等卖了肉，回来时交双份。”

“不行。”他说，“现时就交清白。”

“真没钱交咯！”老汉摊开双手。

“没钱？那好办——”他走前两步，冷冷地对老汉说，“把车子推回北岸去，从河里过。”

老汉迟疑了，脸色难看了。

他紧走两步，拉住小推车的车把，对小伙子说：“交费。”

小伙子鼓圆眼睛，“哗啦”一声扔下车子，从肉扇下抽出一把尖刀来。那把刀大约刚刚捅死过一头猪，刃上尚存丝丝血迹。小伙摆开架势，准备拼命了：“要这个不要？”

他似乎早有所料，稍微向后退开半步，并不显得惊慌，嗤笑一声，豁开军大衣，从腰里拔出一把明光锃亮的攮子，阴冷地说：“小兄弟，怕你那玩意儿，就不守桥了！动手吧——”

许是这阴冷的气势镇住了那小伙，他没有把尖尖的杀猪刀捅过来。短暂的僵持中，老汉飞奔过来，大惊失色，一把夺下小伙手里的刀子，“噌”的一下从肉扇下削下猪尾巴，息事宁人地劝解：“兄弟！拿回去下酒吧！”

他接住了，在手里掂了掂，不少于半斤，横折竖算都绰绰有余了。他装了刀子，转身走了。背后传来小伙一声气恨的咕哝：“比土匪还可憎！”他权当没听见，他们父子折了一个猪尾巴，当然不会彬彬有礼地辞别了。

河北岸有一帮男女走来，七八个人拽拽扯扯走上桥头，从他们不寻常的穿戴看，大约是相亲的一伙男女吧？

太阳从东原上冒出来，河水红光闪闪。他把猪尾巴丢在木牌下，看好那一帮喜气洋洋的男女走过桥来……

二

他叫王林，小河南岸龟渡王村人。

搞不清汉朝还是唐代，一位太子因为继位问题而遭到兄弟的暗杀，仓皇逃出宫来，黑灯瞎火奔窜到此，眼见后面灯笼火把，紧追不舍，面对突暴的河水，捶胸顿足，欲逃无路了。他宁可溺水一死，也不愿落入兄弟之手，于是眼睛一闭，跳进河浪里去。这一跳不打紧，恰好跌落在河水里一块石头上，竟没有沉。太子清醒过来，不料那石头漂上水面，浮游起来，斜插过河面，掠过屋脊高的排浪，忽闪忽闪漂到北岸。太子跳上沙滩，大惑不解，低头细看，竟是一只碾盘大小的乌龟，正吃惊间，那乌龟已潜入水中，消失了。

这个美妙的传说，仅仅留下一个“龟渡王”的村庄名字供一代一代村民津津有味地咀嚼，再没有什么稍为实惠的遗物传留下来，想来那位后来继承了皇位的太子，也是个没良心的昏君吧？竟然不报神龟救命之恩，在这儿修一座“神龟庙”或是一座“龟渡桥”，至少是应该的吧？又不会花皇帝自己的钱，百姓也可以沾沾光，然而没有。如果那位后来登极的王子真的修建下一座桥，他就不会生出桥头收费的生财之道来了。王林在无人过桥的空闲时间里，在桥头的沙滩上踱步，常常生出些莫名其妙的想法。

王林的正经营生是在沙滩上采掘沙石，出售给城里那些建筑单位，收取过桥费不过灵机一动的临时举措。春天一到，河水没了寒渗之气，过往的人就挽起裤管涉水过河了，谁也不想交给他一毛钱了。

他三十四五年纪，正当庄稼汉身强力壮的黄金年华，生就一副强悍健壮的身坯，宽肩，细腰，长胳膊长腿，一个完全能够负载任何最粗最重的体力劳动的农民。他耕种着六七亩水旱地，那是人民公社解体时按人口均等分配给他家的口粮田，一年四季，除了秋夏两季收获和播种的繁忙季节之外，有十个月都趴在沙滩上，挖掘沙石，用铁锨把沙石抛到一个分作两层的罗网上，滤出沙子，留下两种规格的石头，然后卖给那些到河滩来拉运石头的汽车司机，这是乡村里顶笨重的一条挣钱的门路了。三九的西北风在人的手上拉开一道道裂口，三伏的毒日头又烤得人脸上和身上冒油。在河滩干这个营生的村民，大都是龟渡王村里最粗笨的人，再找不到稍微轻松一点儿的挣钱门路，就只好扛起镬头和罗网走下沙滩来，用汗水换取钞票。庄稼人总不能在家里闲吃静坐呀！

捞石头这营生还不赖！王林曾经很沉迷于这个被人瞧不上眼的营生，那是从自家实际出发的考虑。他要种地，平时也少不了一些需他动手的家务活儿，比如买猪崽和交售肥猪、拉粪施肥等，女人家不能胜任。这样，他出不得远门，像有些人出太原走广州贩运药材挣大钱，他不能去，显然离不开。更重要的是，那种赚钱容易而赔光烂本儿也容易，说不定上当了，被人捉弄了，要冒大风险，而他没有底本钱，赚得起十回而烂不起一回呀！他脑子不笨，然而也不是环儿眼儿很多的灵鬼。他平平常常，和龟渡王十之八九的同龄人一样，没有显出太傻或太差的差别。他觉得自己靠捞石头挣钱，顶合宜了，一天捞得一立方沙石，除过必定的税款，可以净得四块钱，除过阴雨和大雪天气，一月可以落下一百多块钱。他的女人借空也来帮忙，一天就能更多一点收入。对于他来说，一月有一百多块钱的进入，已经心地踏实了。

在下河滩捞石头之前一年，他给一家私营的建筑队做普工，搬砖，和水泥砂浆，拉车，每月讲定六十元。他干了仨月，头一月高高兴兴领下五十二块（缺工四天），第二个月暂欠，工头说工程完毕一次开清。到工程完工后，那个黑心的家伙连夜携款逃跑坑了王林一伙普工的工资。他们四处打听，得到的那位工头的住址全是假的，至今也摸不清他是哪里人。没有办法，他懊丧地背着被卷回到家里，第二天就下河滩捞沙石了。

我的老天爷！出笨力也招祸受骗，还有笨人捣鬼赚钱的可能吗？他经历了这一次，就对纷纷乱乱的城市生活感到深深的畏怯了。那儿没得咱挣钱的机会，河滩才是咱尽其所能的场合。

他有一个与他一样强悍的老婆，也是轻重活路不避，生冷吃食不计的皮实角色。他和她结婚的时候，曾经有过不太称心的心病，觉得她腰不是腰（太粗），脸不是脸（太胖），眼不是眼（太眯），然而还是过在一起，而且超计划生下了三女一男，沉重的生活负担已不容许他注视老婆的眉眼和腰腿的粗细了。他要挣钱，要攒钱，要积蓄尽可能多的人民币，越多越好，越快越好。土地下户耕种两三年，囤满缸流了，吃穿不愁了，可是缺钱。三个女儿都在中学和小学念书，学费成倍地增加了，儿子上了“学前班”，一次收费五块，而过去却是免费的。况且，女孩长大了，开始注意拣衣服的样式了，女孩比男孩更早爱好穿戴，花钱的路数多了。

他要挣钱攒钱。他要自己的女儿在学校里穿得体面。他心里还谋划着一桩更重要的大事，盖一幢砖木结构的大瓦房。想到在自家窄小破烂的厦屋院里，撑起三间青砖红瓦的大瓦房，那是怎样令人鼓舞的事啊！什么时候一想起来，就不由得攥紧镢头和铁锨的把柄，刨哇！铲哇！抛起的沙石撞击得铁丝罗网唰唰响。那镢头和铁锨的木把儿上，被他粗糙的手指攥磨得变细了，溜光了。

她的女人，扭着油葫芦似的粗腰，撅着皮鼓似的屁股，和他对面忙活在一张罗网前，挖啊刨啊，手背上摞着一道道被冷风冻裂的口子。他觉得这个皮实的女人可爱极了，比电影上那些粉脸细腰的女人实惠得多。他们起早贪黑干了一年，夫妻双方走进桑树镇的银行分行，才有了那个浸润着两口子臭汗的储蓄本本。又一年，他们在那个小小的储蓄本上再添上了一笔。再干一年，就可以动手盖置新房了！一幢新瓦房，掐紧算计也少不得三千多元哪！

就在他和女人撅着屁股发疯使狠挖沙石的时候，多少忽视了龟渡王村里发生的种种变化。

春节过罢，阳气回升，好多户庄稼人破土动工盖置新房子。破第一镬土和上梁的鞭炮声隔三岔五地爆响起来，传到河滩里来，那热烈而喜庆的“噼啪”声，撩拨得中年汉子王林的心里痒痒的，随风弥漫到沙滩里来的幽香的火药气味，刺激着他的鼻膜。终于有一天，当他从河滩里走回村子，惊奇地发现，村子西头高高竖起一幢两层平顶洋楼。再几天，村子当中也冒起一座两层楼房来。又过了几天，一座瓦顶的两层楼房又出现在村子的东头。一月时间里，龟渡王村比赛摆阔似的相继竖起三幢二层楼房，高高地超出在一片低矮的庄稼院的老式旧屋上空，格外惹人眼目。

王林手攥铁锨，在罗网上用功夫，眼睛瞪得鼓鼓圆，不时地在自己心里打问：靠自己这样笨拙地挣钱，要撑起那样一幢两层洋楼来，少说也得十年哪！他开始怀疑自己的挣钱方式是不是太笨拙、太缓慢了？

太笨了，也太慢了！和沙滩上那些同样淘沙滤石的人比起来，他可能比他们还要多挣一点，因为他比他们更壮实，起得更早也歇得最晚。然而，与村子里那三幢新式楼房的主人比起来，就不仅使人丧气，简直使他嫉妒了，尤其是在他星星点点听到人们关于三户楼屋主人光彩与不光彩的发财的传闻之后，他简直妒火中烧了。

他皱紧眉头，坐在罗网前，抽得烟锅吱啦啦响，心里发狠地想着，谋算着，发誓要找到一个挣钱多而又省力气的生财之道来。想啊谋啊！终于把眼睛死死地盯到闪闪波动着的小河河水里了。

一场西北风，把河川里杨树和柳树残存的黄叶扫荡干净了，河边的水潭里结下一层薄薄的麻冰，人们无法赤足下水了。王林早就等待这一场西北风似的，把早已准备停当的四腿马架和三块木板装上架子车，拉到小河边上来。他脱下棉裤，让热乎乎的双腿在冷风里做适应性准备，仰起脖子，把半瓶廉价的劣质烧酒灌下喉咙，就扛起马架下到刺骨钻心的河水里，架起一座稳稳实实的独木桥来……

三

太阳升起在东原平顶上空碧蓝的天际，该是乡村人吃早饭的时候了。过往木桥的人稀少了，那些急急忙忙赶到城里去上班的工人和进城做工的农民，此刻早已在自己的岗位上开始工作了，把一毛钱的过桥费忘到脑后去了。那些赶到南工地农贸市场的男人和女人，此刻大约正在撕破喉咙召唤买主，出售自己的蔬菜、猪羊鲜肉和鸡蛋。没有关系，小小一毛钱的过桥费，他们稍许掐一下秤杆儿就盈回腰包了。他们大约要到午后才能交易完毕，然后走回小河来，再交给他一毛过桥费，走回北岸的某个村庄去。

他的老婆来了，手里提着竹篮和热水瓶。他揭开竹篮的布巾，取出一只瓷盘，盘里盛着冒尖的炒鸡蛋，焦黄油亮。他不由得瞪起眼来："炒鸡蛋做啥？"

"河道里冷呀！"她说，"身体也要紧。"

她心疼他。虽然这情分使他不无感动，却毕竟消耗了几个鸡蛋。须知现时正当淡季，鸡蛋卖到五个一块，盘里至少炒下四五个鸡蛋，一块钱没有了。

"反正是自家的鸡下的，又不是掏钱买的。"老婆说，"权当鸡少下了。"

反正已经把生蛋炒成熟的了，再贵再可惜也没用了。他掰开一个热馍，夹进鸡蛋，又抹上红艳艳的辣椒，大嚼起来，瞅着正在给他从水瓶里倒水的老婆。她穿着肥厚的棉裤，头上包着紫色的头巾，愈发显得浑圆粗壮了。其实，这个腰不是腰，脸不是脸的女人心肠很好，对他忠心不二，过日子扎实得滴水不漏。她给他炒下一盘鸡蛋，她自己肯定连尝也没尝过一口。

他吃着，从大衣口袋里掏出一把钱来，搁在她脚前的沙地上，尽是一毛一毛的零票儿和二分五分的镍质硬币："整一下，拿回去。"

她蹲下身来，捡着数，把一张张揉得皱巴巴的角票儿捋平，十张一折，装进腰里，然后拣拾那些硬币。

他坐在一块河石上，瞅着她粗糙的手指笨拙的数钱的动作，不慌不忙的神态，心里挺舒服。是的，每次把自己挣回来的钱交给她，看着她专心用意数钱的神态，他心里往往就涌起一股男子汉的自豪。

"这下发财啰！"

一声又冷又重的说话声，惊得两口子同时扬起头来，面前站着他的老丈人，她的亲大。

他咽下正在咀嚼的馍馍，连忙站起，招呼老丈人说："大！快吃馍，趁热。"

"我嫌恶心！"老丈人手一甩，眉眼里一满是恶心得简直要呕吐的神色，"还有脸叫我吃！"

他愣住了，怎么回事呢？她也莫名其妙地闪眨着细眯的眼睛，有点生气地质问自己的亲大："咋咧？大！你有话该是明说！"

"我的脸，给你们丢尽了！"老汉撅着下巴上稀稀拉拉的山羊胡须，"收过——桥——费——！哼！"

王林终于听出老丈人发火的原因了，未及他开口，她已经说了："收过桥费又怎么了？"

"你不听人家怎么骂哩：土匪，贼娃子！八代祖宗也贴上了！"老汉捏着烟袋的手在抖，向两个晚辈人陈述，说小河北岸的人，过桥时被他的女婿收了费，回去愣骂愣骂！爱钱不要脸啊！他被乡党们骂得损得受不了，唾沫星儿简直把他要淹死了。他气恨地训斥女儿和女婿，"这小河一带，自古至今，冬天搭桥，谁见过谁收费来？你们也不想想，怎么拉得下脸来？"

"有啥拉下拉不下脸的！俺们搭桥受了苦，挨了冻，贴赔了木板，旁人白过桥就要脸了吗？"她顶撞说，"谁不想掏钱，就去河里过，我们也没拉他过桥。"

他也插言劝说："大呀！公家修条公路，还朝那些有汽车、拖拉机的主户收养路费哩!”

女儿和女婿振振有词，顶得老汉一时回不上话来，他避开女儿和女婿那些为自己遮掩强辩的道理，只管讲自己想说的话：“自古以来，这修桥补路，是积德行善的事。咱有心修桥了，自然好；没力量修桥，也就罢了；可不能……修下桥，收人家的过桥费……这是亏人短寿的缺德事儿……”

他听着丈人的话，简直要笑死了，如若不是他的老丈人，而是某个旁人来给他讲什么积德行善的陈年老话，他早就不耐烦了；唯其因为是老丈人，他才没敢笑出声来，以免冒犯。他不由得瞅一眼女人，她也正瞅他，大约也觉得她大的话太可笑了。

“大！你只管种你的地，过你的日子，不要管俺。”女人说。王林没有吭声，让她和她的亲生老子顶撞，比他出面更方便些。他用眼光鼓励她。

“你是我的女子！人家骂你祖先我脸烧!”老汉火了，“你们挣不下钱猴急了吗？我好心好言劝不下，还说我管闲事了。好呀！我今天来管就要管出个结果——!”

老汉说时，抢前两步，抓住那只写着“过桥收费壹毛”字样的木牌的立柱，“噌”的一下从沙窝里拔了起来，一扬手，就扔到桥边的河水里。他和她慢了一步，没有挡住，眼见着那木牌随着流水，穿过桥板，漂悠悠地流走了。现在脱鞋脱袜下河去捞，显然来不及了，眼巴巴看着木牌流走了，漂远了。

他瞅着那块漂逝的木牌，在随着流水漂流了大约五六十码远的拐弯的地方，被一块露出水面的石头架住了，停止不动了。他回过头来，老丈人不见了，再一看，唔！老丈人背着双手，已经走过小桥，踏上北岸的河堤了，那只羊皮黑烟包在屁股上抖荡。看来老丈人是专程奔来劝他们的，大约真是被旁人的闲言碎语损得招架不住了，要面子的人啊！他没有说服得下女儿女婿，愤恨地拔了牌子，气倔倔地走了。他看着老丈人渐渐远去的背影，终于没有开口挽留，一任老丈人不辞而别。

她也没有挽留自己的亲大，眼角里反而泄出一道不屑于挽留的歪气邪火，嘴里咕哝着："大今日是怎么了？一来就发火！"

"大平日性情很好嘛！"他也觉得莫名其妙，附和妻子说，"自娶回你来，十多年了，大还没说过我一句重话哩！今日……好躁哇！"

"单是为咱们收过桥费这码小事，也不该发这大的火，失情薄意的。"她说，"大概心里还有啥不顺心的事吧？"

"难说……难说……"他说不清，沉吟半晌，才说，"好像人的脾气都坏了？一点小事就冒火……比如说今日早晨，有个家伙为交一毛钱的过桥费，居然拔出杀猪刀来……我也没客气！"

"可这是咱大呀！不比旁人……"她说。

"咱大也一样，脾气都坏了！"他说。

他说着，站起来，顺着河岸走下去，跷过露在浅水里的列石，把那块木牌从水面捞起来，又扛回桥头来。

他找到被老丈人拔掉木牌时的那个沙窝儿，把木牌立柱砍削过的尖头，重新插进沙地，再用脚把周围的虚沙踩实。她走过来，用自己穿着棉鞋的肥脚踏踩着，怕他一个人踩不结实似的。浸过水的木牌，又竖立起来啰！

四

北方的冬天，天黑得早，四点钟，太阳就压着西边塬坡的平顶了，一眨眼工夫，暮云四合了。河川里的风好冷啊！

王林缩着脖子，袖着手，在桥头的沙地上踱步，只有遇见要过桥的人，他才站住，伸出手，接过一毛票儿，塞进口袋，便又袖起手，踱起步来。

他的心里憋闷又别扭，想发牢骚，甚至想骂人。他的老丈人不问青红皂白，劈头盖脑熊了他一顿，骂了他一场，拔掉那个木牌扔到水里，然后一甩手走掉了。他是他的岳父大人，倚老卖老，使他开不得口，咬着牙任他奚落，真是窝囊得跟龟孙一样。更重要的是，老岳丈把小河北岸那些村子的闲言碎语传递到他的耳朵里来了，传进来就出不去了，窝在他的心里。

王林有一种直感，小河两岸的人都成了他的敌人！他们很不痛快地交给他一毛钱，他们把一毛钱的经济损失用尽可能恶毒的咒骂兑换回去了。他虽然明知那些交过钱的人会骂他，终究没有当面骂，耳不听心不烦。老丈人直接传递到他耳中的那些难听话，一下子捣乱了他的心，破坏了他的情绪，烦躁而又气恨，却又无处发泄。

一个倒霉鬼自投罗网来了。

来人叫王文涛，龟渡王村人，王林自小的同年伙伴。现在呢？实话说……不过是个乡政府跑腿的小干事。天要黑了，他到河北岸做什么？该不该收他一毛钱的过桥费？

收！王林断然决定，照收不误。收他一毛钱，叫他摆那种大人物的架势去。

“王林哥，恭喜发财！”王文涛嘻嘻笑着打招呼，走到他跟前，却不急于过桥，从口袋里掏出烟来，抽出一支递给他，自己也叼上一支，打起火来。

王林从王文涛手里接过烟，又在他的打火机上点着了。这一瞬间，王林突然改变主意，算了，不收那一毛钱了，人家奉献给自己一根上好的“金丝猴”，再难开口伸手要钱了。

王文涛点着烟，还不见上桥，叉开双腿，一只手塞进裤兜里，一只手捻着烟卷，怨怨艾艾地开口说：“王林哥，你发财，让我坐蜡！你真……没良心呀！”

“你当你的乡干部，我当我的农民。咱俩不相干！我碍着你什么路了？”王林嘲笑说。

“是啊！咱俩本来谁也没碍过谁。想不到哇——”他从口袋里掏出一只信封，递上来，眼里滑过一缕难为情的神色，“你先看看这封信吧！”

王林好奇地接过信封，竟是报社的公用信封，愈加奇了，连忙掏出信瓤，从头至尾读下来。他刚读完，突然仰起脖子，扬着头，哈哈大笑起来，一满是幸灾乐祸的神气。

在他给龟渡王村前边的小河上刚刚架起这座木板小桥的时候王文涛给市里的报社写了一篇稿子，名叫《连心桥》，很快在报纸上刊登出来了。王文涛曾经得意地往后捋着蓄留得很长的头发，把报纸摊开在他的眼前，让他看他写下的杰作。在那篇通讯里，他生动地记述了他架桥的经过，“冒着刺骨的河水”什么的；激情洋溢地赞扬他舍己为人的崇高风格；末了归结为“富裕了的农民的精神追求”等。现在，报社给王文涛来信追查，说有人给报社写信，反映龟渡王村有人借一座便桥，坑拐群众钱财，要他澄清《连心桥》通讯里所写的事实有无编造？是否失实？如若失实或有编造成分，就要在报纸上公开检讨。这样，王文涛觉得弄下“坐洋蜡”的麻烦事了。

“怎么办呢？”王文涛被他笑得发窘了，“你挣钱，我检讨，你还笑……”

“这怪谁呢？”王林摊开双手，悠然说，“我也没让你在报纸上表扬我，是你自个胡骚情，要写。这怪谁呢？”

“你当初要是说明要收过桥费，我当然就不会写了。”王文涛懊丧地说，“我以为你老哥思想好，风格高……怎么也想不到你是想挣钱才架的桥……”

在刚架起小桥的三五天里，王林急于卖掉他堆积在沙滩上的石头，回种挖过红苕的责任田的小麦，又到中学里参加了一次家长会议，当他处理完这些缠手的家事，腾出身来要到桥头去收费的时候，王文涛的稿子已经上报了。这类稿子登得真快。王林当时看完报纸，送走王文涛，就扛着写着“过桥收费壹毛”的木牌走下河滩了。现在，王文涛抱怨他没有及早说明要收费的事，他更觉得可笑了，不无嘲讽地说：“你想不到吗？哈呀！你大概只想到写稿挣稿费吧！给老哥说说，你写的表扬老哥架桥的稿子，挣得多少钱？”

王文涛腾地红了脸，支吾说：“写稿嘛！主要是为党报反映情况……做党的宣传员……”

“好了好了好了！再不要自吹自夸了！再不要卖狗皮膏药了！想写稿还怕人说想挣钱，酸！”王林连连摆手，又突然梗梗脖子，“我搭桥就是想挣钱。不为挣钱，我才不‘冒着刺骨的河水’搭桥哩！不为挣钱，我的这三块木板能任人踩踏吗？我想挣钱，牌子撑在桥头，明码标价，想过桥的交一毛钱；舍不得一毛票儿，那就请你脱袜挽裤下水去……老哥不像你，想挣钱还怕羞了口，丢了面子！”

“你也不要这么理直气壮，好像谁都跟你一样，干什么全都是为挣钱。”王文涛被王林损得脸红耳赤，又不甘服下这种歪理，“总不能说人都是爱钱不要脸吧？总是有很多人还是……”

“谁爱钱要脸呢？我怎么一个也没见到？”王林打断王文涛的话，赌气地说，“你为挣稿费，瞎写一通，胡吹冒撂，这回惹下麻烦了。你爱钱要脸吗？”

一个回马枪，直捣王文涛的心窝。王文涛招架不住，羞得脸皮变得煞白色了，嘴张了几张，却回不上话来。王林似乎更加不可抑制，从一旁蹦到王文涛当面，对着他的脸，恶声恶气地说：

“就说咱们龟渡王村吧！三户盖起洋楼的阔佬儿，要脸吗？要脸能盖起洋楼吗？先说西头那家，那人在县物资局干事，管着木材、钢材和水泥的供应分配。就这么一点权力，两层楼房的楼板、砖头、门窗，全是旁人免费给送到家里。人家婆娘品麻死了，白得这些材料不说，给送来砖头、门窗的汽车司机连饭也不管，可司机们照样再送。村中间那家怎么样？男人在西安一家工厂当基建科长，把两幢家属楼应承给大塔区建筑队了。就这一句话，大塔区建筑队给人家盖起一幢二层洋楼，包工包料，一分不取。你说，这号人爱钱要脸吗？还是党员干部哩！

“只有村子东头的王成才老汉盖起的二层洋楼，是凭自己下苦挣下的。老汉一年四季，挑着饸饹担子赶集，晚上压饸饹，起早晚睡，撑起了这幢洋楼，虽说不易，比一般人还是方便。咋哩？成才老汉的女婿给公家开汽车，每回去陕北出差，顺便给老丈人拉回荞麦来，价钱便宜，又不掏运费，那运费自然摊到公家账上了。尽管这样，成才老汉还算一个爱钱要脸的。

“可你怎么写的呢？你给报上写的那篇《龟渡王村庄稼人住上了小洋楼》的文章，怎么瞎吹的呢？你听没听到咱村的下苦人怎么骂你？”

一个回马枪，又一串连珠炮，直打得王文涛有口难辩，简直招架不住，彻底败阵。他有点讨饶讨好地说：“你说的都不是空话。好老哥哩！兄弟不过是爱写点小文章，怎么管得了人家行贿受贿的事呢？”

“管不了也不能瞎吹嘛！”王林余气未消，并不宽饶，“你要是敢把他们盖洋楼的底细写出来，登到报纸上，才算本事！才算你兄弟有种！你却反给他们脸上贴金……”

王文涛的脸抽搐着十分尴尬，只是大口大口吸着烟，吐着雾，悻悻地说：“好老哥，你今日怎么了？对老弟平白无故发这大火做啥？老弟跟你差不多，也是撑不起二层小洋楼……”

王林似乎受到提醒，是的，对王文涛发这一通火，有什么必要呢？他点燃已经熄灭的纸烟，吐出一口混合着浓烟的长气。

“好老哥，你还是给老弟帮忙出主意——”王文涛友好地说，根本不计较他刚刚发过的牢骚，“你说，老弟该怎么给报社回答呢？”

“你不给他回答，他能吃了你？”王林说，“豁出来日后不写稿子了。”

王文涛苦笑着摇摇头。

“要不你就把责任全推到我头上。你就说，我当初架桥的目的就跟你写的一样，后来思想变坏了，爱钱不要脸了。”

王文涛还是摇摇头，试探着说：“老哥，我有个想法，说出来供你参考，你是不是可以停止……收过桥费？”

“门都没有！”王林一口回绝。

“是这样——”王文涛还不死心，继续说，“乡长也接到报社转来的群众来信，说让乡上调查一下坑拐钱财的事。乡长说，让我先跟你说一下，好给报社回答。让你停止收费，是乡长的意思……”

“乡长的意思也没门儿!”王林一听他传达的是乡长的话，反而更火了，“乡长自己来也没门儿。我收过桥费又不犯法。哼！乡长，乡长也是个爱钱不要脸的货！我早听人说过他不少七长八短的事了，他的爪子也是够长够残的！让他来寻找我吧！我全都端出来亮给他，叫他吃不了兜着走……”

王文涛再没吭声，铁青着脸，眼里混合着失望、为难和羞愧之色，转过身走了。

王林也不挽留，甚至连瞅他一眼也不瞅，又在河石上坐下来，盯着悠悠的流水，吸着从自己口袋里掏出的低价纸烟。

脚步声消失了。王林站起来，还是忍不住转过身，瞧着王文涛走上河堤，在秃枝光杆的柳林里缓缓走去，缩着脖子。他心里微微一动，忽然可怜起这位龟渡王村的同辈儿兄弟来了。听说他写《连心桥》时，熬了两个晚上，写了改了好几遍，不过挣下十来八块稿费，临了还要追究。他刚才损他写稿为挣钱的话，有点太过分了吧？

王文涛已经走下河堤，他看不见他的背影了。王林又转过身来，瞧着河水，心里忽然懊恼起自己来了。今日倒是怎么了？王文涛也没碍着自己什么事，为啥把人家劈头盖脑地连损带挖苦一通呢？村里那两家通过不正当手段盖小洋楼的事，又关王文涛的屁事呢？乡长爪子长指甲残又关王文涛的屁事呢？再回头一想，又关自己的屁事呢？

他颓然坐在那块石头上，对于自己刚才一反常态的失控的行为十分丧气，恼火！

一个女人抱着孩子走过来，暮色中看不清她的脸，脚步匆匆。她丢下一毛钱，就踏上小桥，小心翼翼地移动脚步，走向北岸。

他的脚前的沙地上，有一张一毛票的人民币，被冷风吹得翻了两个过儿，卡在一块石头根下了。他久久没有动手拾它。

他瞅着河水，河水上架着的桥，桥板下的洞眼反倒亮了。他忽然想哭，说不清为什么，却想放开喉咙，大声淋漓地号啕大哭几声……

山洪

这条小河年年都要发几场洪水；年年都有什么人被洪水溺死的凶讯；凶讯和洪水一样暴起暴落。

小河确实小，在省级地图上不见踪迹，在县级地图上可就威风地逶迤着，似乎比全国地图上的黄河长江还要活现神气。不管怎么说，小河总是一个存在。夏天旱季里，那一弯细流就显出百般妩媚，千般柔情。男人们从沤热的田禾地里奔到河边，脱下短裤，把臭汗和燥热丢给清凉的河水，落得个神清气爽，好不痛快。女人们提一笼合家老少脱换的脏衣，在水里洗，在石上捶，棒槌声和着嬉笑声，也算得怡然天趣。男人和女人都亲近这河，亲近这水。

一当阴雨连绵，千沟万壑的溪流汇于小河，这小河顿然变得凶恶狰狞，面目全非，黄汤涌着黄汤，排浪推着排浪，呼着吼着，左冲右突，气势相当怕人。也有水性好不怕水而借着洪水暴发之机发洋财的人，此时就很活跃。上游漂下来一棵树，一根椽子或一块木板，他们便跃入水中，起伏于波浪之上，捞得这些洋财，做盖房的木料，令那些不习水性的人眼红。然而也有失马丢了性命的人。这种水一般不会造成太大的损失，因为它来得缓，涨得慢，人皆防备着。可怕的是突然暴发的山洪，那是山里头突降暴雨，而平原上日红如炙，人们往来于河道之中，毫无戒备，突然一河铺天盖地的洪水涌将下来，跑躲无计，就成了这小河的溺死鬼。

供电局的老李就挨了这个挫。

老李本来年龄不大，才三十冒头，乡下人对一切公家人都称老某，算是尊敬。老李从河北岸过了河，催收了几个村子电费，后晌又推着自行车过北岸去，赶到天黑前回县，与妻子儿女相会。他的自行车后架上装着一袋西瓜，车头上挂着的网袋里装着大辣椒之类鲜菜，全是那些村子里的个体户农民顺手馈赠的时兴果蔬。他在这条线路上跑了几年了，人都熟了，进得任何村子，干部和村民都认识他，都热情招呼，都愿意送他一点土特产。他走过烤热的沙滩，来到水边，穿着塑料凉鞋，也就不用脱鞋，推着自行车从水里往过蹚。水很清，很浅，只埋住半个车轱辘，水流又很窄，不消五分钟就蹚过去了。他撑起自行车，脱了长裤，脱了背心，只穿一件衬裤，就扑通一声钻进水里，洗呀，游呀，舒服得简直就跟神仙一样了。如果不是瞅见河下游有女人在洗衣服，他就要脱光脱净下水了。

老李躺在水中，任清凉的河水从胸脯滑过去，像有千万只柔软的手掌在抚摸着。他枕着一块河石，望着蓝天，几缕白云，如烟如丝，如薄纱如蝉翼，悠悠袅袅，徒然涨起一种愉悦之情。猛然间，他听见一种奇怪的声音，像是从大地里头发泄出来的一种沉闷的嗡隆声，又像是从天边传来的。初听时并不在意，错以为是飞机从远处飞过在河川两边塬坡上的回声。不大工夫，那嗡隆声愈来愈响，像千军万马驰过荒原，突然变成一种吼声。他心里顿然感到一种恐怖，一种战栗，就从水里蹦起来，往上往下一瞧，只见上滩和下滩有几个人如逃命的兔子似的奔跑；再往上一瞅，天哪，一片黄汤，裹着一片浑雾正扑将下来。他顾不得穿衣，推起车子就跑。沙滩上软沙如泥；不能骑车，又离对岸河堤那么远，他心急如焚，眼看着吼声和浑雾越逼越近，一阵冷风直透胸窝。他撒手扔了车子，甩开双手，没命地奔跑……就在老李奔到离河堤仅有三两米远的时候，黄汤和浑雾就把他吞没了，裹挟而去了，简直轻若弹须。

老李霎时间就没有任何知觉了，没有欢乐也没有痛苦，奔逃时的恐惧和慌乱都在那一瞬间结束了。

水火无情！无情的水火！

老李完了。他才三十冒头就完了。他如果不要贪着那一弯百般妩媚千般柔情的清水而早早推车走上北岸的河堤，他不仅不会完而且可以站在河堤上看水涨河塌，观赏这突然勃发起来暴怒起来的小媳妇一样妩媚柔情的小河。然而他毕竟完了，把万千悔恨留给河岸边的熟人或生人日后去传说去咀嚼。

可是老李竟然没有完。

老李遇着了救命的恩人。距老李出事地点三里之远的贺家村村民们把老李搭救起来了。

贺家村紧系小河。村民中不少爱发洋财的人。每当河水暴涨，一些水性好的年轻人就奔上河堤来，见木头漂下就想捞。当然，年轻人争强好胜，借此机会也想露一手，赛一赛水性。这一回，他们没发着洋财，却捞上来个死人。

头一个发现落水者而且率先跳下河的是三十岁的村民贺冷娃。冷娃在贺家村算得一条水中白条，在村里也数得一条汉子，膀宽腰细，双臂如猿，在县上的农民运动会上夺得自由泳冠军，只是姿势不大规矩，是自小在小河里狗刨式游泳的底功。他一眼瞅见上游漂下一个人头，倏忽又沉没了，转瞬又看见一条胳膊，冷娃就扑下水去了。随着冷娃下水，扑通扑通又跳进三四个后生，都是贺家村有好水性的青年。一前一后，直向河心冲去。

四个人围着，推着，拽着，终于把落水者拉上岸来，看热闹的村民们一摸鼻子，都丧气了："死球了！死球了！"

有老者颇富经验，说死也许是假死，救一救兴许能转活来。于是就把近旁放牛的孩子唤过来。拉来一条黄牛，把落水者扶上牛背，横搭上去，把鼓胀的肚子压在牛背上，让放牛娃牵着黄牛在河堤上转悠。

孩子走着。黄牛也走着。落水者突然哗啦一声吐出大股大股的黄泥汤来，臭气四溢。老者扶住双脚，命孩子继续牵牛转悠。放牛娃捂着鼻子，直嚷嚷腥臭不堪，仍是牵牛走着。落水者又吐了，这回吐出来的饭食，肉末菜屑，更是臭气熏人。放牛娃娃扔下缰绳跑了。黄牛一蹿，落水者从牛背上跌下来，竟然哼了一声，证明他确实还活着，并没有完。

村民们全都围过来，直呼此人命大。

有人嬉笑说，冷娃该上广播该上报纸该领舍己救人的奖金了。

老者把落水者翻过身来，那脸色像敷了一层黑土，怪怕人的，忽然眼皮一翻，眼珠转了，旋即又合上。这当儿，有人认出落水者是收电费的老李，大喊："啊呀！怎么把这驴日的救上来了？"

"怎么救上来的是这狗东西？"

"救这货干啥？救上来再来害人？"

于是，老者停了手。他已经扒拉到一堆干草干树枝，取出火柴，想燃烧一堆火来烘烘热气，听到众人说是收电费的那个驴日的老李，就把抽出来的火柴又装进匣子里。

于是，冷娃顿然变得黯淡无光。他第一个发现落水者，不容分说第一个跳下水去拉住了落水者，正受到贺家村村民们的崇敬和赞扬，有人还说他应该上广播登报纸得到表扬，现在变得不那么伟大了。他捞上来一个叫贺家村村民讨厌甚至憎恨的人，连他的英雄行为也失去了光彩。这情况恰如你救上来的不是个人而是一只耗子……想想人们还会敬重你么？

一直表现着慈悲心肠的老者，撅着花白的胡须，失望地从老李身旁站起来，用火柴点燃了烟锅，抽起旱烟来，扫兴地说："我还以为咱救的……是个人哩！谁料想不是……"

一群人——贺家村围在河堤上的男人们，老的少的和放牛娃娃，现在都揣着手，像看一条死鱼或一条死长虫一样看着老李，议论纷纷：

“这驴日的今日遭了洪水，真是老天有眼！”

“老天爷可真是有眼哩！看这驴日的坑人坑得太残火了！不容情了！”

“冷娃瓜不唧唧的只知下河捞人，捞上来个啥玩意儿！”

冷娃自始至终都没说一句话。人家说他该上广播该登报纸该拿奖金的时候，他可只是扬扬自得，自己能从这样凶猛的河水里救人，露了一手。现在，他懊丧地听着众人的牢骚，忽然恼了，一把抓住那人的胳膊，一把抓住那人的脚腕，嗨哟一声吼，把老李举起来，扔到河里去了。

众人大惊。真是个冷娃！冷熊！

老者慌了：“冷娃你这算弄啥？”

冷娃：“他从哪里来再回哪里去。”

老者：“你不救归不救，救了人又把人扔到河里，这等于杀人害命！”

冷娃又慌了，嘴里骂着：“妈的！救也不是，扔也不是，倒该咋着才对？”

老者：“快去捞上来！”

冷娃又跳下水去了。

好在岸边有石坝，水流打着旋儿，流速却极缓。冷娃跳下水，又把老李拉上来。老李的肚子又圆鼓鼓的灌满了泥汤浊水。

老者又唤来放牛娃。

放牛娃牵来黄牛。

老李又被驮上黄牛背，转悠，又吐，又是臭腥熏人。

众人却因此而哗哗大笑。

众人都开心了。

“叫驴日的吐！把这几年吃咱喝咱的昧心食全吐光吐净！”

“这驴日爱吃！凡是咱们地里长的，树上结的，圈里养的，他都爱吃爱拿！好！这回叫驴日的吐光！”

老李躺在河堤边的草地上，挣扎着睁开眼，似乎已经初步恢复听觉，双臂挣着撑住地面，坐了起来，忽然趴下，口齿不清地说：“乡党爷们……我不是人……”

“你是……电霸王。”

“你是电老虎！”

“你是电——狼！”

老李趴在地上，呜呜地哭。

老者此时动了恻隐之心，蹲下身来，划着火柴，点燃了柴草，冒起火焰，烤着那瑟瑟抖索的老李，奚落说：“老李哇！你以往做事也太绝情哇！你想想，那年我们正打麦子，你断了电，打麦机当下不转了。而今家家户户都要轮流打麦，你欺侮的是全贺家村农人……”

“你还给他烤火！”

“把驴日的扔到水里去！”

说时迟、那时快，冷娃拉住老李的双手，旁个青年抓住老李的双脚，从草地上提将起来，叫声一二，老李又回到河水里去了。

众人在岸上哗笑，取乐，看老李在水里没死没活地乱扑乱打乱刨。

冷娃又跃下水去，把老李又拉上来。

老李又灌满一肚子水，又被驮上牛背，又把黄汤吐出来，又是在草地上挣扎呻吟翻白眼。

众人很开心地笑着。爱说调皮话风凉话的人，此刻有了显露本领的机会。不爱说话的人甚至老好人，嘴里虽然不说而心里也很受活。大家都出了气了。这个屁股上挂个工具袋提兜里装着个账本的老李，往日里比省长比皇上还厉害，干部和村民一律没人敢惹，说不顺溜就断电！现在，这个电霸王电老虎电——狼，正被洪水折磨得半死，向他们感恩戴德。他落到他们手里了，真是上苍有眼！

小伙子们又哄闹起来："把驴日的再撂到河里灌一肚子黄汤！"

老李本能地抱住了老者的腿，死死不放。

老者这回急了："难道说——日后不用电了吗？"

话不在多，全看说到说不到点子上。老者这一句话，一下子把在场的人镇住了。大伙似乎突然从快活的开心境况里清醒过来：既然冷娃救下了老李，日后老李还要来负责贺家村的供电工作；如果冷娃不救他，让洪水把他冲到海里渺无踪迹，还可以指望县电管局另派一个好电管员来。老李没死还管他们用电。老李还是活生生的电霸王电老虎电——狼！

好几位村民蹲下身来拢火，给老李烘烤。有几位帮老李擦干净身上脸上的泥污，表示对刚才的不敬行为的忏悔。有的人咕咕哝哝抱怨冷娃太冷，既然把人救上来，就不该三番五次扔到水里瞎折腾……

冷娃突然往地上啐了一口，冷冷地说："我准备用牛碾麦子用石磨磨面用煤油点灯豁出来不用电了，看他电狼电老虎电霸王还能把我坑死？"说着唾着，转身走了。

众人却忙活着救老李。

老李已经有气无力，浑身绵软，筋疲力尽了。他听见了这些人的全部议论，感觉到了贺家村村民现在对他的全部关心和救助：忙乱的手和热气灼人的火，然而心里却十分冷寂。

这些人还是怕他才……

灯　笼

一

县纪委书记焦发祥一早去上班，走进县委敞开的四方水泥立柱大门，瞧见传达室旁边的绒线花树下围着一堆人，他不经意地瞥了一眼，从人头攒动的缝隙中，瞅见了一只灯笼。为心头突然泛起的一阵儿好奇心所驱使，焦发祥凑上前去了。

大伙儿围观的确是一只灯笼。

那是一只用细细的竹篾编织的小灯笼，外边糊着一层红纸，里面点燃着一支小蜡烛。这种小灯笼是乡村小孩子过年时打着玩的，普普通通，屡见不鲜。

挑着这只灯笼的是一位乡下老农民，样子有点滑稽。他那张脸皱纹太多，像一片揉皱了的灰布，或者更像一只又干又蔫的茄子，没有生气；那双眼睛睁着也像闭着，浑浊而毫无光彩；嘴巴紧紧抿在一起，上唇有几根稀疏的黄胡须，微微颤抖。整个脸上，只有这几根微微颤抖着的黄胡须富于生气，富于感情色彩，表明他心里憋着气。

“喂！你在这儿干什么？”焦发祥问。

那双似睁似闭的眼睛闻声睃巡过来，没有说话，似乎在掂量和估价问话人的身份。

“你出什么洋相嘛！”焦发祥说。

“寻找真理！”他的干瘪的嘴唇动了一下。

围观的干部们笑起来，真理？寻找真理？这样一句颇为高雅的台词，从一个灰不沓沓的老农民的嘴里冒出来，无疑便具备了更多的滑稽色彩。

“你要寻找什么真理？”焦发祥也笑了。

“寻找共产党的真理！”老农民执拗地说。

“你说具体点行不行？”焦发祥提醒他。

他的眼睛忽地一翻，下垂的眼皮下露出一缕难受不堪的神光，盯住焦发祥，反问：“我给你说了，你管不管呢？”

“问你就是想管。”焦发祥肯定说。

“啊呀！我可找到包青天了——”打灯笼的农民嘴里叨叨着，“我可找到包文正了……”

二

打灯笼农民的具体叙述——

我跟支部书记刘治泰家住一个院子。这是土改时分地主家的一院马房，三间安间房，各占一半。两家挤一院，都要垒猪圈、羊棚、鸡窝、茅厕，都要堆柴火，拥拥挤挤，谁也宽展不了。前多年手头紧巴，没力量盖房，挤也只好挤着。

这二年，手头活泛了，我想搬出去，另建一院新房，就朝队里申请另拨划一院新庄基地，让刘治泰一家住在老院里，也就宽展了。刘治泰是支书，给他自个拨划了一院新庄基地，没有批准我的要求，说他搬走了，让我住在老院里。这也行，也好，反正新庄地和老庄地都一样大，队里规定三分三，谁走谁留一回事。

没料到，刘治泰拨划了新庄基地，盖了新房，搬了家，再不提老庄基上他的房子问题了。我找他商量，一起拆掉旧房子，我要盖新房子。他说他忙，没工夫拆。过了半年，我问他该腾出手来了，他说他更忙了。又过了半年，他干脆说不拆房了，要在老屋里拴牛喂牛了。

我急慌了，说这块老庄基地已经划归我使用了。他说这事他承认，可他拆不起旧房子，也没办法呀！后来，别人给我点了窍，说让我花钱把刘治泰的房子买下来。我的天，这老房子在地主家时本是马号，老年老月的了，椽也朽了，瓦也朽了，雨天漏得像草筛。我连我那一半也要拆掉，还买他这一半朽木朽瓦做啥？这不明摆着坑人吗？

再一思量，不挨坑就下不得台呀！反正我急着他疲着。我的三个娃子一排排高，连一个媳妇也没娶回来，净等房子咯！

我就托人去跟刘治泰商议价钱，支书要价的口开得多大！大得怕怕！我是买不起！

我找乡政府，不下八回，总说忙，抽不出时间解决这号鸡毛蒜皮的事。我知道这事搁政府里是小事，是鸡毛也是蒜皮，可搁我家里，就是大事。房漏墙塌，人住下害怕怕，娃子的媳妇娶回来没处安顿，我这一家人的日子怎么过？我实在想不下好办法，就打上灯笼来了……

三

“杨书记吗？喂！你们乡的清水湾，有个叫田成山的农民，为了庄基地的一点纠纷，居然挑着灯笼闹到县上来了。你把这件事处理一下吧！”焦发祥平静地说。他做一个县的党的纪律检查工作，比这位农民反映的要严重得多的违犯党纪的人和事，自然不在少数。所以，他并不激动，也没有激起多少义愤，不过是一桩小事，小事一桩，让乡上给解决了就完了。

“好的好的。闹成这样子，不像话。怪我们失职。”杨书记在电话里连连自责，并保证说，“焦书记放心，我一定亲自处理这件事。三天后，我给你汇报处理结果。”

焦发祥忙他该忙的更重要的事去了。

第三天早晨，焦发祥刚走进县里的四方水泥立柱大门，再走过水泥通道，再爬上二楼，再走进办公室，电话铃正在急促地响着。

焦发祥抓起电话筒，扣到耳朵上，似乎那耳机漏电，他的耳朵以至全身都颤抖了一下。电话是市纪委打来的，说是本县清水湾一个名叫田成山的农民，挑着灯笼到市委大门口名为“寻找真理”，实际是喊冤。

怎么搞的？焦发祥真有点头疼了。

他没有从耳朵上取下话机，就拨通了乡上的电话，点名要乡党委杨书记说话。

“已经处理了。焦书记，关于清水湾田成山的问题，我昨天已经严肃地处理了，具体意见是这样——”焦发祥耐着性子听着，电话耳机里传来杨书记洋溢着工作热情的声音，“昨天，我找田成山谈了话，明确向他指出，为个人的一点纠纷，打着灯笼大闹县委，影响了县委机关的正常工作，是无政府主义的表现。经过教育，田成山已经认识到自己的行为的严重后果，破坏了安定团结的大好形势。我已经严肃地向他指出，这是‘文革’流毒，是‘自由化’的影响。经过调查，田成山‘文革’中虽然没参加派性组织，但他的老婆是个厉害手，当时在村里参加过一个组织，不能说不受影响。考虑到田成山是个普通村民，不是党员，再不好做什么处分，教育一下算了。这件事背后有没有背景，尚待进一步了解。我想，凭田成山这样的笨佬儿，怎么会想出挑灯笼这样蓄意影射的鬼招儿？怎么会说出‘寻找真理’这样高级的话语？……”

“好了好了，你真是动了脑筋了！”焦发祥真是哭笑不得，再也没有耐心继续听下去，“你对这件事处理的后果呢？”

“我开头说了，田成山承认他的行动是错误的。”杨书记的声音依然不丧失热情。

“你知道吗?”焦发祥嘲弄地说，“田成山把灯笼挑到市委大门口去了!”

“啊?”杨书记骤然变粗了声音，出气声都特响，“这家伙真不像话!”

“想想我们自己像话不像话。”焦发祥冷冷的口气，“照你这么弄下去，田成山赶明日该挑着灯笼上中南海了!”

对方似乎一下子醒悟了他并不满意他的汇报，半天还不上话来。

焦发祥生气地放下话机，对司机传话：“走一趟清水湾。”

四

清水湾三面被坡丘包围，一面出水路，坡地上多柿树、杏树和桃树，正是落叶时节，看不出一年中最好的景致，但一望而知，春天的花和夏天的果一定会是十分受看的。村前有一弯簸箕似的平川，种麦又种稻。一看便知，这个小小的村庄是本县山区一个独厚于天的角落。

七八十户村民，不用广播，村长从东到西吆喝了一遍，男男女女就聚集在村子中间的会场上来了。

焦发祥让村党支书刘治泰把县政府关于给村民划拨庄基地的××号文件宣读一下。

刘治泰高个儿，头顶谢了发，光秃秃的脑门，在秋天午后的阳光下亮闪闪地放光。他的嗓门清脆，朗读能力不错，大声宣读完文件，一只手拄在临时搬来的桌子上，一只手插在腰间，向全体村民讲话："按照县政府文件精神，拨下新庄基，老庄基交集体统一筹划。我先做检讨，我没有及时搬迁老房子，影响了田成山同志盖房，是我的懒病致的。我总怕麻烦……"

焦发祥不由得瞧瞧这位年近六十的老支书，真是聪明剔透！他没有让他做检讨，甚至连问这件事也没问，他立即意识到了，毫不勉强地检讨了。他原想，开起群众会来，当众查问这件事，把刘治泰的大脸伤一伤，比他对他单个说话也许效果好些。现在，刘治泰已抢先走到他前头了，他就问："这回说准日子吧！田成山的娃子等着盖房娶媳妇哩！"

"明天就下手！"刘治泰说，"只要不下雨。"

"听说有一阵子你想把朽房子卖给田成山，这话当真不？"焦发祥问，发起事端来。

"有这事！"刘治泰面不改色，满口应承，"那是成山托人说话，要买，我后来想想，不能卖，卖了成啥话了！"

焦发祥站起来，说："治泰同志，据说这房子原是地主家的，你和田成山都是分下的胜利果实。你没卖还算好，你要是把这号都快倒塌的房子卖给成山，我说一句不大中听的话，你的心就太黑了——"

焦发祥停顿一下，侧过头瞅瞅，刘治泰的脸红了，红得像个猪肝。他继续说下去："你想想，分地主的马号，是胜利果实，没人朝你要一分钱吧？你而今拨了一方新庄基，也没人朝你要一分钱吧？你把老房子撑在那里不拆，田成山无法盖房，你要是想借那点儿朽木朽瓦坑田成山一笔票子，你想想，不要说你够不够个共产党员，你还有没有人气儿？"

刘治泰低下头，耷拉着眼皮，捉着短管旱烟袋的大手在抖索，尴尬地笑着，不搭腔。

焦发祥说到这儿，自己却无端地动情了，说："清水湾的乡亲们，我在咱们县上工作了十年，没来过这儿，想不到咱们县竟然有这样一块好风水的地方。刘治泰同志呀！甭忘了你是共产党的干部，姓共不姓坑，要是坑群众，就跟国民党的保长一球样了！你甭把这样好山好水好百姓的清水湾，给搅和成一个浑水湾……"

他的嗓门被清水湾村民的呼喊和掌声湮没了。

焦发祥猛然瞅见，乡党委杨书记也站在人窝里，使劲鼓掌，这家伙啥时候赶来的呢？

五

吉普车驶出清水湾，在坑坑洼洼的土石公路上疾驰。秋天的田野，秋庄稼收获净尽了，冬小麦泛起一抹新绿，田埂上和灌渠上到处堆着一垛一垛变成黑色的苞谷秆子。夕阳如金。

司机低声咒骂着这该死的道路，颠得车子哐啷啷响。

焦发祥和杨书记并排坐在后椅上。

杨书记深受感动地说："焦书记，你真是名不虚传，实打实干。我刚才在清水湾，听你讲话，深受感动！你看问题深刻，真深刻！"

焦发祥不动声色，却苦笑一下："你甭来这号醋熘白菜好不好！我有哪一句话说深刻了？共产党干部不准坑群众，这算什么深刻道理？笑话！那不过是一句实话罢了！"

"清水湾群众称你为包文正，秉正无私！"杨书记仍然沉浸在自己的世界里。

"可悲！"焦发祥自嘲地笑笑，"一个共产党的领导干部，仅仅够上封建社会一个清官的标准，还值得称道？"

杨书记有点悻悻然了，点燃一支烟。

"还是谈谈你对田成山的处理问题吧！"焦发祥歪过头，盯着杨书记，"我给你打电话，让你处理他和刘治泰的庄基地纠纷，你怎么反倒查起他老婆'文革'时参加什么狗屁组织的事来？"

"哈呀！我领会错了，领会错你的意思了。"杨书记不好意思地笑了，"我以为田成山在县上胡搅蛮缠，闹得不可开交……"

"你为啥首先没有想到是刘治泰欺侮了田成山？"焦发祥问，尽量使自己的语气有亲切的气氛，"田成山找过你好几次，你按说该了解其中曲直，你不给他解决问题，反过来还要查他在'文革'中的表现，还要进一步查他的背景，还怀疑谁教给他的‘寻找真理’这样‘高级的话语’。这样搞，他能服？”

“我对刘治泰身上反映出来的败坏党风的事，忽视了。”杨书记自责说，“只是考虑田成山破坏了安定团结的大局。”

“出一点问题，先在田成山身上查根子，找背景，这是一种什么习惯呢？”焦发祥盯着杨书记，“实在说，刘治泰这样的作风问题并不难纠正，只要政策和群众一见面，他就收脚蜷手了。难就难在我们的这个可怕的习惯！你想想，这到底是一种什么习惯呢？”

杨书记红着脸，渗出汗水来了。

吉普车在乡政府大门口停下来。

杨书记下了车，邀请焦发祥进去喝水。

焦发祥走出车门，手里挑着一只灯笼，笑着说：“把这只灯笼送给你做个纪念。关于那个‘习惯’问题的答案，就在这只灯笼里。你若找到了，就告诉我，再把灯笼还给我。”

杨书记红着脸，接过了那只小灯笼。

焦发祥钻进吉普车。车子在柏油公路上飞驰，他却自言自语：这种习惯！可憎的习惯！这种恶习……

珍 珠

不用收听广播电台的天气预报，我已确信室内温度超过人体常温了。墙壁是热的，桌椅是热的，窗户敞开着却没有一丝风，刚用新打的凉水洗浸了头脸，短暂的一阵舒适之后，热汗又涌流出来，胸膛里憋得人简直要窒息了。

我关了电灯，锁上门，到河边上去，那儿也许有点夜风。

古老的乡村小镇的街道上，偶尔驶过一辆卡车，雪亮的车灯，照出街道两边坐着或躺着纳凉的赤膊裸腿的男女。南街那头儿，传来一阵弦索声。拐过街心十字，声音突然放大了。远远看去，一只大灯泡吊在树杈上，亮光下围挤着黑压压一堆人。我猜定那一户居民有丧事，请来了乐人，为死者奏乐哩。一个沙哑的男声和一个清脆的女声正在对唱：

要斩要斩实要斩！

不能不能万不能！

……

待我走到跟前，一折戏刚刚唱完，从围观者的脸上，我看到了他们得到的满足。古镇上的居民，近年间虽然没有少看传统秦腔剧目，但仍然愿意听这种不化妆、不动作的对唱，主要是品尝唱家嗓音里的那一股味儿的。现在，他们交头接耳，议论中带着赞赏，说那女的唱得美。其韵味和西安秦剧团某名旦相比，可以乱真。

我早已不奇怪近年间兴起的埋葬死人请乐人唱戏这样的习俗，却着实没有见过女人搭帮当吹鼓手的。在儿时的记忆里，吹鼓手是属于三教九流一类人物的，即使十分穷苦的庄稼人也不愿将自己的子弟送去挣这种不光彩的钱。吹鼓手活着不能与正经庄稼人通婚，死后不得葬入宗族的官坟。解放后，这些陈规陋俗早已打破，吹鼓手作为一种职业存在不灭。可女人，特别是年轻女人弄这号营生，还没有亲眼看见过。

被市民、农民和拖着长布的孝子围在中间的，是十数个年龄相差甚远的一班乐人，每人怀里都抱着一件乐器，铙、钹、边鼓、板胡、二胡、梆子等。那位女乐人背对着我，短发，浑实的肩臂，雪白的短袖衫。她正用毛巾擦汗，衣领湿透了。

我的心里微微一动，似乎预感到一点什么，就从人堆的外围转到她的对面，从男人和女人的头上看过去。她正好放下毛巾，抬起头来。唔！珍珠，果然是她，我的学生，印象里比较深的珍珠！这是实在没有料到的事。

她坐在那里，坦然而又庄重，没有羞怯，大约早已习以为常了。任前后左右围观的男人指指点点，纷纷议论，她似乎一概听不见，不予理睬，也不看任何人，只听着班主小声暗示着什么。梆子“嗒嗒”一响，板胡悠扬的音乐跟上来，下一折戏又开始了。

我立即转身走开，许是不愿意在这样的场合听珍珠唱戏，许是怕珍珠偶然看见我会使她难堪。心里却不知是一股什么味儿。

星光灿烂，月色朦胧，小河两岸的杨柳现出山峦一样的轮廓，发出轻微的哗响，稻田里的青蛙在悠悠地叫，萤火虫一闪一闪，微微的河风从河道上吹下来，夜是这样静，陇海路上东来西去的列车隆隆驶过，夜更显得静谧了。我坐在柳树下，看着星光粼粼的河水，点燃一支烟……

两条又粗又长的黑辫子，胖胖的紫红的脸膛，两只黑乌乌的大眼珠，活脱就是两颗晶莹的宝石，这是田珍珠。她是班长，又兼着学校文艺演出队队长，舞蹈和歌唱，都是学校里拔尖的。尤其是她表演的秦腔清唱，音色纯正，韵味悠长，学校附近村庄喜欢秦腔的农民，听过她的演唱，是很受欢迎的，热心地议论，说有这样好的嗓门，应该到剧团去。

我曾试探过，她说她爱念书，不想去做演员。我很赞成她的志向，因为她不光擅长演唱，学业也很好。

记得有一天后晌，放学了，她抱着一摞作文本，走进教研室，放在我的桌案上，敬过礼，就把书包往后一甩，走去了，刚要出门，坐在门口办公桌边的李老师挡住她：

“珍珠，不要走！”

她站住。宝石似的黑眼珠盯着李老师，“有什么事呀？”

“唱一段戏！”李老师笑着说。

她不好意思地笑了，又回头看我一眼，似乎在问，唱不唱呢？

李老师是个秦腔迷，自己就会拉板胡，说时已经从墙上取下板胡来，调着弦。

郑老师是刚从师大毕业的青年教师，也笑着凑热闹：“已经下班了，该活动活动，娱乐娱乐了。来啊！”

我笑笑，“唱吧。”

珍珠放下书包，大大方方站得舒畅些，问：“唱什么，《山花烂漫》？……”

“唱《游龟山》里《藏舟》那一段！”李老师点出戏名来。

“那是老古董，现在不准唱！”珍珠说。

“没事儿。”李老师坚持说，“放学了，谁也听不见，我们一听就完了。”说罢，已经拉响板胡，开始了悠扬的“过门”音乐。

珍珠唱起来：

耳听得谯楼上起了更点，

小舟内，难坏了胡氏凤莲。

……

我对秦腔没有特殊的爱好，听听也觉得挺合兴味，不听也无不可。珍珠这段唱腔的韵味，我是从李老师入迷的神态里间接感受的。他歪着头，闭着眼，拉着板胡，从脸上的表情看，已经忘记自己是坐在一所乡村中学的语文教研室里了，大约已经随着渔家女儿胡凤莲细腻的心理抒情，进入月光下的河边小舟之上了。

珍珠唱完，弯腰深鞠一躬，背着书包跑了。李老师睁开眼，屋里只有绕梁的余音。他明显带着戏瘾未足的遗憾，快快地松了板胡弦索，挂在身边墙壁的钉子上，感叹着："这女子她爸她妈都是老实巴交的农民，她却会唱戏，真是天生就的……"

这样的事在我心里本来留不下任何记忆的。可是，随之而来的一场运动把它冲刷出来，竟然成为终生难忘的一件憾事。

横扫一切牛鬼蛇神。铁帚之下，举世混沌。笔枪舌剑，唾液溅飞。为了生存，就得杀戮。教师们全都失掉了往日里文质彬彬的风度，自相残杀，企图洗清自己，把一切能抓到的脏物秽什抹到别人脸上去。中学生们理论有限，拳头出手比文章出手自然更方便些。为了躲避学生的拳头砸到自己的头上，于是就有人给学生把方向和目标指向与自己毗邻的窗户……

我被第一个推到斗争台上。

李老师出面揭发我培养黑苗子，唱才子佳人，到处放毒。似乎不能理解，这却是事实。人在非常的生活环境里，会突然亮出你从来没有见过的那一面。小郑也出来做证，他和他结成同盟了。现在，李老师点出田珍珠，要她揭发。三人证龟龟是鳖了。

珍珠站在班级的混乱的队伍中，我不敢抬头，看不见她的脸，只听见李老师催促了几次仍不见珍珠走上台子来。

学生中有人呼起口号：打倒保皇派！

我盼她走上台来。因为对我已经是无所谓了。即使珍珠不承认，也不能使我免罪。我倒是盼她尽快解脱。她是学生。

台下一阵骚动，嘘声、骂声轰轰而起。我悄悄偷眼一扫，田珍珠从操场上的人窝里挤出来，夺路奔逃向校门口去了。操场上一阵一阵“打倒保皇”的口号声把她轰走了。

她大约再没有到学校来。

李老师得意的时间也不长久，又被别的老师和学生攻倒了……他和我一样，由学生监押着，在附近农村强迫劳动改造。

翻了一天稻地，我觉得浑身的骨节似乎都松动了。在农民家里喝了一碗苞谷糁，躺在村外打麦场的场房里的麦草地铺上，一动也动不了。李老师比我年龄大，身体更差，仰面躺着，半张着嘴，微弱的灯光（十五瓦灯泡）下，那张脸活像一张死人的脸。他比我更吃不消。

村里的大喇叭传来响声，我听出，是公社文艺队今晚到这个村子来演出。一个一个时兴的节目进行下去，我没有兴趣，却吵得睡不着。李老师轻轻呻吟着，也是无动于衷地僵死似的躺着、听着，不管愿意不愿意。

“刁德一要的什么鬼花样……”

这是正在演出《沙家浜》中《智斗》那一场颇为精彩的选段。阿庆嫂的扮演者是珍珠。这折戏一开场，我就听出珍珠的嗓音，心里一动，静静地听着从仓库式的场房的小窗户里流进来的演唱声。又听到田珍珠的嗓音了，我的心里似乎稍为轻松，她能参加公社文艺队，肯定再不会因为保皇的臭名而痛苦了。

我看看李老师，半张着的嘴早已合紧，也停止了呻吟。听到“鬼花样”这一句对唱唱词，他忽地从地铺上跃起，噼啪两声关上仅有的两个小窗的木扇。

“这是样板戏!”同铺的郭老师威胁说，站起来，又打开了窗户木扇，“反正睡不着。”

我似乎一下子意识到某些令人快慰的东西，是一种报复的心理活动吧。也许是李老师忌讳“刁德一”这个名字，因为学生早已偷偷给他起了这个外号，而且广为流传。也许田珍珠优美刚健的嗓音，现在对于秦腔迷李老师来说，不是一种艺术欣赏的享受，而是一种嘲弄吧！真是自食苦果，此刻谁能为他解脱呢?

我和李老师都被划成“内部矛盾”，回到学校，又坐在一间办公室里，小郑已经是学校革委会的负责人之一了。我和他，整天进出一个门，谁和谁从来不说一句话。

这天晚饭后，李老师走进我的宿舍，笑笑，一点也不难为情："咱们谈谈心。"谈心本来是同志们一种自觉的交流感情的需要，那时却带有某些令我胆怕的味道，然而又不敢拒绝。不管这场谈心成功与否，我和李老师总算说话了。这对我来说，也觉得稍有宽释，毕竟是在一个办公室进出。

时过两天，李老师又约我到他屋子去坐坐，我去了。刚进门，屋里坐着一位陌生人。李老师介绍说："我的大哥。"接着告诉我，他的大哥刚刚从县上调到这个公社来当书记了。

他的大哥很客气，早已站起，给我递上一支烟。我受宠若惊。那时节，我是自惭形秽的，能受到公社书记的这样客气的礼待，自先诚惶诚恐了。我坐下，对着他划着的打火机，点着烟，却不知说什么好。

李书记问我的家庭状况，儿女，妻子，父母，工资收入，生活状况。我尽可能用最简短的话回说清楚，而且一律都说成"可以凑合"，不需要麻烦打搅别人帮助解决什么困难。

"公社搞了一批机动粮，解决机关里一些同志家庭吃粮的困难。你晚上带一条口袋，到公社会计那儿去。"李书记说，"我给他招呼一声。"

"我家粮食够吃的。"我说，"感谢您关照。"

"我听他说你家吃粮很紧张。"李书记指着他弟弟李老师说，"我听他说你是个好人，你们关系不错，所以……不要客气。"

我不敢再拒绝了，这里头似乎牵扯到我和李老师刚刚经过谈心所取得的感情和关系上的初步弥合……

“要不是这样吧！”李书记站起来，“我给你们弄好，放在我的房子，你回家时从我那儿带走，免得在学校造成影响。”随之给他家老二说，“晚上你把口袋送到公社去。”

也许是李老师对于《藏舟》事件果然懊悔了，以此来补救他的良心？李老师去公社给他大哥送口袋去了，我坐在房子里，很不安静，左猜右想。如果不是良心发现，何以又要给我弄这些粮食，而且是公家牌价。当时的粮食，那是紧张而又紧张的。如果真是这样的话，我可以不必再计较了，作为特殊的社会环境中的不正常现象，予以忘却。

“嗒嗒嗒。”

有人敲门。

我拉开门，珍珠站在门口，正在月亮光里锁车子。

“我来请你给我出点主意。”珍珠一坐下，似乎很急，气也有点喘。

我给她倒下一杯开水，放在桌上。

她变了，几年不见，已经完全由一个小姑娘长成一位俊秀的大姑娘了。她似乎知道自己长得出众，所以更多一层拘谨，比唱《藏舟》时拘谨多了。

她的丰满的额头上扑散着刘海，两道黑黑的眉毛朝鼻梁上方挤来，眼里现出一丝焦灼的粉红丝膜。什么事难为她了呢？

“公社调来了一位李书记。老师，你认识他吗？”

“见过一面。”

她顿一顿，扬起头，像是下了决心：

“他托人给我提亲……”

“和谁?”我问。

“他儿子。”

“噢!”我问,“你没见过吗?”

“见了。”珍珠说,“是个跛子。”

“噢!”我一惊,又问,“人品怎样?”

“流里流气。都二十八了。”珍珠说,“那天,介绍人把他引到我屋,三句话没说完,就动手动脚……”

我的心失掉了平稳,怦怦跳了。可是,婚姻之事,我怎么说呢?想想,我忍住气说:“这是你的事,由你做主,自己做主吧。”暗示是很清楚的。

“我的主意没乱。”珍珠说,“我爸我妈都很害怕,要我答应这桩事呢!”

“你父母都是社员,务庄稼的,怕什么?”我说。

“听人说,李书记原先给儿子强订一个媳妇,女方不愿意,父母倒霉了,寻缝找碴儿,开会批斗,老汉气疯了!”

“你要征求我的意见……我说……”我说不顺畅,心里憋得慌,“自己一定要有主意。”

珍珠感激地点点头,流出泪花来,说:“你要有空,到我屋,给我爸我妈开导开导。”

“行。”我说。

珍珠走了。我送她到校门口,看着她在月亮下渐渐模糊的身影,长长吁出一口恶气。

刚回到屋里，一支烟没抽完，李老师进来了。他笑着，亲热地笑着，活像刁德一。我知道他和他的书记哥给我粮食的原因了，也明白他找我谈心的真实动机了。果然，他一开口，就说到婚事上来：

“那女子信赖你，你是班主任，给咱侄儿帮帮忙。我和家兄日后给你帮忙……”

我真想说：把口袋给我！立即给我！那样的麦子我能吃下去吗？想想，这要坏事的。不仅我日后有难以预料的祸事，而且可能给珍珠带来更糟的结局。我装出笑脸，哈哈笑着，欣然应允：“只要李老师瞧得起，我跑一步路怕啥？事情办成办不成，我尽心跑路！你放心！”

我在第二天晚上，去到田湾村，我狠狠地批评了那一对糊涂胆小的夫妇，又和他们商量出一些可能出现麻烦时的对策：俩老人继续装糊涂，万事由珍珠做主！

“俩老人满心欢喜，珍珠还不通。”我给李老师汇报此行的收获，“慢慢来吧！”

不久，我调走了，到了这个乡村古镇的中学。珍珠的事虽令人惦念，但结果是早就清楚的。

过了两年，见到田湾村另一个学生，谈到珍珠，说是她结婚了，就和原来班里一位同学刘鸿年结婚了。刘鸿年是个在我印象里很好的学生，他们的结合，该是美满的，我心里释然了。

她怎么干起吹鼓手的营生来了呢？

夜很静，热气渐渐退去了，夜气凉凉的，我走过小镇回家的时候，从那家门里传来弦索和隐隐的唱戏的声音。中夜以后，按习俗该是在死者的灵柩前头奏乐唱戏了，直到天明。

我坐在屋子看书，有人敲门。

"老师，让我好找!"珍珠进来了，"早就听说你在这儿，总是没机会见你。人埋完了，我也完事了，打听了几个人，才问到这儿来。"

她大约三十多岁了，有一股强悍的气息。脸上淌着汗，扑着黄土，不用我招呼，自己从竹竿上抽下毛巾，在脸盆里洗。

"我当吹鼓手了，老师！学生给你丢脸了!"她洗毕，坐下，自己这样解嘲说，"人都想门道挣钱。我凭我的嗓子挣钱，不偷不抢，管它名声好听不好听。"

我给她沏下一杯茶，很想得知我走后她的婚姻问题，倒不在乎她做吹鼓手丢人不丢人。

"李书记给我许愿，保证给我解决工作问题。我不想要这样的工作，回绝了。那个跛子又往我屋跑了几次，我一见他来，就从后门溜走，整整一天不回家。这样也不是办法，跛子最后一次来，我把他从门里推出去，把点心和酒瓶，扔到街巷去！跛子脚下不稳，在门外滚倒了。他爬起来胡叫乱骂。我关着门，在院子里气得打战。我村的乡党动了气，小伙子们把他轰出村去了。

"李书记恼了，把我的党员审批表退回支部来。老支书悄悄给我说：'以后再说吧!'我心里清白，李书记在我们公社，我入不了党了。

“第二年，甘肃一家县剧团到西安招收秦腔演员，我去报考，选中了。剧团的人到公社来给我办手续，李书记眼窝一瞪，手一挥，说我这不好，那也坏，把人家撵走了。我念书那时候，还不想当演员呢，这会儿想当却弄不成了。连公社机关的干部也气恨，下乡到俺村来，也骂他，说人家珍珠这不好，那不好，你为啥还给你儿子恋媳妇？狐子吃不着葡萄，就骂葡萄是酸的！

“我和鸿年结婚了，穷是穷，心里踏实。现时有俩娃娃了。”

她叙说着，似乎有点气，却不甚厉害，像是已经很久远的事，没有任何动气的必要了。我就信口说：“还好，没有出大的乱子。我还担心那人给你搜事整人呢！”

“我后来知道，他调到咱公社当书记，就是先前给儿子逼着订人家一个姑娘，在原先那个公社搞臭了，才调到我们公社来，在我这件婚事上，他不敢像先前那样明目张胆……”

“唔。”我问，“你家里现在生活怎么样？农村政策宽了，好一些了吧？”

“生活好多了。”珍珠说，“我和鸿年包了五亩地，今年夏粮收了三千斤麦子，两年也吃不完。他在家种地，闲时养蜂养鸡，一年收入成千块。我跟上这些人搭班唱戏，一年也能挣成千块钱呢！”

“能挣这么多吗？”我暗暗一惊。

“能。一天一夜，给死人唱七八折戏，挣二三十块钱。一月至少有五六次，冬天丧事更多些，常是从这家唱毕，又赶到那家。”珍珠说，似乎很得意，“人说当吹鼓手丢人，我开头也觉得羞愧，时间长了，惯了。老师，你看，我弄这事丢人吗？”

我回答不了，勉强应付着笑笑。

“我才不管丢人不丢人，反正是凭出力唱戏挣钱。”她自己回答说，“我不偷不逮，不贪污不受贿，我比那些人光荣！现在，不比念书那阵儿了，要养娃娃，要过日月，要挣钱！”

我不想评论吹鼓手比贪污受贿到底光荣多少，却是深深感到，坐在我面前的珍珠，已经不是在我当班主任时候的那个珍珠了。

毛茸茸的酸杏儿

整整十年过去了，姜莉一想到吃过的那一次酸杏儿，嘴里就会有酸水泌出来。

十九点整，中央电视台的新闻联播节目准时开始。姜莉坐在沙发上，右腿压着左腿，左手握着茶几上的细瓷茶杯，看着中央台那位熟悉的男播音员开始介绍今晚的节目内容。她的儿子正趴在隔间的小桌上赶做作业，厨房里传来碗盏盘勺的碰撞声，那是她的丈夫在收拾洗刷晚饭用过的餐具。读者不要以为又是什么“妻管严”造成的家庭内部的谁怕谁的乏味的笑料，其实是爱好和兴趣造成的这种格局。姜莉每天必看不辍的是新闻联播，而对那些装腔作势的电影或电视剧简直不能容忍。一当新闻联播结束，她就回到隔间的办公桌前开始工作，批改学生作业或者备课。她的丈夫和儿子，正好相反，对国际国内的新闻时事毫无兴趣，任何低劣的故事片却可以耐着性子看到电视小姐向观众致“晚安”的时候。

这是一天里最恬静的半个钟点。电视机前静静地坐着她一个人，手握一杯清茶，看一天来在这个世界上发生的重要事件。学校和家庭，公事和私事，顺心事带来的欢乐和琐屑事惹起的忧烦，此刻都排除到心胸以外的空间里去了。

头条新闻是政协的一个首脑会议。这个会议上，集中了那么多老人。这些曾经震惊过世界，影响过中国历史进程的文才武将，现在都老了。她的父亲也老了，退休在家休养着。他原是市上的一个中层领导干部，对她生活着的这个古老而优美的城市的生活发展，也产生过一定的影响。她每每看见一位老态龙钟的老人，就会想到成熟了的杏子。成熟了的杏子把儿松了，即使没有自然的风吹或人为的摇撼，迟早还是要从杏树枝条上落下来。成熟是胜利，也是悲哀。成熟了，生命的活力也就宣告结束了。

又一条新闻。首都机场。多漂亮的建筑物。中国正在变化，北京尤其显著。一位首长即将登机出访，正在和送行的国家领导人握手告别。电视录像机一直跟着那位首长，直到他走进飞机的舱门，然后极迅速地掠过正沿着舷梯爬上去的随行人员。这时候，她瞅见了一张熟悉的面孔，自信而又顽皮地笑了一下，电视录像机切断了。

她的心里轰然一响，闭上了眼睛。

他穿着一身粗格子布料的西装，似乎是无意间转过头来，那么顽皮地笑了一下……

灿烂的夕阳给那个黄土塬坡涂上了一层绚丽的色彩，即使那些寸草不生的丑陋的断崖和石梁，此刻也现出壮丽的气势。她从公社开完知青会议，坐了三站公共汽车，在河川的一个小站下了车，把草绿色的军用挎包搭上肩头，就开始爬坡了。一条弯弯曲曲的小路在夕阳里闪晃，在山坡的秃梁和茅草间蜿蜒，把塬坡上的村庄和河川里的世界连接沟通起来。

爬上山梁，又走下沟底，跨过那一道浅浅的沟底的泉水，再爬上对过那面阴坡，就可以看见她们下乡锻炼的村庄了。沟底下好凉快哟！夕阳的红光还在坡顶的树梢上闪晃，沟底已经显得有点幽暗了。同一条沟道，朝南的阳坡上只有稀稀落落的几株榆树，干焦萎靡，像贫血的半大娃子。朝北的阴坡上，却是一片茂密的山林。刺槐密密层层，毛白杨杆粗冠阔，椿树和楸树夹杂其中，竞争拔高，争取在天空占领一块更加宽大的空间，领受阳光。蓑衣草和刺蓟、野蒿，铺满了地皮。五月里，乡村最媚人的季节。她真是奇怪，这个干巴巴的黄土高原的山野之中，竟然有这样幽雅的一块绿地。

她蹲下身来，想在泉水里洗洗手脸，甚至想扒掉长衫长裤，痛痛快快洗一洗爬坡时渗出的黏汗。她刚刚撩起水来，一个人从树后窜了出来，她吓坏了。

原来是他，正在仰头哈哈大笑。

她浑身都吓得酸软了，瘫坐在地上，流出眼泪来。开这样的玩笑，简直是恶作剧，她气恼地瞅着他，噘着嘴。

他大约意识到玩笑开得过分了，就赔着笑脸，走到她跟前，弯下腰，动手扶她站起来。

她坐在地上，一把抓住他的胳膊，在他的脊背上擂起拳头。她使足劲儿打，真打，打得那宽宽的脊背嘭嘭响。他不躲避，也不叫疼，反而哈哈哈笑着，扬着手说："打呀！砸呀！使上劲呀！看你有多大劲儿吧！打得我……好舒服哟！"

她泄气了，终于忍不住笑了，和这个活宝在一起，你永远也难憋住什么气呀！他能把人惹恼，又能把你逗乐。她停住手，泄了气儿，这才觉得膝盖上火烧火燎地疼。她低头拉起裤腿，膝盖上渗出血来了，刚才他吓得她跌扑跪倒的时候，石头蹭破了皮肤。

他看见她腿上流出血来，也愣住了，这个玩笑真是开得太冒失太过火了。

"怎么办呢？感染了会化脓的。"她有点害怕，嘴里直吸冷气。

"我有办法——"他迅即转过身，跑上坡去，在草丛里揪下几片刺蓟的嫩叶，在手心里揉烂，用三个指头捏着，直朝她膝盖的伤口上按下来。

她吓得缩回腿，挡住他的手："那是什么东西？敢乱涂！"她自小接受的是母亲或者医生给伤口涂抹紫色或红色药水，从来也没见过用这种草汁消炎治伤。

"刺蓟，消毒良药，中药材里的药名叫小蓟。还有大蓟，乡里人叫马刺蓟。"他给她介绍，说这是正儿八经的中药，"我割草割麦时，不小心给刀刃挂破了手指，用这绿汁子一涂，就消炎消毒了。好得很哪！"

“没听说过。”她疑疑惑惑。

“乡里人都知道，小娃儿也知道这窍道。”

“我可有点怕。”

“甭怕。涂上包好！”

她伸出了左腿，把伤着的膝盖弓起来，紧张地瞅着他捏着揉烂了的刺蓟叶儿的手指。他用劲一捏，一挤，绿乎乎的叶汁滴在伤口上，凉凉的，刺激得伤口更疼了，真像是涂上了碘酒一样。

他跪在她跟前，用劲地挤着叶汁，轻轻地在伤口上涂抹均匀，使绿色的液汁覆盖了红红的皮肤。尽管他努力做到小心翼翼，而整个动作和姿势，却是笨拙的，笨拙得可爱又可笑。他抬起头来，认真地问：“还疼吗？”

她不忍心使他失望，就笑笑说：“真的不疼了呢！”

他的医术得到验证，得意地笑了，说：“要是一时找不到刺蓟，还有更方便的办法，同样也能消毒。”

“还有什么好办法呢？”她盯着他问，看着他的样子，觉得很有趣，“你能当外科大夫了。”

“要是找不到刺蓟——”他说，“那就给割伤的手指上浇一泡尿。”

她的嘴里随即“噢哟”一声，脸颊腾地红了，双手捂住脸，低下头：“真不害臊！你——”

他似乎这才意识到她是一位姑娘，一个和他有严格禁忌的异性；在他得意地向她夸耀医疗技能的时候，竟然忽视了这个重要的忌讳。小时候，他和小伙伴们在坡沟里割草，谁要是不小心割破了手指，立刻就浇上一泡尿，血就止了，日后也不会化脓，可那都是些男孩子呀！现在站在他面前的是一位姑娘，一位从城市里来到乡下的漂亮姑娘。他得意中说漏了嘴，羞红了她的脸，自己也难堪了，不自在了。他忽然转过身，解嘲似的哈哈哈笑着，向对面的山坡间奔去。

她听着他的笑声和脚步声远了，扬起头，看见他在对面的山坡上跑着，撞得小刺槐和小山杨的树杆哗哗哗抖动，叶子唰唰唰响。他奔到一块树木稀少的草地上，跳跃起来，在空中挥一下手臂，又跌落到地上，再跳跃起来，像一头撒欢的小马驹。他奔到一棵大树下，一跃身，双手抓住一根横向的树股儿，凌空吊起来，打了几个大摆，又跳到草地上，顺势躺下，绿色的茅草遮住了他的半个身子和头脸。她看得呆了，跨过水渠，朝他走去。

“你狂了吗?”

“我可能会发狂的。”

“你——瞎得很!”她用刚刚学会的乡下话说。

“就是。”他心平气和地应承。

她坐在他旁边。软茸茸的胡须草给坡地铺上一层厚厚的绿毡，幽暗下来的树林里是一股股青草和野花的清香气味。她看见他躺在绿草丛中，闭着眼睛，胸脯一鼓一落。她想唱歌，想在树林间大声呼唤，想象他刚才那样蹦起来跳跃。她觉得胸膛里憋着什么，需得排遣一下，呼唤和跳跃也许是排遣的最好的办法。她终于没有开口，也没有蹦起来，只是双手搁着膝盖，一动不动地坐在草地上，清爽的山风掠过她的面颊，树叶在哗哗哗响。

她随意问："你到这儿来干啥?"

他毫不含糊地答："等你。"

她的心忽闪一下，不知该怎么说了，他连一丝弯儿也不绕。

"我一天不见你，心里就慌慌，没有办法抑制。"他说，"最好的办法，就是想法立即找到你，说几句话，哪怕从老远看一眼也好。"

她的脸上烧燥燥的，嘴里有点干涩了。她咬着嘴唇，似乎心儿要从喉咙蹦出来了。她长到十九岁了，第一次听见一个男子说他想她，离不得她，他说得凝重，一板一眼，毫不隐讳，也不拐弯抹角，赤裸裸地说出了他对她的倾慕。她回避不得，也无法隐讳，他的话堵死了她的一切退路。

她无力回避，也不想违拗自己的心愿和感情。她想听他继续说出更多的剖白的话，他已经说透了她同样想说而没有说出口来的话。她默默地坐着。

她在东田村的村巷里，在东田村田野里的小路上，在东田村山沟间的泉水旁，在东田村青年集会上，每天都有撞见他的机会。小小的东田村，街巷短浅而天地狭窄，低头不见抬头见。她的心里不知从哪天起，萌生了一种喜欢和他待在一起的永无满足的渴望。一天不见他一面，她就有一种说不清的不自在。也真是巧得很，她去泉水边挑水了，他也挑着水桶走到小沟里来了，他帮她从水潭里提上两桶水来，说几句话，互相瞅瞅，笑笑，然后挑水回家去了。他的母亲曾经给她说过，她儿子现在最喜欢挑水了，比过去勤快多了。过去，常常是铁瓢碰得缸底沙沙沙响，他也懒得去给妈妈挑一担水，她撕着他的耳朵把他从小书桌旁拉出门，把水担架在他的肩上……她明白，他和她一样，总是寻找能凑到一块的机会。可是，她和他，从来也没向对方吐露过一句心里话，更没有传递过纸条或书信。

他今天赶到半道上来等候她，是最明白无误的一次大胆的行为。

他今天赤裸裸地说出他倾慕她的话，是最大胆的举动。

她有一种预感，一种无法摆脱的逼近了的预感：似乎今天要发生什么事了！她有点害怕，却又是一种不可抗违的希冀和渴盼：她似乎意识到某种危险，却又无法拒绝这种危险的诱惑。

他站起来，朝山沟里头走去，回过头来，向她招手。

她也从草地上站起，顺着这面沟坡走上去，离村庄就会越来越远了，她有点犹豫："到哪儿去?"

"回家去也没事，走走，玩玩。"他说。

她走上去了。他在前头等她。他们一前一后走着。

"这是你的家乡，你还稀罕到这坡里来逛景?"她随口问。

"当然，太熟悉了。"他说着，转过身，停住脚，盯着她说，"那会儿没有你，我想和你走走。"

坡路越走越陡了。她从来没有在这个没有路径的山坡上走过，脚下滑滑溜溜，歪着腰，张着手，时时都有滑倒的可能。

他抓住她的手，拉着牵着，她感到好走多了。那是一只多有劲儿的手啊！走到一面塄坎下，他一跃就跳上去了，猫下腰，伸下胳膊，几乎把她提起来了。她上了塄坎，挣脱开他牵着的手，四个细长的手指，被他攥得像一把排笔一样黏结在一起了。

山坡愈来愈陡了，光线愈来愈暗了，林子里也愈来愈静了，鸟儿的叫声愈来愈杂了。她跟着他，又走上一面土塄坎，斜插着朝沟里走着，眼前闪出一个水潭，聚着一汪清凌凌的水。她在水潭边站住，弯下腰，看见水底下有一撮细沙在微微翻滚，那儿肯定是一个极小极细的冒水的泉眼儿，这是一潭活水哩！他也在水潭边站住，弯下腰来了。

她把挎包扔到地上，想撩起水洗洗脸，面孔止不住地发烧呀！她伸手撩水的当儿，看见了水中自己的影子，就停住手，呆呆地看着。她想看看此刻里自己会是一副什么鬼模样，大约傻乎乎的叫人看了好笑吧？却看不清脸色是红是白，只有一双亮闪闪的眼睛在水里闪光。

“你看什么呀？”

“鱼。小鱼。”

“嘻！哪有什么鱼儿呀！”

“不信你看——”

他挪脚站到她这一边来，弯下身来了。这个小潭的边沿的地方太窄小了，要站下两个人简直是太拥挤了。他挨着她的肩膀弯下腰，一只手扒着她左边的肩头，瞧着水潭，煞有介事地瞅寻小鱼儿的踪迹。

“鱼在哪儿?”

“在那儿。”

“我怎么看不见?”

“那根水草底下。”

“那不是小鱼。”

“那是什么?”

“是小虾。”

“山坡上哪来的小虾?”

“山坡上哪来的小鱼?”

她知道，其实谁也不在乎究竟是小鱼还是小虾，水潭里压根儿什么也没有，既没有小鱼，也没有小虾，只有她和他倒映在水中的脸，她和他其实都在瞅着对方的水里的眼睛。她看见的是一双火辣辣的眼睛，一双英武的总像是进攻着什么目标的眼睛，一双说不来好看或不好看的顽皮的眼睛，看一眼就会使人心跳不止的眼睛啊!

她的腿蹲得又酸又麻，从水潭边跷到草地上的时候，就瘫坐下来，双手撑着后边的草地，伸直双腿，真舒服，草枝戳得脚踝痒痒的。

“你饿不?”

“饿也得饿着，这儿没什么吃的。”

“我的挎包里有点心。”

他翻开她的挎包，取出点心，在草地上解开了。他取出一块，递到她手上说：“这是一块甜馅饼。”又拿起一块，填到自己嘴里，口齿不清地说，“这是一块奶酪。”

“洋奴！”她笑着说，“把点心硬要叫……”

“外国人喜欢野餐。”他说，“我们也权当正在野餐。要是再有两瓶汽水就更妙了。”

她仰头看看，天色已经昏暗了，树林里笼罩下一幕幽深的昏光：“天要黑了，回吧！”

“回吧！”他说。

“回家怎么走那边？”她说，“那边越走越远了。”

“地球是圆的，从这边走过去，再从那边转回来。”他说着，继续往前走。

“你呀……”她也抬起脚来，跟他走去。

“腿还疼吗？”

“还有点疼。”

“我扶着你。”

“我能走。”

他挽着她的胳膊。她没有拒绝。谁也不知道要走到什么地方去，她却依恋着他漫无目的地走着。他们走到一棵大树下，庞大的树冠下是一块平地，没有别的树木。她仰起头：“这是啥树？”

“杏树。”他说。

“树上那疙疙瘩瘩的东西，是杏吗？”

“是杏儿。”

“我们在城里买的，全是黄的。”

“没有成熟的杏是绿的，成熟了就变成黄色的了。”

“绿杏能吃吗？”

“能啊！”

“好吃吗？”

“好吃极了！”

他话音未落，已经跃身跳起，抓住一根树股儿，一蜷腿，就翻上去站到树杈之间了，一伸手，摘下几颗绿杏儿来。

她伸出双手去接，等他把杏儿扔下来。

他却笑着，晃着手里的绿杏儿，久久不松开攥着的拳头。

“快呀！丢下来，我能逮住。”

“你张开嘴巴，我给你丢到口里去。”

“你呀！真坏——”

“那……你先叫我一声哥哥吧？”

“你……先叫我姐姐吧！”

“那……你等着吧！”他把一颗杏儿填到嘴里，咔嚓咔嚓啃起来，声音好响，故意撩逗她说，“啊呀！这杏儿多香啊！”

她急得在树下团团转，跳一跳，够不着树枝。她捡起一块石头，朝他打去。他一伸手，却从空里把石头抓住了，开心地笑起来。

“你坏！”

“我坏。”

她又从地上捡起一块石头。

他笑着说：“甭打了，我拉你上来吧！你自己从树上摘下一颗绿杏儿才好吃哪！”

她扔掉石头，扬起双手。

他一只手抓着树枝，一只手伸下来抓住她的手，她就被提起来，真不知他有多大劲儿啊！她被提起，吊在空中，却不动了，吊得她的胳膊好疼。她乞求地说：“快呀！我的胳膊要断了！”

“叫声哥哥！”他在树上说。

“你——”

“叫吧——叫一声，我就有劲拉你了。”

“哥……”

她一句未出口，自己心里先轰然发热了，眼花了。她在迷昏中被他拉上树杈，脚下直打晃，从来也没有爬过树呀！她的脸上燥热难忍，脚下又不稳当，不由得搂住他的肩膀，用一只拳头在他身上砸着。他也张开一只胳膊，搂着她的腰，一任她打他砸他，发狂似的喊：“啊呀！我即使从树上栽下去摔死，也不遗憾，有人叫我哥哥了！噢哟！我要狂了……”

她坐在树杈上，羞得想哭了：“你……欺负我！”

“我叫你……”他笑着，颤着声，“姐……”

她一扑抱住他，头枕在他的胸脯上，再也说不出话了。

他把一颗杏儿悄悄塞到她手里。

幽暗的光线里，她看看那颗杏儿，绿莹莹的皮儿上，似乎有一层毛茸茸的细绒。她咬了一口，酸得她不由得挤眯了眼睛，合不上嘴巴，牙齿也不敢再咬了，却又舍不得吐掉，那酸味里有一种无可企及的香味的诱惑。

“啊呀！真酸！”

“酸才有味儿。”

“熟了是甜的。”

“熟了倒没绿着时有味。”他说，“成熟了的杏儿，把儿松了，风一吹就落地了，风不吹也要落掉了。成熟是胜利，也是悲哀。”

“谬论！”

“真理！”

她和他争执起来。其实，她早佩服了他无意间说出的话，却故意和他争执，企图引出他的更富于诗意的话来。

他却早不计较自己说过的话是谬论还是真理了。是谬论，她也不会揭发批判；是真理，也不会被谁重视到写进哲学词典，没有任何意义，随口胡诌罢了。他对她说：“我提议——”

她抿着嘴等待着，他要说什么呢？

“看着——”他指着吊在头顶的一嘟噜绿杏儿，说，“最下边这颗，你从那边咬，我从这边咬，看谁咬过谁吧！”

“坏点子真多！”她歪一下头。

“有趣儿！你试试。”他怂恿她，“小时候，我们在山坡上割草，三四个伙伴争着咬一颗杏儿，看谁咬得准……”

她咯咯咯笑着，和他同时站起，用嘴巴去吞咬那颗毛茸茸的绿杏儿。树枝晃着，杏子晃着，谁也咬不着。她开心地笑起来，他也哈哈笑着。

她没咬住绿杏儿，却碰到了他的嘴唇，一刹那间，那双强悍的胳膊搂住了她的肩膀，她也伸出了双手……俩人跌到树下去了。她和他全忘记了是站在树上。

跌下去了，俩人跌落在草地上还搂在一起。

绿叶如盖的杏树下，绵软软的草地上，她和他依偎在一起，感觉到了他嘴唇上的绿杏儿的酸味儿……

……

她招工回城了。一年多时间里，母亲给她介绍了七八个对象，她一律拒绝结识。母亲终于打听到她在下乡时交下一个男朋友，经过几次劝解，不得结果，父亲终于出面了。

“我们应该尊重莉莉的自主权。”父亲说，“但总得让我们知道他是谁，了解一下情况嘛!”

母亲憋气地斜眼瞅着她，到底憋不住了：“说呀！他是个什么人呢?”

“他是个农民。”她说，“你明明知道，还要问!”

“农民又怎么样呢?”父亲严肃地反问，“农民是我们国家的根基。我不反对你嫁给一个农民。”

母亲朝父亲撇着嘴角。

她一愣，瞧一眼爸爸，又低下头，看来只有母亲一个投反对票了，父亲毕竟是领导干部。

“爸爸自小就是农民，放羊的农民。”爸爸颇为动情，“解放后进了城，陕北家乡的农民来到咱家，我总是当上宾招待。我们怎能忘记农民父老！”

这是真的，姜莉多少次亲眼看见过父亲和陕北乡亲在家里畅饮畅谈的场面呀！

“问题不在他是不是农民。”父亲说，“干部、军人、医生，无论干什么的，主要要看这个人如何。你说说，你喜欢的那位青年农民是个什么样的人呢?”

她倒慌了神儿。是啊，她和他在一个村子里生活过三四年了，只觉得喜欢他，一天不见他就心烧神乱，却从来没有来得及想过他有什么优点、缺点。他是个什么样儿的人呢？她也说不清白。

“他家啥成分?”母亲急了。

“贫农。”她说。

“是党员不是?”

“不是。”

“那么总该是个团员吧?”

“也……不是。”

“你看看！连个团都入不上，肯定是个落后分子。”母亲很得意，“你怎么能与这号人拉扯呢?”

“他写过申请，团支部老是怀疑他。”她说，“怀疑他想里通外国。”

“怎么会产生这样的怀疑呢?”父亲问。

“他喜欢研究国际关系。”她似乎才找到了话题，可以谈他的独特长处了，“甭看他是个农村青年，才二十出头，他到处搜罗资料，把世界各国的政治、历史、地理以及民族风俗都研究了……”

“他研究这些干什么呢?”父亲惊奇了。

“他说他将来在国家需要的时候，准备出任驻国外的外交官。”她说，“他正偷偷跟一个中学老师学英语……”

母亲早已忍俊不禁，大笑起来，胖胖的身体笑得颤抖着，掏出手帕擦眼泪。她不能忍受母亲的轻蔑的笑声，看看父亲，父亲冷漠地扭过头去，她看不清他的脸，就急忙解释说：“他对非洲最有兴趣，如果能出任到非洲某个国家，他将来要写一部研究黑人的书……”

“神经病!”母亲挥着胳膊，没有耐心再听下去，“绝对是个神经病!”

“什么‘神经病’!”她顶了妈妈一句，“我觉得他……”

“起码可以看出他不成熟。”爸爸的语气虽不严厉，却是肯定无疑的，“莉莉，甭计较你妈妈的话，她说得不准确。我看呢？咱们既不嫌弃他是农民，也不要想高攀未来的大使。我觉得关键是他不成熟，二十几岁的人了，有点想入非非吧？我想看见你找一个更稳当更成熟的对象。”

“我只是说他的兴趣和爱好。我压根儿也没指望他当什么外交人员。”莉莉说，“我就是要跟他这个纯粹的农民。”

“你呀……你也更不成熟。”父亲站起来，摇摇头，走出门去了。

随后……她听从了父亲的指导，与父亲的战友介绍来的一个青年结识了，这就是她现在的孩子的爸爸。

他是个医生，一个真正成熟的人。他给她做饭洗衣，做一切家务中的琐屑的事，从来不厌其烦，而且根本无须她开口。他从来也没有和她争论过什么问题，更谈不到吵架拌嘴了。即使她偶然火了，他即刻就默然了，过一会儿又来嘘寒问暖。他从来也不说长道短，出门上班，进门做饭，他从来也不谈及医院里的任何是非，更不会像那个不成熟的乡村青年张口东南亚时局，闭口非洲大陆的干旱问题。她和他组成的这个小家庭，经济富裕，关系平静和谐，却也有点寂寞，甚至乏味。她从来也没有过欣喜若狂的一阵儿，也没有过心儿震颤的一刻，杏树上的那种疯狂的追逐和如痴如醉的依恋，再也没有重现过。近年来，在这样的家庭环境里，她发觉自己也变化了，变得既不会任性，也不会撒娇了，甚至说话也细声慢气的了……她也成熟了？

他说过，杏子成熟了，把儿也就松了，风一吹就落下来了，风不吹也要落下来。倒是那未成熟的毛茸茸的酸杏儿，那酸得使人不敢合牙而又不忍吐掉的味儿啊！留在心中，永难忘怀，什么时候一想起来，嘴角就会有酸水泌出来。

他在恢复高考制度的头一年，就考进了国际关系学院，而今确实做着驻某国大使馆的秘书工作。妈妈卑视为“绝对的神经病”人，现在正在重要的岗位上，为祖国服务。她既没有心思和妈妈赌什么输赢，也不是遗憾自己丢掉了这样一个体面的丈夫。她现在更多地想着的，是父亲所谓的神秘的成熟的含义。

她刚才在电视里看见他在舷梯上回过头来的一笑，笑得自负，笑得顽皮，还是那一股火辣辣的进攻的精神，却依然看不出任何成熟的标志。

他大约永远都是个不会成熟的人？

她却成熟了，不可挽回地成熟了！

丈夫心平气和地走过来，坐下了。儿子也完成了作业，在小竹椅上坐下了，晚上有电视连续剧《陈真》，爷儿俩最快活的时间到来了。

她从沙发上站起来，端起茶杯，准备去备课。当她坐在桌前案头的时候，却怎么也集中不起思维来，眼前总有那么一嘟噜毛茸茸的酸杏儿……

送你一束山楂花

一

末班远郊公共汽车开进桑树镇，夜幕已经笼罩了这个平原上的古老小镇。正是伏天，街巷里拥拥挤挤的房屋门口，坐着或躺着乘凉歇息的小镇市民，消停而又悠闲。

“票?”女售票员在车窗口喊，“背被卷的——你的车票?”

他知道是喊他，把背在肩头的被卷放下来，提到手里，转过身来，看见女售票员从车窗口伸出乱蓬蓬的烫发头，一双审视严厉的眼睛正紧盯着他。他说：“没有票。”声音的沉静使自己也暗暗吃惊了。

“一块钱。”她说得干脆利落，“加罚一张票。”

“钱没有。”他的声音愈加沉静，沉静得有点阴冷，“要这捆被子吗?”

“你——”她噎住了，也火了，瞪起眼，声音提高了，“你在哪个单位?”

“我?”他冷笑一声，依然沉静地说，“刚从监狱放出来。”

“唔……”中年女售票员眼里掠过一缕不屑纠缠的鄙视神色，立时把头缩回车窗里，把穿着白衬衫的脊背转向车窗，车门“咣当”一声关闭了，公共汽车掉过头开走了。

他把被卷重新挎背到肩上，报复似的瞅着车尾上扑闪扑闪发亮的红灯，转过身，走进小镇。

二

他的一个远门哥哥的箱子里藏着百十本中外古今的文学名著，全是买不到也借不出的稀罕宝贝，他馋涎欲滴，整天围着哥哥家的门楼踅磨。为了讨好哥哥借给他一本书，他自觉替哥哥家挑水，推土，作为读书的报酬。借读过《静静的顿河》和《血与沙》之后，哥哥再不给他开那只油漆成红色的木箱了。

“不敢再借给你看了，要是别人发现了，说我贩毒，我受得了吗?”

像狐狸看着够得着而拿不到的葡萄，他简直想给远门同族的哥哥下跪了。没有办法，他太喜欢读书了。他忽然急中生智，恳求说：“那你……把这一箱书……卖给我行不行?反正你也不看。”

“敢卖吗?这是禁书。”哥哥说着，瞟了他一眼，试探地问，“你能买得起吗？我买这一箱书，花过不少钱哩……”

远门哥哥比他大不过十岁，读中学时，也是立志要当中国的第二个巴金。“文革”中回到黄家坪，娶了媳妇，生了儿女，现在早已成为方圆十里心灵手巧的一位木匠师傅了。他的这一箱子文学书籍，有的是他上学时省吃俭用买来的，有的则是在学校“破四旧”当中从火堆里偷抢出来的。哥哥现在已经无暇翻阅这些书籍了，他要养育儿女，他要挣工分，他要出门给人家打家具以挣取一家人的吃穿用度。他意识到，哥哥大约想用这一箱书换得买粮食的钱，就不顾自己买得起与买不起，不失时机抓住哥哥已经流露出来的话柄。

“你甭管我有钱没钱。只要你卖，钱，我会想办法的。”

“……”哥哥嘿嘿嘿笑着，达到卖书——化废为宝的目的了，叮嘱说，“千万甭张扬……”

……

一月后，他被逮捕了。罪证确凿，偷卖生产队化肥，有买化肥的外村人的证词。他没有抵赖。公安人员在搜查他独身居住的简陋厦屋的时候，却意外地发现了一箱“封资修”的坏书和两本内容“反动”的日记。于是，问题的性质立时转化了，本该拘留教育的小偷小摸，一下子变成“思想反动”的政治案件，判处有期徒刑七年，一切都顺理成章……

“对你的政治问题，全部推倒，平反。”公安人员说，态度是那样叫人感到亲切，“你今天就可以回家去了。”

他愣呆呆地站在办公桌旁边，突然抱住头，“哇”的一声哭了，十八岁的乡村青年，哭得浑身颤抖，站立不稳，蹲下身去，眼泪从指缝间涌流出来，滴在脚下的砖地上。

“小伙子，你的日记，本来能使你成为反‘四人帮’的英雄。可惜……”公安人员遗憾地说，“你却偷了化肥……”

他止住了哭泣，从地上站起来，平静地对公安人员说：“把日记还我，把书还我。”

“日记本可以给你，当然要给。”公安人员说，“那些书……已经烧毁了！”

三

小镇上的两家国营食堂早已插门上锁，私人开的小吃铺里生意兴隆，跑短途倒卖的商贩，把装载着鲜瓜熟果活鸡蔬菜的自行车，停放在铺店门口，一边吃着大碗宽叶面条，一边谝着西安城里农贸市场上的交易行情，津津有味。啊呀！农民敢于公开跑生意了……生活显然发生了令人吃惊的变化，他感到新奇而又陌生。他从街巷里走过去，瞅着小铺里那口冒着热气的面锅，搁在桌头的焦黄的油条，咽着唾液，照直走去。

明亮的两盏门灯下，照出一块白底红字的匾牌：桑树镇文化站。

他停住脚步，站在那白底红字的匾牌前踌躇片刻，就走进去了。小院里，挂着阅览室木牌的门口，青年男女出出进进，他三步两步跨上台阶，走进门去，自觉放慢放轻脚步，像朝拜的信徒走进庙堂一般虔诚，悄悄地把那一卷被子从肩上取下来，放到墙角的地上。

生命和活力从心底涨溢起来，面对书籍，他觉得心在胸膛里颤动。他走到阅览室套间门口，那儿正围着许多青年在借书还书，嚷嚷吵吵，挤作一团。

“我借一套《外国短篇小说选》。”他挤到跟前，恳切地笑笑，“要是不行，先借本上册。”

“你的借书证呢？”扎着两根小辫的图书管理员，事务式地问。

“我没有借书证。”旁人有人在拥挤，他急了，说，“打借条行吗？”

“回去，到你们大队开一张介绍信，领一张借书证。”图书管理员耐心地解释说，已经接过另外一个青年塞进窗口的借书证，到书架上找书去了。她再回到窗口的时候，说，“去吧，这是制度，没有借书证不行。”

他退出人窝，走到阅览室大厅里，抓起一位小姑娘刚刚扔下的杂志，是《人民文学》，已经翻揉得又烂又破了。《神圣的使命》这个标题吸引了他，他贪婪地读着，不知什么时候眼睛被泪水模糊了。

“你是哪儿的？”

他抬起头，女管理员站在面前，两只本来和气的眼睛，现在正审视他。他慌忙说：“黄家坪……”

“你们公社没有办文化站吗？”她问。

他这才弄明白，桑树镇文化站是桑树公社办的。他所归属的杨村公社办起没办起文化站呢？他在监狱蹲着，怎能知道呢！他抱歉地说："要是不准外公社的人进来，那我就走……"

"看书是可以的……只是得打个……招呼。"女管理员犹豫地说，显然是临时想到的借口。

"看书可以，可不准偷书！"

一个头发长得盖着衣领的男青年，左手插在裤兜里，右手夹着一支烟卷，晃悠着一条腿，喷出一口烟，嘲弄地盯着他说。他的胸口像扎进一把刀子，忽地从长凳上站起，攥紧拳头："你再说一遍！"

"提上你的烂被卷，滚吧！"那青年愈加得意，对围拢过来的男女老幼读者们宣传，"我认识他。他是山根下黄家坪村的保管员，偷卖队里的肥料，给县公安局逮捕法办咧！你看他那卷被子，八成是刚从劳改场释放出来的……"

众人纷纷向他投来鄙夷的眼光，图书管理员迷惑地盯着他。他浑身都像被枣刺刷子抽打着，羞愧得无地自容，憎恶地瞅着那个青年。

"哈哈哈……你可得小心哪！他会偷……"那青年讨好地对女管理员说着，三两步蹦到墙角，拎起他那一堆破被卷，一甩胳膊，扔到门外去了，"贼娃子，装模作样来看书……"

他的血一下子冲上头顶，眼里冒火。公安机关已经为他平反，这个浑蛋却在众人面前辱贱他。他忍无可忍了，扑上前，挥起拳头，照那张圆脸砸去。

那青年左手一隔，右拳直捣他的胸膛。他只觉眼前金星迸溅，跌倒在地……监狱里仅够维持生命的膳食，不能供给他打架斗殴的能量，几乎没有还击的能力了。

他抹一把嘴角的鲜血，不敢看任何人一眼，爬起来，跌跌撞撞逃出文化站，走过桑树镇的背巷，翻过河堤，在沙滩上躺倒了。

星星在湛蓝的夜空闪烁，流萤在草丛中忽明忽灭，流水在河卵石上撞出清亮的响声，夏夜是这样静谧而富于诗意。他没有眼泪，只感到嘴里的血污腥咸苦涩。他扒掉衣裤，赤裸全身，一跃扑进河水里，疯狂地扑打着河水，翻滚扑跃……

四

他正在酣睡中，被母亲叫醒了，睁开眼，从西边投射过来的阳光照进窗户来，该是后晌了。啊呀！睡了一整天哪！强烈的西斜的阳光耀得他睡眼难睁，隐约看见小院里树荫下的石墩上，母亲正陪着一位陌生的女子在说话。

“黄草同志——”

他跨出门槛，就清清楚楚看见了桑树镇文化站图书管理员的模样，听见她大方地叫他的名字的声音，一瞬间呆住了，发愣了，倒不知该怎么说和说什么了，只觉一股憎恶的火气从心底起，顿时冲上喉咙眼儿来了。他没有搭理她，掉转身子走到灶房打水洗脸去了。

“有理不打上门客……”母亲走进灶房，压低声音斥禁儿子的无礼行为，“人家几十里路赶来，就是想看你那个冷脸吗？快去，招呼一声……”

他扔下毛巾，勉强走到小院里，远远地坐在一块石凳上，冷冷地说：“噢……你来了。”

“黄草同志。”她站起来，把小竹椅挪到他对面，笑着说，“我来向你道歉，检讨。”

“唔……”他没有料到，顿时手足无措了。

“昨天晚上，主要责任在我，请你原谅。”她说得真诚，直率，“我已经做了检讨。”

她的眼神和说话的口气都是真诚的。她向他赔礼道歉，这就把他当作一个平等的青年尊重了。

他觉得心里窝聚着的火气开始悄悄飘散，反倒觉得自己狭隘而又窝囊！他慌慌乱乱点燃一支烟，尴尬地笑笑，颤抖着声音说：“过去的事了……没关系……”

“这是你的日记本。”她从提兜里取出来，送交到他的手里。他接住了。她又取出一张硬质纸印的卡片，说，“你拿这张借书证，可以随时来借书。我今日给你带来两本小说，也不知你看过没有——”

他接过那两本小说，看也不看，淡淡地笑笑，“我现在……不需要了。谢谢你的好心。”说着，把那张借书证连同两本小说书，一起递回她的手上，摇摇头，痛苦地笑笑，“我再也不读这些书啰！”

“为啥?”女管理员瞪起秀气的眼睛问。

“我要老老实实种地了。”他难受地说，“种地，吃饭；吃饭，种地；再啥也不看了，不想了!”

“噢！你是这样想的。”女管理员叹口气，“我还以为自己把一个有抱负的人挫伤了！要知是这样的话，我来不来道歉，关系不大!”

“你……”他的已经沉寂的心被猛地撞击了一下，这个陌生的女管理员一句很厉害的话，又把他的心思搅乱了。抱负!他为自己埋在心底的抱负，付出了人身和人格的双重代价，真是太沉重了。他不想跟她多说什么，她知道他受过多少难场呢?他苦笑着摇摇头，“现在没有什么抱负了……”

“这样吧：书和借书证先留下，你要是爱看，就看看；不想看了，啥时候到镇上赶集，顺便捎给我好了。”她站起来，已经推动自行车，告辞了。出门以后，她回过头来，“我叫山楂，你到图书馆一问就问到了。”

他在院里重新坐下，翻开日记。显然，昨晚失败得很惨的打斗中，日记本从口袋里遗失了，被踩烂了的几页，经人精心修补过了。他抬起头，茫然若失地瞅着女图书管理员刚刚走出去的空门洞，心里掀起一股微微的波澜，手也有点抖了。

日记本里那些密密麻麻的潦草的字行里，有的地方打上了粗粗的红线，那是公安局同志用红铅笔勾下的手迹。那些红线勾画的字句，构成了他的七年苦刑的罪证。现在看来，不过是他——一个十六七岁的初中生，对“四人帮”倒行逆施的恶行所造成的反常的生活现象的一点肤浅的揭露……踩烂撕破的地方，她给修补得这样精巧啊！

她肯定翻看过他的日记了。她还会认为他是一个贼娃子么？“我还以为自己把一个有抱负的人挫伤了。”她认为他是一个有抱负的人吗？他的心里又一次掀起一层微微的波澜。他抓起她留下的那两本书，久久凝望着书皮上的两个字：牛虻……

五

写完最后一句话，画上表示着意犹未尽的省略号——六个黑点，他掼下笔，从椅子上站起，深深地吁出一口气，又一篇小说完成了。院里的槐树上，麻雀叽叽喳喳吵闹起来。他拉开门闩，走到院子里，盛暑黎明时分清凉的晨风吹到脸上，够多痛快哇！

这是他从监狱平反释放回家的八月份的最后一天，他读过桑树镇文化站图书管理员——山楂同志送给他的两本小说之后，再也按捺不住，连续写成的第三篇短篇小说了。至于他是否对她说过“再不读书，只管种地吃饭”的话，早已不当一回事了。也许当时真的是灰心丧气了，也许是一时赌气，无论如何，他被内心燃烧着的疯狂的写作热情完全陶醉了。他白天到地里出工，待到天黑，便钻进小厦屋，关住门，任热气蒸沤，任蚊虫叮咬，发疯似的写着……他用那面小镜子照一照，看出自己脸色发灰，眼眶上罩着一个黑圈，不在乎地笑笑。他顾不得更多了。

他决定到桑树镇去，把已经写成的三篇小说投寄给杂志社，顺便到文化站借几本书。队长已经通知过他，到山里水库工地去劳动，黄家坪在那儿的民工该换班了。

把装着稿件的信封送交给邮局的那位秃顶男人，他迅即走出了邮局的绿色门框。

总算第一次给报刊投寄去稿件了，他不敢奢望一鸣惊人，却又担心失败，叫人欣喜而又惶惶不安的等待呀……

他走到桑树镇文化站门口，不由得停住脚，低头一看，结着白色汗迹的红背心太污脏了，光脚蹬着塑料凉鞋，脚面被黄色的尘土粘得一塌糊涂，要是有一双袜子穿上就好了。他想着，又无法弥补，一狠心走进门去，居然比那天晚上第一次登临更多踌躇。

“我知道你会来的。”

山楂正在院子的报亭上换贴当天的报纸，一看见他就笑了，像是对已经很熟悉的人那样随便地说，随之就把他引到图书馆里去。

“我知道你要来借书的。”她笑着，有点得意的样子，把一杯茶递到他面前。

他也笑了，没有拘束不安了，并不觉得有什么不好意思，畅快地说：“能不能多借几本？”

“你要几本？”她问。

“十本……不行的话，拿五本吧。”他说，“我要到山里水库工地去，两个多月哩……”

“你去挑选吧。”她说，“按制度一次借一本，你是特殊人物，又要进山……可以照顾。”

他在书架上巡视一遍，很遗憾，好书大都借出去了。他听着她的话里有话，就笑着问：“我怎么算特殊了？”

“哈呀！作家嘛……”她笑着说。

“呃呀！快不敢这么喊。”他确实感到不好意思，“我是瞎折腾……”

她打开一捆包扎着的书，对他说：“这是我昨日刚买回来的新书，还没造册登记哩。你……可以选择几本。”

他瞅了她一眼，就趴到那一堆新书跟前，眼花缭乱了。真有这样的活菩萨呀！他抬起头，对她说：“我真想把这一捆书全都背到山里去！”

“不要急。”她说，“我每月到水库工地去一趟，专门给青年们换书，到时候我给你带去。”

他选了几本书，包好，装进帆布提兜，想说几句感激的话，却又说不出。对于真诚实意的帮助，似乎更无必要说那些庸俗的客套话。他想说他将发奋努力，用创作成绩来回报她的热心，却也是话到嘴边又咽回去了。他终于什么也没有说，告辞了。

她挡住他：“我们就要吃午饭了，你吃罢饭再走。”

“吃咧！”他推着车子坚决出门，“我已经吃过了。”他在撒谎，口袋里所有的钱，不够吃一碗羊肉泡馍，但他怎么能吃人家的饭呢？

他走到街巷里，在小饭铺里买了两个烧饼，就跨上自行车，沿着一条宽阔的白杨夹道的河堤飞驰，一手扶着车把，一手捏着烧饼，大嚼起来……

小河川道的阳光，在中午时分简直能把人烤得熔化，他在杨柳浓荫的河堤上行走，心里鼓起多么高涨的劲头哟。有了这样一包心爱的文学书籍，山里水库工地的劳动生活，也不会像从那儿回来的人说得那么艰苦到甚至可怕的程度了……

六

山区的夜晚是这样静寂，静得使人的耳朵里反倒有许多莫名其妙的声音，他趴在被卷上，垫着一块木板，写他构思的又一篇小说。茅草苫顶的临时工棚里，现在只有他一个人。县剧团到水库工地来慰问演出，又是社员们多年不见的传统秦腔剧目《铡美案》，他们早在吃罢晚饭以后就去占领好位子了。

他自告奋勇留下来看守宿舍，这是难得的读书和写作的机会。平时，他跟大伙一起出工，抬土或者抬石头，累得精疲力竭，晚上躺在工棚的通铺上，这些远离家乡的男人们，说出一个又一个酸溜溜的男盗女娼的故事，引得哄堂大笑。他常常在晚饭后到天黑前的这一段宝贵的时间里，躲到山沟水泉边去读书；回到宿舍以后，就耐着性子听那些越说越不堪入耳的故事。工地每周放映一场电影，总是由他看守宿舍，求得这一周一次的难得安静的夜晚。他不要娱乐，也不要休息。他这样想：如果他劳动完了睡觉，睡醒来再去劳动，那他就永远只能是一个普通农民；他要当作家，就得在劳动和睡觉以外，另有一番辛劳啊！

夜是这样静啊！偌大的工棚里挂着一盏风雨灯（马灯），昏黄的灯光下，更衬托出夜的安谧，他就着灯光，写啊写着。

“黄草同志在这儿吗？”

他抬起头，以为是耳朵出了邪音，可是朝门口一看，她——桑树镇文化站图书管理员——山楂同志，活脱脱从门口走过来了。他连忙应了一声：“在哩！你怎么到这儿来了？”

“好难找哇！”她说着，已经走到马灯下。

他慌忙从床上跳下来，不知该让她往哪儿坐，工棚里没有一条凳子，似乎现在才切实感到是一个缺憾。他问：“喝水吗？”

她笑着摇摇头，随便坐到麦秸铺床上，双手掬着膝头，说她随着县上组织的慰问团，给工地送图书来了。

“我猜你肯定不在剧场。”她大声响亮地说，“问了几个人，才找到这儿来，给你带来几本书。我说话算话吧？”她有点调皮地对他笑着。

“呀！啊……”他无法抑制自己的激动。如果这样的行为是从小说书里读到，他可能要怀疑其真实性，甚至问：世界上哪有这样好心的人呢？嗬呀！他搓着双手，在狭窄的通铺之间的走道上踱步，如果送书来的是一位小伙子，他会把他抱住，捶肩砸背，淋漓尽致地表达他的感激之情。然而这是一位姑娘，在这样寂静的大山的怀抱里，在这样昏黄的风雨灯的灯光下，他的心在猛烈地跳动，却不得不警告自己保持冷静，坐在稍远一些的草铺上，和她保持一定的距离。

"我给你捎来一封信。"她在背篼里翻着。

什么信嘛，是退稿。他接过一看，稿件中间夹着一张铅印的退稿笺，连一句意见也看不到，真是令人失望！他把稿子重新塞进信封，扔到被卷上去了。

"你怎么把信址写到俺们文化站呢？"她不管他的稿子的结局，随意问，"差点让站长给邮局退回去了。"

他不好意思地解释说："我没有办法。自从我的日记出了问题，我爸就不许我写字动笔了。他一发现我写的东西，就全都塞到灶锅下去了。我怕稿子退回来，落到我爸手里。想来想去，我想你那儿倒是保险些……"他想说他已经完全信赖她，却不好意思说得那么清楚。

"噢呀！是这样。"她爽快地笑起来，"只管写吧，我替你收存，万无一失，放心好咧。"

"要是你收到退稿，悄悄地存放在你那里，甭声张。"他恳切地说，仍然觉得难为情，"有些人听说我写稿，冷砸刮我哩！讽刺人的话，难听死了……"

她庄重地点点头，表示理解他的心情，却不像他有那样重的心理负担，淡淡地说："我们文化站评选先进工作者，把我评上了，评上了倒像遭了灾，斜眼杂话一齐朝我飞来。没有办法，有些人干工作没劲，‘砸洋泡儿’尽是精神。要是害怕别人说杂话，那就干脆什么都甭干。”

“对对对！”他赞同她的话，“我缺乏你的这点子精神，总是……自卑！”

“我回去了。”她站起来，就朝工棚外走去。

“我送你。”他鼓起勇气说，“这儿山大沟深，很怕人的。”

她没有拒绝。

月亮贴在山顶上方的蓝天上，银光洒满山沟；山峰遮挡着月光，小路忽明忽暗。她走在前头，他在后面跟着。曲曲折折的小路，在山沟的草丛中蜿蜒。夜露已经潮上草叶，脚背上有露水浸湿的凉意。

这是很容易使人动情的夜晚。他平生第一次单独陪着一位年龄相仿的姑娘，在这样寂静的山间小道上走路，心在胸膛里怎么也平静不下来。

“哟！把一件事忘了告诉你。”她走着，说着，“我把你的情况给辅导创作的张老师汇报了。他说县上以后召开创作会议，通知你参加，还托我给你带来三本稿纸……我差点忘咧！”

“噢……噢……”他应着，已经无法考虑文化馆的张老师是否真的会通知他参加县一级的创作会议，他在想：她和他是不是在恋爱呢？她对他的关心和支持，难道仅仅是出于一个公社文化站的图书管理员的工作责任心吗？他的二十年的生活中，不幸和温暖的比例实在太悬殊了。他感觉自己的心里，一下子承受不了这种温暖，像饥饿的汉子一下不能接受珍肴佳馔。他想紧走几步，站到她的面前，握住她的手，说一声……他没有勇气，依然保持着与她三四步远的距离，在弯弯曲曲的山间小道上走着。任何时候，他都不会忘记自己是个农民，一个从早到晚推土抬石修水库的民工，一个梦想当作家而连连接到铅印退稿笺的想入非非的穷光蛋……勇气顿然消失净光了。

“张老师自己也搞创作。”她丝毫没有觉察到后面的黄草心里在想着什么，管自热情地说，“张老师对业余作者热情得很……”

“噢！那好……”他支支吾吾应着，抬起头，瞅着朦胧月色里山楂姑娘秀美的背影，在心里发誓说，“等着吧！等到我在中国任何一家报刊上能发表一篇作品的时光，我就要向你说出今晚想说而说不出口的话了……”

七

树叶落了。白雪覆盖了原坡和河川。小河又解冻了，柳树首先用一抹嫩黄在河川里渲染出春的气息。

我们的黄草却心力交瘁了。他脸颊瘦削，头发蓬乱，眼睛里的红丝丝总也不见退去……他觉得自己快要完蛋了。

通往神圣的文学殿堂的道路太艰难了！黄草无法理解那些驰骋在当代文坛上的幸运儿，究竟付出了怎样的劳动和牺牲？他在出狱后不到一年的时间里，读过几十本中外古今优秀小说，而且送给本省和外地大小刊物二十九篇小说稿了，竟没有一篇能够变成铅字，难道还不足以使人反躬自问：究竟自己具备不具备文学基因？报刊上日见频繁出现的关于天才的论述，使他愈来愈觉得沉重的威压……应该趁早自觉罢手了。

他的提兜里装着第三十篇小说稿，骑车来到桑树镇了。这是最后一篇，不成就再不做这样的无效劳动了。走过文化站门口的时候，他狠一狠心走过去了。自去年冬天以来，他就越来越少光顾这个熟悉的窄窄的门道了。总是退稿！那些从这个那个文学杂志编辑部退回的稿件，叫人羞于从她手里接过来，当面拆开……自尊而又自卑的复杂心理啊！

邮局里那位秃顶男人从眼镜上方瞟瞅他的眼神，更加怪气了。他把稿件塞进邮筒，几乎是仓皇逃出绿色的大门来。

"黄——草！"

他折转身，山楂姑娘迎面走过来。

"好长时间没见你来。"山楂亲切地说，"没见有你的信。"

"队里冬天忙……"他支吾说。

"走，到站上坐坐。"山楂说，"我们又进了一批新书。"

他没有拒绝，跟着她走进图书馆兼阅览室的屋子，坐下，照例接过她一杯水，点燃一支烟。

"你好像劳累过度了？"她看看他的脸色，关切地说，"脸色发灰，是不是生病咧？"

他苦笑一下，如实相诉："我……精神上支持不住了！"

"咋咧？"她略一蹙眉，意料不到的神色。

"我过去相信马克思关于攀登科学高峰的名言，现在却相信人的先天的基因了。”他很坦率地说，“我不能不承认，我是属于愚蠢型的……”

她的秀气的眼睛扑眨着，有点吃惊地观察着他的说话的神态。显然，她只看到他形容憔悴，而没有料到屡屡失败正在折磨着他的心，已经到了意志崩溃的严重程度了。她没有安慰他，那是没有用处的。她站在桌角边，饶有兴趣地问：“你当初……想没想过自己有没有先天基因的问题?”

“唉!”他苦笑着一摆头，嘲笑自己，“那时候不知天高地厚……自不量力，想入非非……”

他痛苦地皱着眉头，自我嘲笑着以往的无知，完全丧气了。他告诉她，他喜欢读文学书籍，完全是出于一种兴趣，或者是因为乡村里的生活太寂寞了。他躲在屋里，津津有味地读着从远门哥哥那里借来的小说，眼前黄家坪发生的许多奇闻逸事，一件一件记入十六七岁的乡村少年的日记了……

出狱以后，他面对浪潮一样涌过来的文学作品，激动得透不过气来；青年作家雨后春笋般地从中国的南方和北方冒出来，他看着那些介绍性的文章，心里鼓动起来；他要写他经历过的生活，他要当作家……

“我现在才明白，我不是那块料。”他向她叙述着，声调沉静而悲哀，像从赛场上败下阵来的竞技者，甘心于自己的失败了，“我……唉!”

“我不懂写作，不过我想，你该认真总结一下，看看自己的毛病出在啥地方，不要光是相信什么‘基因’……”她对他的痛苦哀叹不大在意，“我看过一本杂志上介绍一位青年作家，说他也写了一大箱废品……”

“……”他不和她争辩，只是苦笑着摇摇头。

“这么说，你完全灰心丧气咧?”她也苦笑一下，叹口气，惋惜地说，“我一直在等着……看你写咱们小河川道的小说哩……”

“哦……”他立时羞红了脸，不好意思地低下头，“枉费了你一番好心……”

“好心没有枉费的。”她却笑了，轻松畅快的笑声，驱除着屋子里由他带来的沉闷的气氛，自信地说，“我相信，好心不会枉费的。”

他的心又怦怦怦跳起来，她的话除了对生活的充实的信心以外，有没有双关的意思呢？他的令人伤惨的失败，已经使他想说给她的那一句话，那一层意思，愈来愈深地沉积到心的底层去了。今天来这里，已经带有告别的悲凉，那一层说不出口的意思将永远不会说出口来了。

“我看过一个民间故事，很有意思……”

她笑着，讲述起那个民间故事来：有个樵夫在山里抓住一只受伤的小鹿。小鹿说它是山神的童子，要是樵夫放了它，它会引他到获得宝石的地方去。樵夫放了小鹿，遵照它的吩咐，在鸡啼之前爬上山顶，它在一块圆盘青石上等他。樵夫爬啊爬，从后晌爬到天黑，借着月光继续前进。月亮落了，樵夫爬得更艰难了，衣服磨烂了，手脚蹭出血了，山路却越来越危险了。樵夫开始怀疑，小鹿是在哄骗他。这样一想，心松了，手脚软了，躺在石阶上睡着了。天明了，睁眼一看，呀！他就躺在圆盘青石下面，不过三五步就可以攀爬上去，仅仅只差了一口勇气……

他笑了："这样的故事，只能哄小娃娃。"

她却认真地争辩："总是有些道理嘛！"

"道理是对的。"黄草说，"我怎么也鼓不起最后一股勇气来。"

她却毫不动摇地给他鼓劲说：

"不要做后悔的樵夫！"

八

"邮差刚送来一封信，你爸一拆，就往灶洞里塞。"母亲拉着风箱，叨叨叙说，"我说是书嘛！又不是三娃写的文章，你烧啥！这不是……"

黄草刚刚下工回来，从母亲手里接过书来，其实是一本《苗圃》杂志。他打开目录，只见清清楚楚编排着《脚印》，在许多熟悉的和陌生的名字中间，排列着"黄草"……

他转身奔到院子，不小心撞在喂鸡的木槽上，跌倒了，又跳起来，对着农历三月灿烂的阳光，猛喊一声："老天爷呀！"热泪涌流下来了。

他旋即奔进屋里，推出自行车。

“三娃，你做啥!”母亲惊恐地瞧着他。

“到桑树镇去。”他推着车子出门了。

杨柳青青，麦苗叠翠，杏花谢了，桃花正开得火红，这是他所看见的小河川道里最富于诗情画意的一个春天了。桑树镇街巷里的房屋似乎更加低矮和拥挤，他推车端直走进文化站狭窄的门道，“咔嚓”撑起车子，奔上阅览室的台阶。

“山楂——”他喊，从来没有这样大声壮气地叫过她的名字，“山——楂。”

“哎——”屋里传出她拖长的回声。当她看见他站在面前，淌着大汗，喘着粗气，微微吃惊地问，“你……怎么了?”

“你看——”他忙摊开《苗圃》杂志。

“啊!”她眉毛一扬，眼里闪出快活的光彩，惊喜地说，“你，有志气的樵夫……”

他的心都醉了，只觉一股酸溃溃的东西冲上鼻腔，强忍下去了。

“这下该请我吃喜糖了。”她笑着说。

“岂止吃糖!”他慨然说，“我该怎样感谢你呀……该怎样……”

“我不就借给你几本书嘛!那是我的工作。”她随即坐下，“快让我读一下……”

他看着山楂在阅读他的《脚印》，心里涌涌波动，现在该是他说透那一层意思的时候了。为了镇静一下情绪，他又点燃一支烟，声音颤抖着：“我有一句心里话，非说不可了……”

“说呀。”她的眼睛盯在字行上，随口说。

“我喜欢你！”他终于脱口而出，感情炽烈，“我真心喜欢你……”

山楂猛然抬起头来，愣住了，脸红得像盛开的山楂花，羞怯地低下头，抬不起来了。

“你是我心中的……维纳斯！”他更加热烈地说，说过又懊悔，怎么说出这样不伦不类的话来了呢？他激动得热泪盈眶，“你说……”

她抬头拢拢扑落到眼前的头发，神情镇静了许多，问：“你今天怎么突然提出这话来？”

“我早就想提出了。在山里修水库时，你给我送书那天晚上，我就想说……”他真诚而又委婉地说，“那时候，我觉得我没有资格说……”

“什么资格呢？”

他语塞了，想想，对她不必隐瞒真实的感情，就坦率地说，“我是个农民，又很自卑……”

“现在你是作家了。”她笑着说，“你有资格了，我却没有资格了，不可能的事。”

“不不不，”他以为她曲解了他的意思，“你是我遇到过的顶好的人……”

她眼睛盯在字页上，却没有看书，心里在想着该怎样善意地回答他……

“我不能没有你。”他只管说，“你过去帮助了我，我今后不能没有你的帮助……”

她脸红了，满脸满眼都是羞涩的神情，但很快就镇静下来，说：“这样吧，‘五一’那天，我请你到这儿来，……好吗?”

九

期待中的佳期良辰，总是姗姗来迟，渴盼着的“五一”节日，终于来到了。一早起来，他就爬上村庄背后的山坡，精心采摘了一束带着露珠儿的山楂花。火红的山楂花，这是他多日来思来想去的最终选择：富于诗意的山楂花，送给心爱的山楂姑娘，作为定情礼物。他从心底蔑视乡村青年男女订婚时送衣送物的俗气。

黄草有生第一次要注意仪容了，他一切收拾就绪，车头上扎着用塑料纸包裹着的山楂花，意气昂扬地驶往桑树镇上去。

他走进文化站的小院，撑起车子，刚踏上阅览室的台阶，看到木门板上贴着两个红纸剪成的“喜”字，什么人借着节日的文化站举行婚礼仪式呢？他不管别人闲事，走上台阶。

山楂从门里走出来，笑吟吟地在门口迎接他，随之给身旁的男子介绍说：“这是咱们地区的作者黄草同志，他来参加咱们的婚礼……”

“欢迎！欢迎！”那男子笑嘻嘻地说。

黄草脑子里轰然爆响了一声，只是傻笑着，说不出话来。

山楂又给黄草介绍说：“这是我……爱人，桑树镇小学体育教师……”

“坐里边。”体育教师热情地拉着黄草。

短短的一瞬，黄草顿然明白了一切，不仅仅是他对她的错觉所造成的失误，值得深思……他现在无论如何没有转机回味过去了的一切，体育教员正满面春风地热情邀他进屋去。他灵机一动，把那一束鲜红的山楂花举到他们面前，满怀真诚地说：“祝你们……幸福！”

到老白杨树背后去

从二楼的阳台上，可以观赏这个城市北半边的夜色。绿的红的蓝的粉红色的窗帘，使万千个窗户呈现出五彩缤纷的色彩。夜是安静柔密的。夜总是夜。星光在城市的上空显得灰暗。月亮也显得冷寂无光。城市北边横亘西东的那一架山或者说是一道原坡，逶迤伸展开去，看不见峰峦，看不清豁峪，只是一道模糊的雄伟的轮廓。山就是山，夜色里看不清峰峦和豁峪的轮廓依然是不失其雄伟。

我喜欢浏览异地的夜色。这个黄土高原上的北方小城，三十万男女白天奔忙在大街小巷里，夜晚就在那一孔一孔绿的红的蓝的粉红色的窗帘里头蜗居，于是就创造出这个北方小城不同于北京和广州的独自的色彩和氛围。哦！这是金关市的夜色。

我有点寂寞。我白天里观赏了这个小城可资骄傲的古董和现代文明的标志。这儿没有秦俑，没有唐王陵墓，却有瓷窑。

这儿的瓷窑不是一般随随便便的什么破窑，而是唐三彩的发祥之地。举世闻名的唐三彩马和三彩骆驼，首先从这几个坍塌淤塞的破窑里被创造成功，还是世界第一。我在这儿住着金关市最高级的一家宾馆，享受着超越了我应该享用的规格标准。我品尝了这个古老的瓷都风味奇特的传统小吃，辣得冒汗辣得舌根僵硬的荞麦饸饹。我的心里却又怎的滋生寂寞了？我希望见到一位熟人，一位生活在这个城市多年的熟人。一位朋友，一个同学，一个旧时的同志，一个同乡，聊一聊，谝一谝，或者有幸被邀到他家去坐坐，我对这个陌生之地的陌生隔膜就完全打破了。这是我每到一个新地方的最惬意的事，说来不算奢望，有几回就真的如愿了，有几回只好留下寂寞和最终也未戳透的隔膜。

同行的和在金关城新结识的几个朋友在胡聊乱谝。我转进小屋，烟雾腾腾。空气浑浊。烟把儿从烟灰缸里溢出来，落在茶几上，和橘子皮花生壳混在一起。某个作家第三次结婚了，娶了个年龄相差十多岁的舞蹈新星。某走红的女作家和男人开始分居。某男作家和某女作家公开同居。性和爱和婚姻总是在一切角落里成为最畅通的话题。没听过的总想听，听到了总想说给还没听说过的人。

咣咣咣！

有人敲门。

敲门敲得这样响。完全用不着使那么大的劲儿。要么是急了，要么是个莽撞汉子。四五个人全都转过头盯着那门板，却没有谁打算立即跑过去拉开旋钮。我是觉得那门敲得太响太用劲，反倒不急于去打开它，毕竟我坐得离门最近，最终还是我拉开门。

一位女人。中年女人。她看我一眼，旋即就放弃了我，把一双灵活的眼睛扫向屋里，把坐在屋里床上、椅子上和沙发上的每个人扫描一遍，最终又把眼光落到我的脸上。我避开脸。

“这屋有个……辛程吗？”

我立即抬起头。一双疑惑不定的眼睛。眼睛的边儿和大角儿小角儿聚着皱纹。那些皱纹又几乎抹平了，像油漆匠在刷漆之前用砂纸打掉木板的沟缝儿，光了也柔了，然而总抹不掉隐藏的沟缝儿。那双眼睛虽无灵光，却很灵活，像淘洗得洁净的两只黑色套着白色的玻璃球儿。我看她看得这样仔细，却仍然认不出她是谁。我问：“你认识辛程不？”

“认识，把他烧成灰我也认识。”

“那好。你就认吧！他肯定在这屋坐着。”

她朝前走了两步，站到屋子中间，又一次扫描起每一位在床上椅子上沙发上坐着的人来，却不显得任何难为情。她终于把眼光又集中到我的脸上，使我很不舒服，像面对一双汽车灯的强烈照射。她眼睛一眨，带着探试而又几乎肯定的口气说：“你大概就是……”

屋子里的人都笑了。

玩笑至此，也就够了。我却惶惶然问：“你是……哪位？”

“现在……该你认我了！你也好好认认吧！难道把我忘得

一干二净了？真是贵人眼高……”

我简直不敢相信这就真的遇上她了……

偏斜的太阳在山坡上闪耀。酸枣棵子繁密的小叶子变黄了。胡须草的长叶晒成了灰白色。好久没有落雨了。铁刷子草顶耐旱，叶子凝聚成乌黑色。马刺蓟花儿像紫色的绣球儿缀在焦枯的满布着小刺儿的枝干上，无精打采。蚂蚱在声嘶嗓干地叫唱。太阳太刺眼了，那焰光灼得人不敢抬头，稍微溜一眼就头晕目眩，眼前发黑。

我们躲在沟道里。沟道里有三五十株白杨树。这沟道就叫白杨沟。白杨树抖抖擞擞地冒出黄土坡沟的夹缝儿，把枝枝梢梢伸向蓝色的天空，地上就落下一大片荫凉。春天时沟里流一股水，旱季里就断流了，只有湿漉漉的沙土，津津地渗出水珠儿来。白杨独占这一方风水地，得天独厚，枝叶茂密，树干光滑滋润。沟里有小潭，水不外溢，也不见少，大约渗出来的水正好够挥发的。水潭边的软土湿泥里留着分作两半的硕大的牛蹄印，也隐现着梅花瓣儿似的野兽的足迹，许是狐狸，也许是狼。反正旱季里山坡上的水是稀罕的，放牛娃把牛赶到这里来饮水，狼和狐狸也会嗅到水的气味的。

草笼扔在一边，磨得明光灿亮的草镰也撂在地上。等太阳绕到那道高梁背后，四面山坡上不见阳光的时候，我们才动手到塄坎上去割草。

四个人围坐在白杨树荫下，抓石子儿。七颗五色的小石子，像麻雀蛋一样，褐色的，紫红的，紫黑的，乳白的，全是从沙土里掏出来，洗净泥沙。撒开来，抛起一只，再抓起地上的，接住空中落下的那颗。有单抓，有双抓，还有一二三的抓法。四个人分作两家，对门为朋友。玩起抓石子，我们三个男孩子全敌不过薇薇。轮到薇薇抓的时候，我就一眼不眨地盯着。她抛起一颗石子，再轻巧地抓起撒在地上的两颗，然后翻过手来，接住空中即将落地的那颗石子。灵巧的手翻来覆去，一张一合，石子在手掌心撞得当当作响。那眼睛低下来又翻上去，两只小辫子有节奏地跳弹着，我常常看得忘记了轮着我抓。

玩了三回，我就兴味索然，或者说从一开始我就热情不高。我总希望和薇薇做对儿，不光图赢。刚才开始用手心手背配对家的时候，厚儿和薇薇同出手心，而我恰恰和喜娃都出了手背。我没兴趣了，提议说："玩'过门'吧!"

喜娃首先响应，厚儿也同意了。薇薇不吱声，却没反对，她无疑爱当新娘子。

喜娃、厚儿和我争执起来，争先要当女婿。薇薇说还是用"猜崩猜"决赛来确定轮流做女婿的先后顺序。我胜利了。我们三人爬到火样烤晒的山坡上，选择自己喜爱的野花，准备装扮新娘子。野豆荚吊着一串串豌豆花一样的花朵，紫红发蓝，很讨人喜欢，而一想到这种野豆荚又叫狼豆荚，我就放弃了。粘草花粉红粉红，挺好看，可那枝叶上分泌出一种黏汁，碰一碰就会染上黏糊糊的东西，一定会把薇薇的头发给黏结在一起。秃子草花黄澄澄的，像去了青的蛋黄，粉嘟嘟的煞是好看，唯其名字不雅，不大吉祥，我也没摘。我爬到坡顶上，在一堆乱石岗上，看见了一片野蔷薇，红的花白的花粉红的花开得一片灿烂，花团锦簇，成疙瘩结串儿。

我捏着一把野蔷薇花儿从坡上跑下来，头上冒着汗，手指被小刺扎破了，火辣辣地疼。薇薇盘腿坐在草地上，羞答答地低着头。我手足无措了。喜娃提醒我快给新娘子插花。我跪在薇薇面前，把一枝一枝红的白的粉红的野蔷薇插到她的小辫上，头顶上。我这才发现，薇薇在我们采花的时候，在水潭里洗过脸了，头发也用水抿抹得平平整整，水津津的了。

喜娃做礼宾先生："拜天地。跪好！你俩并排跪好——"

我跪在草地上，偷偷扭过头，薇薇也跪下来，有点忸怩，显出羞答答的样子。

"一拜天神——叩首！"

我双手撑地，沙土地凉丝丝的，点一下头，再点一下头，一共叩了三下。薇薇缀满野蔷薇花枝的头也低下去，又扬起来，磕了三下，红的白的粉红色的花朵摇摇闪闪，甩甩蹦蹦。

"二拜地神——叩首！"

我和薇薇照例认真地叩拜三回。

"三拜祖宗神灵——叩首！"

三拜之后，我挺直跪着，不知下来该怎么举动了。喜娃长我两岁，经见多些，并不慌急，扯着悠悠的嗓门（简直跟村子里的礼宾先生二太爷的调门如出一辙）喊："奏乐——"

喜娃喊过，把双手卷成圆筒，套在嘴上，吹起喇叭唢呐调儿，呜——哇——嚓。厚儿也跟着吹起来，双奏乐。

“入洞房——”

喜娃忙里偷闲，吹着兼喊着。他喊了“入洞房”之后，我却愣着。洞房在哪儿？该往哪里走？

“到老白杨树背后去！”喜娃急嘟嘟地喊。

我还是不明白：“到老白杨树背后咋办？”

喜娃不耐烦了：“跷尿骚呀——”

我和薇薇悠悠走着，并肩齐排儿，那棵老白杨树变得陌生而又神秘了。跷尿骚，就是说要用一条腿从薇薇的头上跷过去！大人们结婚时，怕新娘子疯长，跷了尿骚就不再长了。我和薇薇走到老白杨树下，默默地站住了。

薇薇低着的头扬起来，头上的花串摇摆着，衬得那脸儿粉嘟嘟的，像一朵粉红色的野蔷薇，那双眼睛已少了羞怯，而涨出一缕难受的惊恐的神色，求饶似的说：“哥吔！你甭跷了，我还要往高长哩！”说着，那双眼睛里潮出了泪水来，迅即溢满了眼眶，闪闪颤颤，眼看着要滴流下来。我忽然难受了，忙说：“反正是玩哩！你咋就当真了？算了算了，不跷……”

她妩媚地笑了，一甩头，就跑了。

喜娃早等着。薇薇又盘腿坐下。喜娃把他采的一把野花往她头上插，我的那些野蔷薇被取掉了，扔在地上。我站在旁边，看着被扔在草地上的红的白的粉红色的野蔷薇，有一种说不清的冷寂。看着喜娃在她的小辫上和头发里插花儿，我顿然厌恶起他的手来，那手指捏着她的有点黄的辫梢，令我十分反感。我想抢上一步，把他捏弄她小辫的丑陋难看的指头砸断。我情急中终于生出一个借口，把他插到她头发上的花儿拔了，摔到沟底里。

“你……干啥?”喜娃气呼呼地扬起头。

“那粘草花，黏糊糊的，把薇薇的头发会黏成一窝麻!”我说，“你这个笨熊，采的这些烂脏花!”

喜娃傻乎乎地醒悟似的笑了。他自己也扔掉了粘草花，又一心一意把那些乱七八糟的野花插到薇薇头上。他对我说：“轮你当礼宾先生了，喊吧!”

我冲口而出：“我不会!”其实那几句简单的仪程是难不住我的。想到让他和薇薇拜天地做夫妻，我心里的那种别扭劲儿继续加剧。我喊不出口来。

只好由厚儿做礼宾先生。

在厚儿用双手代替喇叭唢呐的吹奏声中，喜娃和薇薇朝老白杨树走去。我没有吹。厚儿单独的吹奏显得很单调。我跟着喜娃和薇薇到老白杨树下。喜娃说：“洞房里不许来。你刚才入洞房，我就没去。”

我知道不该来，然而我要来。

喜娃辞不动我，只好忍让了，转脸对薇薇说：“你蹲下去，我要跷尿骚呀!”

薇薇难为地说：“甭跷吧！我要长高……”

喜娃说：“不跷尿骚，就不算玩‘过门’。”

他说着，就用手按压薇薇的肩膀。我早已不能容忍，跳上前去，一拳打在他的耳根上。喜娃恼了，急猴了，转过身，回击一拳，砸在我的脑门上。我眼里金花乱冒，仰八叉跌倒在地。喜娃趁势压在我身上，气呼呼地说："你当新郎时，我给你当礼宾先生，又吹喇叭，又吹唢呐；轮我做新郎了，你啥也不干……"

我自知理亏，心里却不服气。

薇薇把我们拉开了。厚儿喊："轮我做女婿了……"

薇薇笑着哄厚儿："算了算了。你看，为做女婿都打起来咧！这样吧……你们仨把自个采的花儿，全都插到我头上……"

厚儿最小，也最好说话。他把他采的花就往薇薇的头发上插。喜娃也插了。我也把那些野蔷薇花儿捡起来，插到薇薇的头发上。

薇薇的头发上和小辫儿上，缀满了各色各样的花儿，红的白的粉红的野蔷薇，紫红的野豆花，黄色的秃子花，紫色的马刺蓟花儿……山坡上夏季里所有的花儿都被我们三个采来，插到她的头上了。坡地上收割过小麦的塄根下残留的几枝晚熟的麦穗儿，我也把它掐来了，吊在她的两条辫梢上。她的头上缀满了五彩六色的野花儿，像个花仙，像个花神，像个山野里的花的精灵了……

"没料到你成了作——家！我那时候咋就看不出你会当

作家!”

“瞎碰……”

“我那时候只觉得你很犟，‘犟牛黄’……”

“沾了一点犟的光，也吃了不少犟的亏。”

“你小时候好强，好强得很咧!”

“沾了好强的光，吃亏也吃在好强上头。”

“犟人，好强人，都有出息，也都遭难特多。”她说，“我看电影，听广播，那些成大事的人，都是些犟人，都是些好强的人，又全都是些倒霉蛋。倒霉得要死，可还是犟……”

“唔！对……那些电影几乎千篇一律。”

“而今该你走运了，知识人儿吃香了。你的工资提了吧?”

“提了。”

“写书听说很挣钱?”

“挣是挣，也不怎么样，不及经商挣得快。”

“一个字多少钱?”

“一二分。”

“啊呀！才一二分！我听人说几毛哩!”

“……”

“家属户口进城了么?”

“进了。”

“城里分房了没?”

“分了。”

“多少平米?”

"二十多……"

"二十多平米？还算照顾知识分子？我想你该一百多哩！那怎么住得开！"

"我还住在乡下。户口进城了，没搬家。只是不种责任田了。"

"啊呀！你这个人不知打的啥主意。住在乡下做啥？离不得那个山沟？下雨街巷里烂得像猪圈。吃的还是那股泉水，听说上边村子的女人在泉水里洗褯片子……"

"我图清静……"

"噢！对咧！你怕人打扰，这倒也是。不过，我看过你一篇小说，叫《收获》。你把那个烂山沟写得好美！我咋就看不出想不起有啥好看的好美的。我就记着那洗过褯子的泉水，一想到喝那水，吃那水做的饭，就恶心，就起鸡皮疙瘩。我从你的小说里看到，还是没球啥进步，还是人拉独轮车，还是褯子水！不就是破白杨沟吗？你可写得诗情画意。怪道人说看景不如听景……"

我有点惭愧，有点惶惶然，有点被揭穿了西洋景后的尴尬。然而，我又有点犟起来，难道我和喜娃和厚儿给你头发上和小辫上插满的香气四溢的野花不能留在心里一点什么吗？我有所期待，希望她能记得那使我永难忘记的童年在白杨沟里的嬉戏。令我彻底失望的是，她漫不经心地把话题转移了。可见，白杨沟里她插满鲜花的花的精灵花的神花的仙的形象已经统统湮没了。她在嘲弄自己家乡的贫穷落后，甚至比一位异乡人还要刻薄。我有点心酸。

“那年我回去，我舅没在家，到渭北买粮去了。我等了两天，半夜里拉回几口袋苞谷来，像做贼似的。我每年都给舅家寄钱，简直是填不满的穷坑，闹得我的日子老也不得宽展。一想起来我都头疼，怎么也想不到家乡有什么可爱……我十多年没回家了，老也不想回去。”

“我这……纯粹是……文人多情……”

“你也写点城市人的小说嘛！农村小说……谁看！我反正一看见猪呀牛呀穿大襟的女人呀就烦了……”

“当然……城市总是文明……”我想把话引开，不要再说家乡的话了，“你在这儿，生活还好吧？”

“可——以。”她拖出很长的一种调门，像秦腔戏演员起唱之先的一声叫板。这声叫板的调儿，就给将要唱出的大段戏文定下了调子，或是花音慢板，或是二六板，抑或摇滚板。她说：“俩娃都工作了，可以养活自个了。老头子跟我的工资吃不清用不完，行啰！只是老头子……不大顺心……”

“有什么不顺心的事呢？”

“按说啥事也没有，全是自生的不自在。这也看不惯，那也听不顺，广播上一句新名词就听得火冒三丈，电视上一个镜头就惹得他骂爹咒娘。我说，何必呢？人家广播上说要重用知识分子，就用呗！人家电视上演那些搂搂抱抱的戏，让人家搂去抱去，干着你屁事啦！你该拿的工资拿了，该住的房住上了，就吃点好的过个安宁日子行了……”

“他做什么工作?”

“保卫科长，几千人的大厂子的科长。虽然而今时兴文凭，保卫科长的位子还稳当着哩！再说……哎！这老头子也是个犟人，死脑筋，总说自己亏了……”

“怎么会亏了呢?”

“他当兵那阵儿，在青藏高原开车。雪下得半人深，车开不过去，旁的人都钻在驾驶室不敢出来，这个犟家伙硬是用铁锹把几十里公路铲开了。他立了功，当年国庆就上了天安门观礼台，见了毛主席，照了相。回来就提拔了干部……”

我早就听说过她的丈夫的英雄事迹了。二十多年前，这位英雄司机，因为上过北京，因为受过毛主席的接见，凯旋之后轰动了我们小河两岸的十里八村。亲戚和媒人挤得碰破了脑袋，竞相把自己熟悉的最好的姑娘的照片掏出来，展示在英雄面前。人如何贤淑，家教多么严格，模样最最疼人了。小镇上的照相馆因此骤然兴隆起来。英雄眼力不错，在纷如花瓣般的照片里，终于瞅中了薇薇。我那时正读中学，城市里的中学离我们的小河川道几十里远，周日回到家中，就听说了薇薇许配英雄的事。当晚，薇薇来到我家，喜不自胜：“他在青藏高原开车，雪下得半人深……”我却张大嘴巴喘不过气来……

我崇拜英雄，尤其是那些舍生忘死慷慨激昂的悲壮人物。岳飞、牛虻、董存瑞，这些古今中外忠肝烈胆的英雄，一触即使我心潮激荡。可是，当我听完薇薇以完全佩服倾慕的口吻述说完这位英雄的时候，心里却怪不是滋味。我闭口不语，低下头，不想看她得意的脸。

“订下阳历年结婚哩！”

“恭喜。”

“到那天，你去送我。”

“我……上学哩！”

“阳历年学校放假！”

“放假……我也不去！”

她似乎这时才意识到我的情绪不好，忽然哑了口，出气粗了。我抬头看了一眼，她的脸憋得通红，泪水涌出来，慢慢站起，转身走出门去，我没有送她。

我很快就意识到我的毛病又犯了。我想起在白杨沟里玩“过门”时和喜娃打架的事。我稍一冷静下来就想到，其实我和薇薇没有任何契约，婚姻的事连提也不曾提过，我为什么恼怨人家订婚的事呢？我的忌妒心太强了！我真坏！我凭什么给薇薇使性子？元旦到来的时候，我决定去送她，以弥补我的无礼。

按我们乡下的风俗，女子结婚时，亲门本族的人要去送嫁女自不必说，整个村子里年龄相仿的男女青年也要去送，在男方家里参加过婚礼，吃一顿丰盛的宴席，也给出嫁的女子壮一壮声威，自然人愈多愈好。薇薇是五叔的外甥女，母亲和父亲因为什么可怕的原因，双方喝毒药死了，薇薇就在舅家抚养长大了。因为这个原因，送嫁的人特别多。

五挂马车一溜排开，马头上挽着红绸，车上坐着穿饰一新的男女。我也坐在马车上，听众人嘻嘻哈哈说笑，说薇薇命大，跟下了个好女婿，小河一川十里八村谁家姑娘能嫁一个跟毛主席照过相的女婿呢？

我却想起白杨沟里的游戏来——

“入洞房。”

“洞房在哪儿？”

“到老白杨树背后去。”

“到老白杨树背后咋办呢？”

“跷尿骚。”

英雄家住水湾村。马车一进村口，新郎和一帮男女就站在那里迎接。新郎一身军装，好不威武，关公脸，剑眉，五官端正，一派英气，自负而又谦恭地礼让着客人。我简直觉得自己太穷酸了。

院里搭着席棚，棚下摆着桌椅，我们一伙送嫁的客人坐定之后，水湾村的一位干部模样的人主持了婚礼，他喊：“新郎新娘就位——”

新郎和新娘先后站在主席台前。

“第一项，向毛主席像行鞠躬礼。”

俩人先后转过身，向毛主席致了礼，又转过身来。英雄虽是新郎，仍然腰板挺直，保持着军人英武的姿势。薇薇却一直低头站着，脸膛红扑扑的，羞答答的样子。

“第二项，宣读结婚证书——”

我听不准那位干部念着结婚证书的干巴巴的声音。我又听见了喜娃当礼宾先生的声音。这儿进行的是革命化了的婚礼程序，喜娃却记着乡村里古老的婚典仪程。新式的或旧式的仪程全都无关紧要了，我的耳际只是轰响着一百个喜娃的声音：

到老白杨树背后去……

到老白杨树背后去……

到老白杨树背后去……

我忍受不住耳际的轰鸣了。我已经飞快地走出水湾村村巷了。我不知道自己是怎样溜出那个陌生的屋院的。我不敢再想“老白杨树背后”将会发生什么事……我憎恨那个英雄。扫几十里雪有什么了不起！如果扫雪能取得和薇薇“到老白杨树背后去”的资格，我会发誓把世界上的雪扫除光净！然而毫无办法。我那年刚刚十七岁，第一次领受到了空虚的折磨。我虽然自幼备受生活的艰辛（因此取下辛程的笔名），痛苦过，难受过，委屈过，屈辱过，却从未感受过空虚的滋味，现在有了人生的第一次空虚的感受了……薇薇和那位扫雪英雄“到老白杨树背后去”了呀……

“我们这多年里，还是可——以的。沾老头子的光，我随军当家属了，在军人服务社工作。他后来‘支左’，倒是免了灾难；要是在工厂或党政部门，就是‘走资派’，非挨斗不可。再后来就复员到工厂当保卫科长……没遭啥大灾横祸。不像你，一个乡村教员，还挨了批斗……”

我虽已过不惑之年，然而老毛病又发作了——我又忌妒起来。几十年来，翻来覆去的名目繁杂花样翻新的政治运动，稍有作为的人乃至毫无作为的庶民百姓，有谁能完好无损呢？我几乎没有听到谁说过他几十年来活得自在。薇薇说她和她的老头子“没遭大灾横祸”而活得基本自在，我又忌妒了！

那年冬天，大约是薇薇随军离开家乡之后第一次回归，为的给舅舅（我的五叔）奔丧。丧事完后，她和她的老头子到我任教的乡村学校来看我。她和他正好看到了我一生最狼狈最悲凉的形态。我的屋子兼办公室里贴满了大字报，门上和窗上贴着像给死人办丧事一样的白纸对联，内容是毛主席送瘟神的诗句：“借问瘟君欲何往，纸船明烛照天烧。”窗角上吊着一只用白纸糊成的灯笼，那同样是乡村里给死魂野鬼照路用的丧灯。她来了，他也来了。她有点难受，眼角湿湿的。他却暗暗用眼睛瞅她，有所示意，有所警告。他对我说：“你还年轻嘛！大风大浪中难免迷路。犯了错误不要紧嘛！斗私批修嘛！回到革命路线上来嘛……”

她和他走了。我送她和他出了门，走上公路，我连头都抬不起来。我想到了我偷偷逃脱他们的婚礼的举动。我想到我曾经忌妒她和他“到老白杨树背后去”了。生活实际证明她和他“到老白杨树背后去”是走对了脚步，如果和我“到老白杨树背后去”的话，她会有今天的这种风光么？我真切地感到了忌妒薇薇的阴暗心理。我痛切地感到了我的忌妒行为的卑劣。我真坏！坏得该当“纸船明烛照天烧”！像第一次感受空虚的滋味一样，我又第一次感受到了绝望的滋味。绝望是人生中最大的不自在。

她和她的老头子却活得自在！

“我这人容易满足。房子比不上教授标准，可也够住了。吃的虽不是山珍海味，一天总要炒俩菜。彩电洗衣机录音机也有了。我是满足了。我想咋也比在舅家给牛割草的日子好过了。老头子这人犟得很，对目下的新潮流扭不过弯儿，自寻烦恼，自寻的不自在……”

“他做好工厂的保卫工作就行了呀!”我劝解说，“何必……”

“我也这样说哩!”她说，“谁知他……”

她约我到她家去做客。

我谢绝了，为此而想出了许多理由，甚至谎话。

她告辞了，我送她到大门口。她很快就隐入朦胧的灯光和月色里。她一句也没提我们在白杨沟的游戏，是忘了还是根本就当作游戏而不值一顾？这样动我心魄令我空虚令我急猴更使我彻底暴露出忌妒的恶劣天性的游戏，又怎么能完全忘记完全不值一顾啊……

哦！我的白杨沟里的老白杨树哟……

打字机嗒嗒响

——写给康君

自打我裤带里挂上县百货公司仓库钥匙的那一刻起，我就梦想过或者说预感到我将成为这个紧贴着渭河的躁动着现代文明气息而依然古朴的县城里的一个举足轻重的人物。这个梦想或者说预感果真被证实了，我今天被正式任命为县委宣传部副部长了。

这是一个庄严的时刻。在全县整党工作总结大会之后，县委书记郑重地宣读了一批干部的任免批复，批复是地委下达的。大礼堂里鸦雀无声，县委书记的关中口音缓慢中透出庄重。几百双眼睛受着那缓慢庄重的声音的操控，目光一齐朝我射来。我不由低了头，有点不自在，而心里却感到一种无与伦比的受人重视被人羡慕的愉悦。

就在我低头的那一刻，却忽然想起接过那一串钥匙的情景。

我是装着一肚子窝囊气从部队复员回来的。我在青海高原当了整整七年兵，后几年的超期服役的每一天，都可能发生我被提拔为通讯干事的事。连队把提拔我当干部的报告早已呈报上去了，只等着上级批示下来。这样的等待真是不好受。我等待了整整四个三百六十五个白天和黑夜，却等来了一张复员回乡的通知书。正当的理由是战士不许在驻地内外谈恋爱，不公开的原因是营里一位年轻的参谋正在追她。这是我的猜测，无法证实。

我回到家乡了。我无法忍受难以摆脱的寂寞和孤独。从早到晚是无穷无尽的劳动，土地刚刚分到农户手中，人都像发疯一样往土地里倾洒汗水。最难挨的是仅只有盐而绝少油腥的寡味的饭食，常常使我痛恨自己在部队时倒掉油腻太重的剩菜的行为。我比小时候更渴望父亲的回归。他在县百货公司土产杂货门市部当营业员，周六推着自行车爬上十里东塬塬坡回家来与一家老少团聚，车架上总是带着两棵白菜或一捆葱，偶尔也有一绺令人眼直的猪肉。夜晚的寂寞更使人无法排遣，我从部队带回的小收音机里播出的世界和中国各个角落里发生的大事和小事，新闻和逸闻，更使我觉得我们村庄与世界的隔膜。

父亲又回来了。他从自行车后架上取下一捆蒜苗，从车头上卸下那个拉链已经生锈而仍然可以看出一个“奖”字的黑色塑料提兜，交给母亲，接过母亲倒下的一杯水，笑着说：“主任同意了。”

我和母亲都明白，主任是指县百货公司张主任以及“同意”两字所包含的令人兴奋的内容。星期一，我就到县百货公司去了，穿着一身崭新的绿色军装，自觉很精神。张主任就把那一串叮啷作响的钥匙交到我手里。

我很快熟悉了业务，进库和出库的货物搞得一清二楚，库房里收拾得井井有条。我常常帮助营业员把领取的货物从库房搬到柜台里去，也帮助采购组从卡车上把成吨成吨的进货搬进库房去。张主任很满意，公司的干部和营业员们也满意，众口一词夸我不愧是从解放军那所大熔炉里训练出来的好子弟兵，不愧是老黄牛老模范的儿子。张主任在我三个月的试用期一过，就指派人给我签订下一份为期五年的合同工合同，破例为我高定了一级工资。

我心里却有一种预感，我不会在这个门板很大而窗户极小的库房里干满五年的，甚至三年也不会，似乎有比这库房更明亮更体面的去处在等待着我。我不想像父亲那样一辈子只会卖土产杂货，更不想做一辈子老黄牛。我的属相是马。

出乎张主任和县百货公司所有职工意料的事发生了。我写的一篇通讯稿在省报上见报了，表扬的是张主任亲自送货到山区水库工地的事。那些神气的营业员小姐们全用一种奇异而不乏柔情的眼光瞅我。张主任平生第一回上了报纸，反而做出不骄不躁的神情压抑内心的兴奋。他私下对我父亲说，没看出你家小子装了一肚子墨水！

在我发表过五六篇供销社的通讯报道之后，张主任已经考虑要把我从库房里抽调出来，到公司里做宣传干部。他的想法还未实施，县商业局局长一把把我从库房里提起来，安置在他的办公室旁边那个办公房里，让我专门写通讯报道，向报社反映全县商业系统的模范事迹。不过，时日稍一长，我就成为一职多能的干部了，给县委或省商业厅的工作总结汇报，还有孟局长的讲话稿，都由我写。孟局长特别喜欢我给他起草的讲话稿，我自然很受宠。孟局长下基层检查工作，总喜欢带上我和他同行。

我很敬重孟局长。他是陕北那个净出俊汉子的绥德县人。“米脂的婆姨绥德的汉”，他人挺好，文化不高，大约也是揽工汉或者是拦羊娃出身而后参加陕北游击队的。他有一种明显的陕北人的憨实和狡黠既矛盾又和谐的气质，这气质往往给人一种豁达而又平易的极好印象。大伙既尊敬他又喜欢接近他，甚至可以当面说他生吃元宵的故事。那是解放后，孟局长进了西安，第一声感叹是：这狗日西安这么大！他看见好多人挤在一家小饭铺门口买元宵。他也买了一盒，走到街上，摸出一个来就塞到嘴里，越嚼越腥，怎么也咽不下去，还是吐了。回到单位，见人就骂：西安人真是莫名其妙，那样难吃的元宵还抢着买，白给我也不要！

孟局长还有一个不同寻常的用人的标准：漂亮，起码也得五官端正。这是我从同志们的闲聊中得知的。我能入选，自觉十分庆幸。有一次下乡，我跟孟局长乘吉普车到秦岭深山一个供销社检查工作，长途行车，有点寂寞。我问孟局长关于用人是不是有“漂亮”这一条。他哈哈大笑，摆手否定，说是干部们瞎说，给他编排的笑话。可他笑毕，又漫不经意地说："在我手下工作的人，要是有几个歪鼻龇牙的人，我就很不舒服。"

不管孟局长承认或否定这个传闻，而我看见的县商业局的二十几个不同年龄不同职务的男女干部，确实没有一个歪瓜裂枣，全都人模人样，或消瘦却俊气，或魁梧而不显臃肿。最漂亮的当数那位女打字员了。我打第一天进商业局大院就发现了这位出类拔萃的美人，不仅商业局二十多个本来就人模人样的人难以与之相比，整个商业系统千余名职工里也挑不出能与之媲美的姑娘，说是整个县城里的一枝花也绝不会是夸张。

她的打字室在后排最西头的那间屋子里。那间屋子最偏僻，想必是为了不让那单调的嗒嗒嗒的打字机的响声干扰其他屋子里的干部的工作。然而那屋子却最热闹，客观上是它距灶房最近，每逢开饭好多人就端上饭碗和菜盘踅到她的打字室里去用餐，一边吃着，一边聊着，大多的话题是冲着她开玩笑、逗趣。

孟局长也喜欢和她说笑逗趣，那既是一个长辈人对晚辈人亲近的神情，又是局长对下属的超然的口吻，更具有浓厚的陕北人的憨实和风趣："小凤，我给你瞅下个好女婿。"

她笑说："你给我瞅下个猪八戒。"

"我真的给你瞅下个好人儿了，我们陕北人。"

"陕北净出猪八戒！"

"你这娃！陕北的汉子一个个都赛吕布，女子赛貂蝉……"

我没有向小凤献过殷勤，更没有兴致和她逗趣。好多人端着饭菜到打字室去进餐去讨开心的时候，我端着饭碗和菜盘照直走进自己的办公室。我对那些搜肠刮肚想出来的逗趣话十分反感，觉得乏味无聊，根本不值得一笑，甚至觉得他们纯粹是为了笑而笑。虽然在这一点上我不大合群，与小凤的接触还是多了起来，都是纯工作性质的。

我写下汇报材料、工作总结或会议通知，一经局长或有关科室领导签过字，送回我手上，我再把这些文件送进打字室交给她，说清楚需要打印的份数和完成的时限。她不看我，习惯地码着页数，然后扬起脸，又认真地点点头，表示接受了。我就说声“好”，走出来。

我正在屋子里看文件或起草材料，听到敲门声，她进来了，也不坐，站在我的桌前，把我刚刚送给她的那份需要打印的材料摊开，一页一页翻过去，找出那些画上了横杠的字，问我那是什么字。我让她坐。她说她整天坐着打字，倒喜欢站着。我把那些草字一一描清楚，她噢噢噢地点头，随之就拿上材料走出门去。时隔一小会儿，后排西头那间打字室里就响起嗒嗒嗒的打字机的声音。

这样的时日一长，我和小凤的交往就多了，交往多了也就熟悉了，熟悉了也就自然一些随便一些了。她进我的房子时不再敲门打招呼了，一推开门，匆匆走进来，娇声怨艾地说：“哎呀呀康秀才，你这字儿写得越来越好了，好得叫我越来越认不得了！”我喜欢听这种调子，那是一种对人信赖的调子，那声音是极悦耳的。我照例在她用红铅笔画了横杠的字旁边写上工工整整的楷书，甚至故意讥笑她太笨，连这种普通的草书字都不认识。她也不恼，自己也说自己笨，要是不笨就该坐到秀才的位上而不是整天去按打字机了。

我也在写得头晕眼花手腕酸麻的时候，踱出屋子，踅到打字室里去，起初托词说要修改一句话或一个字，后来就无须这种自我遮掩，纯粹是去和她闲坐一会儿。她却并不停下手来和我闲聊。倒给我一杯茶后，她就坐到打字机前，右手按着打字机的压键，眼睛瞅着稿纸，把打字机的机头在字盘上推前移后，拉左倒右，发出嗒嗒嗒的响声，那脸上是一种安详而又妩媚的神情。那安详的神情是用来弹奏打字机的，而那妩媚的神情是用来听我说话的。

她这样不停手地忙着打字，倒给我提供了专注地看着她的机会。我可以长久地一眼不离地看她侧对着我的脸颊，又可以毫无顾忌地欣赏她细长的手指的灵巧动作。我如果会画画儿，我一定会照她的神情画下一张绝美的油画，那肯定是一幅按着打字机的……维纳斯。尽管我很讨厌浅薄之人在那些乏味的爱情小说里用维纳斯做比喻已经到了烂臭的地步，我现在还真的再找不到更美好的比喻了。真的，那按动打字机的指头像一件精美的工艺品，那眼里像是有两滴永不枯干的晶莹的露珠儿在早春清晨的草叶上滚动，那侧对着我的脸颊说不清有多大的魅力。我只觉得，如果让我从早到晚坐在这儿，我不会再向往这屋子以外更引人有趣的事。

打字机嗒嗒嗒的响声，从后排西头那间屋子敞开的窗户里飞出来，像山间湍流的泉水叮叮咚咚，敲击着我的心，又像是一支轻快舒展的小提琴独奏，奏出了青春的骚动。我打开窗户，让那动人心魄的响声全部倾泻进我的屋子。

她也不单是向我问字才到我的房子里来，在她打字打得困倦的时候，就到我的房子里来闲坐一会儿，进门的时候，常常用左手揉捏着右手的指头，无疑是向我说明她的手指很乏困了。她走到我的桌前，稚气地问："你看什么书？这么厚！"

"《斯巴达克思》，刚出版的。"

"写的啥？有意思吗？"

"好极了！一部伟大的史诗！"我正被书里波澜壮阔的情节激动得无处发泄，需要与谁交流一下，她正好来到了，"斯巴达克思，一位奴隶起义的英雄，推翻了欧洲大陆的奴隶制度。他比一百个神圣的君王要伟大一千倍，因为他把历史推过了一个界碑。可他是一个奴隶，一个伟大的奴隶巨人！"

我突然看见，她端正地坐着，一只手撑着左腮，那是一种专注的神态，听我随口胡诌着的议论。我反倒不敢再说了，因为她太专注了。

"你说呀，再说下去呀。"

我不好意思说了，再说就是卖弄了呢。

"你读过好多书吗？"

"不多。"我说，"好书都禁死了。现在出版界刚开禁，这本书就是开禁的头一批出版物。唔，我前天刚读过《牛虻》。"

"就是刘心武在《班主任》里提到过的那本《牛虻》吗？"

“只有一本《牛虻》。”

“你这儿有吗?”

“有。”

“借我看看。”

我给她从抽屉里取出长篇小说《牛虻》来。

大约过了三四天，她把《牛虻》给我送来，又借去了《斯巴达克思》。她和我热烈地讨论《牛虻》。虽然能看出她对世界史太无知，然而她喜欢牛虻这个人物却是毫无疑义的。这个革命者形象被中国六十年代兴起的动乱隔绝了十多年，一经解禁，又以其强烈的光彩照耀着又一代青年。我和小凤差不多是刚学会写汉字就挂上了红小兵袖章的一代人，然而牛虻还是在我们心里引起强烈的回响了，毫无办法。

“我看你……有点像牛虻。”

“我怎么能比牛虻！我简直是个窝囊废!”

此后，她到我的房子里来，再不叫我老康了，大胆地叫我牛虻，像是开玩笑，我也不好反对。再后来，她又叫我亚瑟，还是像开玩笑的样子。尽管是玩笑，我看见她的神情里有某种异样的东西，令我的心一蹦一蹦。

我确实预感到一种似乎明朗又似乎朦胧的东西朝我逼近了，一伸手就可能准确无误地抓住的自己心里正在热切地期盼着的东西，然而又顾虑重重。我不能不随时提醒自己，我是一个合同工，一个农村户籍的人。我时时刻刻都有被解雇的可能，简单到只需要局长挥一下手，咧一咧嘴角，我就得背上被卷滚回东塬上那个令人窒息的毫无生气的小村庄去。想到在部队时与那位可爱的女护士恋爱的教训，我很镇静地约束着我的随时可能放纵的心潮。

“亚瑟，你这字儿草得好难认呀。”

“亚瑟，该吃饭了。”

“亚瑟……”

她这样亚瑟亚瑟地叫我，其实只是仅有她和我在一起的时候，一当有第三个人在场，她从来也没忘记叫我老康。我愈加明晰地预感到我和她之间有某些需要回避众人的隐秘，令人心悸又令人感到甜蜜的隐秘。

商业局机关小院虽然比不得县政府机关大院深沉肃穆，也不是能任我和小凤浪漫的场所，男干部和女干部，尤其是有了一点年纪的干部，似乎于我和小凤身上特别敏感，一切全躲不过他们敏锐的眼睛。我已有所察觉。然而春天是无所不在的，春色还是把这个幽静的小院染绿了，窗外的柳树复苏了，缀满黄芽的枝条舞姿婀娜，院子里的草坪上冒出一抹嫩绿，两株桃树的花苞也肥胀起来。我打开窗户，窗口扑进微带寒意的清香的春风，后排西头那间打字室里嗒嗒嗒的声音和春风一起灌进我的窗户。

局里的二十多名干部倾巢而出，分头奔赴县属的二十一个公社去，县商业系统要召开总结表彰大会了。我留下来做内务工作准备，小凤也留下来加紧打印会议材料。

我似乎感到完全自由了。

炊事员给大家开过早饭之后，就锁了门去逛大街了，临走时给我说，午饭自理。小院里异常安静，我打水时的脚步声竟然在墙壁上引起了回声。我取下一叠红纸，准备写大会用的横幅，小凤抱着一摞子油印好的材料走进来。

“亚瑟！快帮帮忙，咱们整理一下这些材料，分成一份一份的，装订起来。”小凤唱歌似的嗓音。

我暂且搁下红纸，帮她整理装订材料。

她的手很灵巧，从一摞一摞的材料堆上拣取的动作十分敏捷，倒是我笨手笨脚，动作迟缓。我的手碰了她的手，她的手也碰了我的手，都是无意的碰撞。我有一种异样的感觉，那是一种碰一下就难以忘记而且诱惑人想再碰一下的奇异感觉。她继续拣取纸页，似乎毫不在意。我也毫不介意，似乎只是因为动作紧张而不可避免的碰撞。

“你也帮帮我的忙。”

“做什么？”

“写大字。”

“我可不会写毛笔字。”

我要写横幅，写标语，需得一个人压纸角，通常我是用东西压着的，我现在却想让她干。

她高兴地接受了，用刀子裁纸。

我调好墨汁，攥起大号毛笔，一落笔就龙飞凤舞，超水平发挥。我写字的兴致好极了。

她忠于职守，双手压着两个纸角，很认真地压着。当我写完俩字，她赞叹着："你的毛笔字写得真好。你是自小练的吧？现在我们这一茬年轻人，钢笔字也没几个写得好的，毛笔就更没有人能提得起来。"

我告诉她，我刚刚在初中念了一年书，就开始了那场席卷中国的"革命"。我想革命，却站错了队，开始时批判别人，后来却被别人批判。我什么好处也没捞到，就从图书馆偷了一捆书，又偷了一捆写大字报的白纸，跑回家去了。我一边读那些"封资修"书籍，一边用偷回来的白纸练习写大字。整整有两三年，我把那些我批判过的"封资修"作品读了不知多少遍，写作能力提高了，毛笔字也练得有点功夫了。我一参军，就显得我的文化水平高。

她听着，点点头，很佩服我的毅力。她小心翼翼地端着墨汁未干的红纸摆到地面上，等待晾干。我的情绪在涌涌波动，就抽两口烟，抽烟可以稳定一下情绪。当她兴致勃勃地转到桌前来，铺开又一张红纸，我就神气活现地提起毛笔来。

我提笔在墨碗里蘸墨汁时，无意中看到了她的领口。她前倾着身子，双手压着纸的两个上角，领口的衣服就张开来，露出一块三角形的赤裸的皮肤，那皮肤很细很白，那领口里散发出一缕异样的气息。我有点神不守舍，把字儿写错了。我说："扔掉，重写。"

写完横幅和标语，她就收拾扔在地上的那些写错作废的红纸，揉成一团扔进纸篓里。纸上未干的墨汁染得她的手掌黑乎乎的。她张开手指，说："看看，我的手脏成啥样儿了！"

我说："洗洗吧。"

她说："你给我洗。"

我的心猛地一跳，似乎轰然作响。我笑着说："那不费什么事儿。"

她已经在脸盆里倒下凉水，又从热水瓶里倒下热水，说："你也来洗吧。"

我和她在一个脸盆里洗手。我攥住她的手指，装得若无其事地说："我给你洗吧！"她挣了两下。我攥得更紧了。她再没有动。我看见她的耳根潮起一缕红晕。我用温热的水搓洗她的手掌和手指。我现在才可以光明正大地欣赏她的手，那手指像细嫩的水葱，柔若无骨。她一任我替她搓洗着墨痕，以一种似怨似嗔的眼神瞅着我，却根本不会使人感到她是真怨真恼了。我受到鼓舞，一把抱住她的脖子。

无言的亲吻。我的脸颊挨着她的脸颊。我的一切顾忌都忘掉了，我已被灼热的火烧烤得晕头晕脑。当我的嘴唇和她的嘴唇久久相吻的时刻，我几乎完全被熔化了。

她终于推开我，草草地擦了脸，跑走了。

我坐在椅子上，点着了一支烟。我一时反应不过来，刚才发生了什么事，真的发生了？我只觉得这房子太空旷了，空旷得一刻也待不住。我要每一分钟都和她待在一起，须臾不离。我朝打字室走去。

推开打字室的门，她趴在桌子上，双手压在额头下，直到我走到跟前，她也没抬起头来。她后悔了吗？她怨恨我了吗？

我正有点不知所措，她忽地跳起来扑到我的怀里，双手搂住我的脖子，箍得我简直透不过气来……

没有月光。星星稠密，河滩上稍见朦胧的星光。我坐在河边，抽烟，等待。她来了。她穿着短袖衬衣和裙子，夜风吹得她的披肩的散发一摆一摆的。我站起来，摔了烟头，奔到她跟前，抱住了她的肩。她看见我跑过去，也张开双臂朝我扑来。我们一起摔倒在沙滩上。夜色愈加使人放胆，我和她都更舒展坦然了。她伏在我的臂弯里，呢喃地说："就这样躺下去，再甭醒来，让河水把我们冲进大海，我也不悔。"

陇海路上夜行的列车隆隆驰过古老的县城，没有停步，也不见减速，只是鸣叫一声，又奔驰而去了。我感到了大地的颤动。

我搂着她的肩膀，她勾着我的腰，顺着沙滩，漫无目的地走着。夜宿在蒿草棵子底下的野兔被惊动了，哧溜一下惊恐万状地从小凤的脚下窜过去。她吓得"啊哟"一声惊叫，紧紧地抱住了我。我意识到她对我的依赖是那样的自然。

河滩一块高出沙地的老滩上，有一个用树枝和苞谷秆子就地搭成的茅草庵子。往远处一瞅，类似这样的茅草庵子像雨后草地上的蘑菇一样遍地都是。那是到这儿来采掘沙石的山里人临时栖息的窝棚。秋收以后，河水日渐减少，冬闲无事的山里农民便搭帮结伙背着被卷赶到河滩上来，用树枝和当地农民丢弃的苞谷秆子搭成这样一个遮风避雨的窝棚，夜晚蜷缩进去。他们有的来自商洛山区，有的来自秦巴山地，也有我们东塬上的农民。他们掏掘沙石，卖给正在兴建着的工厂，挣一把来之不易的票子。到第二年初夏进入洪水季节，他们就像候鸟一样飞散了，回家去准备收割麦子，等到秋后再来。

我的心里掠过一道阴影。我刚从部队复员回来那年冬天，村里几个小伙联扯我来挖掘沙石，我没有来。我现在却和一位可心的姑娘在这儿散步，像欣赏半坡遗址里那些人类先民们留下的生活遗痕一样，而我其实完全可能就是这里某一座狗窝似的窝棚的主人。我心里的那道阴影久久不散，影响了我的迷醉的情怀。我从她的肩上松了手，点燃了一支烟，坐在一块石头上。燃着火柴的时光，光亮照出了三块被烟火熏成黑色的石头，那是主人支锅烧水或煮饭的地火灶了，真比半坡先民的灶台还要简陋。

她坐在我的旁边，头靠着我的肩，我可以嗅出她的头发里有醉人的香味儿。我抽着烟，瞅着星光闪闪的河水。要是我的父亲不在县百货公司当职工，我就无法进入那个库房，也更不会踏进商业局大院，占据一间明亮的办公室，我的功夫老到的毛笔字和孟局长喜欢的文字材料就不会有被人赏识的机会了。我将要在这儿蜷卧窝棚，在三个石头上支一口铁锅煮苞谷糁子，在寒风刺骨的雪地里掏掘沙石，挣一把钱，再去订下一个媳妇，然后养活孩子……

小凤摇摇我："你怎么不说话？"

我说："我想起我看过的一篇小说……"

小凤忙问："什么小说？好看吗？"

我说："一篇写知青下乡的小说。我很反感。我把它撕下来擦了屁股。"

小凤笑了："呀，一篇小说也值得生这么大的气？"

我说："狗屁小说，写知青下乡简直跟下地狱一样。那么，像我这号祖祖辈辈都在乡下的人咋办？一辈子都在地狱生活？谁替我喊苦叫冤？所以说，我最痛恨的就是那些心安理得吃商品粮还要骂我们农民的城里人。"

小凤娇嗔地问："啊呀，那你也痛恨我了？"

我才记起她是县城居民，也是吃商品粮的城市户籍。我笑笑说："你……另当别论。"

我努力拂去心头的阴影，别让它破坏了这难得的夜晚。我重新挽起她的手，在那些窝棚间悠悠地漫步。热烈的亲吻和拥抱，使我身上渗出一层汗，很不舒服。我一个猛子跳进河水里，真是舒适极了。她也小心翼翼地走下水来。我抱住她。她的柔软的手指搓着我的肩膀。我第一次大胆地把手伸到她的胸前。她轻轻地"哎哟"一声，就倒在我的怀里，手指抠得我的肩膀都疼了。我抱起她，从水里走出来，走过沙滩，走进窝棚……

我和她躺在麦秸上，静静地躺着。她把她最珍贵的情感毫不犹豫地奉献给了我，我把我最珍贵的情感毫不犹豫地奉献给了她。我点着烟，躺着吸着，透过窝棚的缝隙，可以看见天上的星星在闪眨。我是亚当，她是夏娃。我是掏掘沙石的山民，我是半坡遗址里复活了的先民，她是那抱着陶罐汲水的半坡姑娘。我是世界上最幸福的人。

我在必须按限定时间起草一份文字材料的时候，就关死窗户，不致让她的打字机的响声传进屋来，那声响使我心神不静。只有当我画上最后一个句号，就立即撂下笔，打开窗户，让那动人心弦的嗒嗒嗒的响声倾泻进来。

商业局的小院里一切照常。人们照样端了饭碗和菜碟从灶房出来，到打字室去和小凤说笑，而我照样端着饭菜走回我的房子。只有在约定的夜晚，我和她准时钻进河滩上的窝棚。

孟局长把我叫到他的办公室，给我倒水、递烟，从神色上看，不像是谈公事。我坐下之后，心里有点忐忑，是我和小凤的事漏风了吗？没料到他一开口，就使我陷入痛苦之中。老天爷，他受县委组织部长之托，来给我做媒，介绍组织部韩部长的二女儿韩晓英。韩晓英我早认识了，她在县百货公司做出纳员。孟局长说，我在县百货公司管库房时，晓英就瞅中我了，看我勤快，工作负责任，人也老实，长得还魁梧云云。我却从来没有感觉到她对我有什么意思，只记得她穿戴很朴素，袖子上统着一双褐色袖套，白净的脸上有一副紫框白镜片，那样子很拘谨，又显得比一般同龄女子老练成熟，很少跟谁开玩笑，更不像一般营业员那样叽叽嘎嘎打闹浪笑。我看见她从来也不敢贸然说话。我看见她立即就在脑子里反射出一张严厉的组织部长的脸孔，其实那时我还没见过组织部长的尊容，及至后来见了，才自觉好笑，韩部长竟是一尊笑面菩萨的和善胖脸。

我看着孟局长诚心实意的神情，就说："我怕我不相称……我还是个合同工……”

“这一点不用顾虑，韩部长不在乎，晓英也不在乎。要是嫌合同工，他就不会找我提媒。”孟局长毫不介意地说着，又从座椅上站起，走到我当面，知心地说，“你有了韩部长这个老岳丈，还能当好久合同工呢？全县招工招干的名额指标都从韩部长手下过，你还愁转不了正式干部？”他又显出陕北人的那种豪爽与狡黠混合着的神色。

我陷入痛苦的深渊。韩晓英和于小凤，整天在我脑子里翻腾，眼镜片和褐袖套，嗒嗒嗒的打字机声和那迷人的半坡遗址式的窝棚。我的脑子几乎要爆炸了。三天后，我的老黄牛父亲来找我，说是孟局长上午到百货公司检查工作时跟他谈了给我做媒的事。老黄牛父亲受宠若惊，心里搁不住这突然降临的喜讯，就来跟我商量怎么办事。他大约看出我的犹豫，就恨声训斥我：“你娃子甭错打主意！这门亲事成了，你就能转为正式干部。你若错打了主意，这县城有你的立脚之地吗？”

我不要听他的赤裸裸的攀龙附凤的话。其实这其中的利害得失，我早都想过千遍万遍了。他的话只是重复了我考虑中的那些最令我痛苦的因素。

这天晚上，我和小凤相约又来到窝棚跟前，她迫不及待地问：“你这几天老皱着眉毛，有啥不顺心的事呢？”

我不敢直说，推说熬了夜，休眠不足，精神不好。她竟然信了，我的话她都信。

她依偎在我的怀里。我用一种玩笑的口吻试探她：“小凤，如果有一天我得罪了某个领导，人家解雇了我，我就得滚回东塬上去，那样的情况如果发生了，我们咋办？”

小凤随口说：“我跟你回东塬上去。”

我说：“我冬天得下河滩来掏掘沙石挣钱，钻窝棚，过原始生活。”

小凤说：“我跟你来钻窝棚，给你做饭。”

我想哭，再也说不出话来。

小凤却认真地说：“我早想过了，合同工有解雇的可能。要是你真的被解雇了，也不必回东塬上去，更不必钻窝棚采沙石，我们在县城开个小饭馆，或者开个杂货店，咱俩经营，我也不当打字工了。你愿意干吗？”

我苦笑着说：“唔，你想得真周到……”

我在第二天见到孟局长时，他告诉我，韩部长约请我今晚到他家去坐坐。我当然明白这“坐坐”的内容。这可真是一种痛苦而又艰难的抉择。我想起了莫泊桑的《温泉》。我曾经痛恨而且鄙薄过那个搂取了遗产而抛弃了真诚的爱情的家伙，我发觉那个令人鄙薄而且痛恨的家伙在选择遗产和爱情时所经历的苦恼正在我心里发生。无论这种选择多么痛苦，而时限却正在今天晚上。我和孟局长一起去了。

后来的一切就比较简单了。不久，我被调到县委宣传部做专职通讯干部。我写的本县各个方面的通讯报道稿不断见报，县委书记和县长们以及人大常委会的主任们都很赏识我的才干和工作态度。这年年底，我被转成正式国家干部，和韩晓英的关系也正式公开了。第二年春天，我被送到地区党校去学习。县里的新老干部甚至通讯员也明白上党校意味着什么。

党校学习期满，我和韩晓英结婚了。我们过得很和谐，从来也没有吵过架，她的性格很好，思维十分周密，把家里的内务和外交都处理得井井有序，大约自幼接受过良好的家庭教育，也与她小小年纪就从事财务工作不无关系。她对我很尊重，照顾得无微不至，从服装的式样到每日的早点，都是经过认真的考虑，却从来也未显示过她的部长女儿的优越。人人都说我有一个贤内助。父亲对这个儿媳满意之至。孟局长开玩笑说："怎么样，晓英是个好媳妇吧？家教严嘛。一般城池县道的小市民太油……"我知道他说的"城池县道的小市民"所指是谁，我和小凤的眉来眼去根本不可能逃过那些商业局干部的眼睛，但谁也说不准抓不住我俩相好的一件具体事实，在河滩钻窝棚的事更是无人知晓。这宗事已无任何影响，晓英从来也没有追问过我，更谈不上吃醋闹矛盾了。然而我总觉得缺了点什么，倒不是对小凤的负心，而是我自己心里的某种渴望。渴望什么呢？窝棚里的那种被熔化的完全忘我的原始式的疯狂，再也没有产生过。

我生逢其时，县委在实行干部"四化"的工作中简直有点拉郎配。既要年轻，又要有专业知识（具体就是大专文凭），又要有工作经验。我正好入选。那张地委党校的毕业证书，使我的审查材料顺利地通过了各级组织部门的关口，我擢升为县委宣传部副部长了。孟局长退居二线，成了商业局的巡视员，我的岳丈韩部长也从组织部退出来，升了一级，成了县人大的副主任，真是各得其所，皆大欢喜，不管别人怎么说，我是觉得我的选择没有犯“方向性的错误”。倘若我和小凤而不是和晓英结婚，我现在很可能正在河滩上那窝棚前的石头上架锅煮苞谷糁糊糊，充其量和小凤在县城的某个角落卖油条豆浆或是经营日杂品小店。那么，有谁会看到我具备做一个县委宣传部长的德和才呢？

我却无法排除那嗒嗒嗒的打字机的响声。当我和晓英举行婚礼的那天晚上，这响声震得我灵魂不安。当我坐在新落成的县委大礼堂里听县委书记郑重宣布我的任职批复的时候，那响声又在我心里敲响了。

小凤早已远走高飞了。她的痛苦可以想见，她和一位技校毕业的工人结婚了，他在汉中的某国防工厂工作。她跟他到汉中去了，再也没有见过面。

任命我做宣传部副部长的那天晚上，晓英特意为我精心准备了一顿丰盛的晚餐，而且破例拿出一瓶“西凤”来。我喝得有点过量。

说醉不醉，说醒非醒，我的脑子里只留下一片空白。我推说要散散步，就走出家属楼，走过县城街巷，独自一人溜到河滩上来了。

又是夏日的一个热烈的傍晚。晚霞把河天相接的地方涂成一片火红，河水悠悠，红光闪闪。我走到那个熟识的高出沙滩的荒草地上，但已经找不到那架熟识的窝棚。窝棚久不住人，倒坍了，散架了，完好的寥寥无几，再也找不到那架窝棚了。

我无法评价我自己。

我抽着烟，默默地坐着。从那杨柳林里，从那悠悠的河水里，从那涂成一片火红的河天相接的远处，又响起嗒嗒嗒的打字机的响声……